Ariana Godoy

à travers la PLUIE

Traduit de l'espagnol (Venezuela)
par Axelle Demoulin et Nicolas Ancion

hachette
ROMANS

Couverture : © Hachette Romans Studio
Visuel : © Shutterstock

Traduit de l'espagnol (Venezuela) par Axelle Demoulin et Nicolas Ancion

L'édition originale de cet ouvrage a paru
chez Penguin Random House Grupo Editorial, S.A.U., sous le titre :
A TRAVÉS DE LA LLUVIA

Hachette Livre, 58 rue Jean Bleuzen, 92170 Vanves.

À tous mes lecteurs de Wattpad : merci d'avoir permis
à la trilogie des frères Hidalgo d'arriver jusque-là,
et de toucher plus de lecteurs encore.

Merci, aujourd'hui et à jamais, d'aimer Ares et Raquel,
Claudia et Artemis, et maintenant Apollo.

Je vous aime de tout mon cœur.

Prologue

Il pleut.

En quelques secondes je suis trempé. Les vêtements me collent à la peau, mais c'est le cadet de mes soucis en ce moment.

J'ai mal.

Mon corps est douloureux, surtout la tête. Elle palpite, du sang coule de mon nez, descend vers ma bouche et se mêle à la pluie qui ruisselle sur mon visage, puis dégouline par le menton. J'ai un œil à demi fermé qui me fait gémir chaque fois que je cherche à l'ouvrir.

Je n'ai jamais été quelqu'un de violent. Je n'ai jamais déclenché de bagarre, d'où l'ironie de la situation dans laquelle je me trouve. Je suis étendu dans une ruelle, adossé au mur, et je parviens à grand-peine à me maintenir assis. Les entailles au visage qu'ont provoquées les coups violents brûlent au contact de l'eau de pluie glacée, comme les articulations de mes doigts qui se sont cassées lorsque j'ai tenté de me défendre. Je grimace de douleur.

Je suis sorti apprivoiser Raleigh et sa vie nocturne trépidante, pour ma première soirée universitaire. Tu parles d'une soirée. Je mettais le pied hors d'un bar quand j'ai été agressé et frappé jusqu'à en perdre connaissance. Je n'ai pas compris quel intérêt il y avait à me malmener aussi violemment ; je leur ai pourtant donné tout ce qu'ils réclamaient sans rechigner.

« Allez, ne t'endors pas, Apollo », je me répète en luttant pour me maintenir éveillé.

J'ai encaissé de nombreux coups à la tête : je sais qu'il faut être pris en charge par un médecin avant de s'endormir, ou quelque chose comme ça. C'est ce que m'a expliqué mon frère, qui étudie la médecine depuis plusieurs années. Mais c'est loin d'être évident.

Ma vue se brouille et j'avale ma salive ; en ce moment, même un geste aussi simple est douloureux. Je sais qu'il faut que je me lève, mais chaque fois que je tente de le faire, mon corps capitule et je m'affaisse contre le mur. Inutile de crier à l'aide sous cette pluie battante, l'eau qui tombe à verse sur les pavés et les poubelles qui m'entourent produit un vacarme assourdissant. Le froid de l'automne me fait frissonner et engourdit mes extrémités.

Je vais dormir rien qu'une seconde, juste un moment, le temps que la pluie s'arrête.

Une seconde…

Mes yeux se ferment, ma tête retombe sur le côté.

Agrumes.

Je fronce les narines en sentant un parfum d'agrumes, et me réveille un peu. Je me rends compte que la pluie ne tambourine plus sur ma peau. Je soulève légèrement les paupières, une silhouette floue se dresse devant moi et nous abrite tous les deux sous son parapluie.

— Eh, oh, murmure une voix féminine tandis que la silhouette se penche vers moi. Tu m'entends ?

J'opine, car je n'ai pas la force de parler.

— J'ai appelé les urgences, ils m'ont dit qu'ils seraient là dans cinq minutes. Ils m'ont demandé de te maintenir éveillé.

Sa voix est si douce et apaisante que je n'ai qu'une envie : m'assoupir un peu.

— Eh !

Sa main saisit mon visage tuméfié, et je frémis sous la douleur fulgurante qui me traverse.

— Je suis désolée, mais tu ne peux pas dormir.

Mes lèvres tremblantes s'entrouvrent pour laisser passer ma respiration que le froid rend visible.

— Frrr-roid… je bégaie, tremblant.

— Je sais que tu as froid, pff.

Je sens que sa voix hésite.

— Je fais quoi… ? Il faut tenir encore un peu, OK ?

Je tends mollement la main vers elle. J'agrippe l'ourlet de sa chemise et je la tire vers moi. Elle pousse un petit cri lorsqu'elle tombe en avant sur les genoux, entre mes jambes étendues sur le pavé.

Froid.

Je lève l'autre main, enserre sa taille de mes bras, puis je l'enlace et plonge la tête contre sa poitrine.

— Eh, oh !

— Chaud… je murmure.

Je frissonne contre son corps et détrempe ses vêtements. Elle arrête de chercher à me repousser et soupire.

— Bon, je te laisse faire parce que tu es vraiment dans un sale état et que tu es transi.

Je profite simplement de sa chaleur, de son odeur, de ce parfum d'agrumes qui se mêle à l'arôme de sa peau.

— Pour info, je ne me laisse jamais embrasser la première fois, estime-toi chanceux.

Je ne sais pas si elle plaisante, mais j'ai juste envie de rester là. Son cœur s'accélère. Pourquoi ? Elle a peur ?

— Eh, mais tu t'endors pas, hein ? Ça y est, j'entends les sirènes de l'ambulance, ça va aller.

★

Moi aussi je les entends, et juste après, des bruits de pas. L'inconnue m'écarte et s'éclaircit la gorge. Je veux m'y opposer, le froid me tiraille à nouveau, mais plusieurs personnes munies de lampes se dressent soudain devant moi ; à partir de là tout se brouille.

Allongé sur un brancard, je tends à nouveau la main vers elle et elle la prend dans la sienne.

— Tu vas t'en sortir, chuchote-t-elle en me serrant fort la main avant de la lâcher.

Je ne vois plus que sa silhouette qui se dresse dans la ruelle, le parapluie à la main. Elle m'a sauvé, je ne pourrai jamais l'oublier.

Je n'oublierai jamais la fille que j'ai rencontrée à travers la pluie.

PREMIÈRE PARTIE

RAIN

1.

APOLLO

Ça m'avait manqué d'aller courir.

Il m'a fallu quatre semaines pour être totalement rétabli, et le médecin m'a enfin autorisé à refaire de l'exercice. Si j'ai récupéré sur le plan physique, mentalement c'est autre chose. Je fais encore des cauchemars qui me réveillent, où des gars m'agressent et me frappent sans s'arrêter ; sans parler de la pluie qui me met désormais d'une humeur massacrante.

Il est six heures et demie du matin quand j'entre dans l'appartement et que je pousse la porte derrière moi. Le couloir de l'entrée est plongé dans la pénombre, le jour ne s'est pas encore levé. J'entre dans la vaste cuisine et j'allume l'interrupteur. La tête d'un Gregory ébouriffé fait son apparition depuis les chambres.

— Qu'est-ce que tu fais debout à cette heure-là ?

— Je suis allé courir.

— À…

Il ferme un œil à demi et cherche à voir l'heure affichée sur le micro-ondes.

— Six heures du matin ?

— Six heures et demie.

— Même mon grand-père ne se levait pas à cette heure-là pour aller courir.

— Ton grand-père ne courait pas, je lui rappelle en posant les clés sur l'îlot de la cuisine.

— Exact.

— Et toi, qu'est-cc que tu fais debout à cette heure ?

J'ouvre le frigo pour y prendre une bouteille d'eau.

— Euh…

— Bonjour ! lance avec enthousiasme une fille brune et pleine d'énergie, que je commence à bien connaître.

Elle surgit du couloir et s'approche de Gregory.

Son nom ? Kelly. C'est la je-n'ai-pas-la-moindre-putain-d'idée-de-qui-c'est de Gregory et elle dort souvent chez nous, à l'appart. Parfois, ils ont l'air de former un couple normal, d'autres fois, ils ne se regardent même pas quand ils se croisent. Sincèrement, je n'y comprends rien, mais c'est pas mon problème, je ne veux pas savoir. La seule chose qui compte, c'est que je m'entends bien avec Gregory : c'est mon frère Ares qui nous a présentés, mais c'est devenu un bon ami et, désormais, mon colocataire.

Habiter avec lui a été un soulagement, durant les premières semaines à la fac. Je me suis senti moins seul. Gregory ne me laisse pas le temps de déprimer ou de regretter la maison, il a toujours quelque chose à proposer. Grand-père, mon frère Artemis, sa femme Claudia et mes petits chiens me manquent énormément. Mais ce qui m'a le plus surpris, c'est Hera : je n'aurais jamais imaginé que ma nièce puisse me manquer à ce point.

— Apollo ? fait Kelly en secouant la main devant mon visage. Tu dors encore ?

— Bonjour, je réponds d'un sourire aimable.

Gregory bâille et nous rejoint dans la cuisine.

— Bon, maintenant qu'on est tous réveillés, petit déjeuner ?

Je lève le poing pour taper le sien. Gregory est doué pour la cuisine, c'est une qualité qu'on néglige trop souvent avant de quitter la maison familiale. Moi, je n'y connais rien. Le seul truc potable que j'arrive à préparer, c'est les desserts, mais on ne peut pas vivre uniquement de muffins et de pâtisseries.

— Qu'est-ce qui vous ferait plaisir ce matin ? Un petit déjeuner continental ? Américain ? propose Gregory en se penchant pour sortir les poêles du tiroir.

Kelly en profite pour se placer derrière lui, l'attraper par la taille et mimer des mouvements érotiques autour de ses fesses.

— Arrête ! lui murmure Gregory qui se retourne et l'embrasse passionnément, en la plaquant contre l'îlot.

Je grimace et danse d'un pied sur l'autre, observant avec intérêt le tableau suspendu à un des murs de la cuisine, qui représente une poire. Je suis pourtant censé avoir l'habitude.

Après le petit déjeuner, je me douche et m'attarde plus que nécessaire sous l'eau, les yeux fermés. Je baisse la tête, j'étire les bras et je pose mes mains contre le mur. L'eau ruisselle sur moi, mais en réalité je suis ailleurs. Mon corps est sous la douche, mais mon cerveau déconnecte, il passe au point mort, je ne sens plus rien. Ma vie est un véritable paradoxe : moi qui suis venu étudier la psychologie à la fac, je subis dès la première semaine le traumatisme d'une raclée. Je souris tristement et ferme le robinet. Je reste immobile quelques secondes, puis je secoue la tête pour égoutter l'eau de mes cheveux, mais aussi pour ramener mon cerveau à la réalité.

Je me sèche un peu et je sors en serviette dans ma chambre. L'appartement est immense, chaque chambre est équipée de sa propre salle de bains. Je prends soudain conscience que mes sous-vêtements sont dans le sèche-linge. Je sors les chercher, une serviette autour de la taille, une autre autour du cou. Kelly est allongée dans le canapé du salon, elle joue sur son téléphone. Quand elle me voit, elle écarte l'appareil et hausse un sourcil.

— Tu en as des choses à cacher, sous ton air de petit enfant sage !

Le terme « enfant » me fait grimacer.

— Qu'est-ce qui te fait penser que je suis un petit enfant sage ?

— Oh, s'il te plaît, ça se voit à dix kilomètres.

Elle s'appuie sur les coudes pour se relever un peu.

— On dirait presque que tu es puceau.

Cette idée me fait rire et je lui tourne le dos pour aller chercher mes sous-vêtements dans le sèche-linge. Et pour mettre un terme à la conversation, parce que je ne sais pas si j'ai mal interprété les signes ou si c'était une scène de drague. Sans doute la manière qu'ont ses yeux de se poser sur les muscles de mes bras et de mon torse… Pourtant, la dernière chose dont j'ai envie, c'est de m'embrouiller avec Gregory. Quand je repasse pour rejoindre ma chambre, Kelly est assise sur l'accoudoir du canapé et me regarde, amusée.

— Je t'ai fait peur ?

Je me rappelle les paroles d'Ares quand il m'expliquait les différentes approches : « Ce genre de drague, c'est ce que j'appelle la "drague-provoc". La personne te défie et ne te pose que des questions qui t'incitent à prouver le contraire, à agir exactement comme elles l'espèrent. » Je n'arrive pas à croire que certaines des généralités de ce débile puissent faire sens. J'imagine que c'est son expérience d'ex-tombeur. Je n'ai connu personne qui ait brisé autant de cœurs que mon débile de frère. Mais je ne suis pas du genre à prendre pour argent comptant les idées reçues, je laisse donc le bénéfice du doute à Kelly et lui souris.

— Pas du tout, dis-je en haussant les épaules.

Elle me sourit à son tour, se lève et vient se placer devant moi. Elle presse son poing contre mon torse nu et penche la tête.

— Tu as beaucoup à apprendre, petit enfant sage.

Encore cette expression. Je contracte la mâchoire et ma main entoure son poignet pour écarter son bras de mon torse.

— Je ne suis pas un enfant, mais tu peux le penser si ça te chante. Je n'ai aucune intention de te prouver le contraire.

Je libère sa main et m'éloigne d'elle pour rentrer dans ma chambre.

★

Ce matin, j'ai « Orientation », c'est pas trop pénible. C'est un cours où on nous donne des conseils et des indications pour nous guider dans nos premiers pas à l'université. La salle est remplie d'étudiants, la prof explique un truc à propos de la cafèt et des pauses entre les cours. Mon cahier est ouvert devant moi, ma main s'agite et se met à tracer des motifs sur le papier. Ce n'est qu'une fois le tracé terminé que je prends conscience de ce que j'ai écrit : « Rain ».

C'est comme ça qu'elle s'appelle.

Rain Adams, c'est la fille qui m'a sauvé au cours de cette nuit de pluie. C'est tout ce que je sais d'elle : son nom, son prénom et… qu'elle a cours dans cette fac. C'est ce que m'ont dit les médecins, quand je me suis réveillé le lendemain. De ce que j'ai entendu, elle a aussi collaboré avec la police et déposé une déclaration. L'enquête se poursuit parce que ce n'était pas une simple agression. Selon la police, l'attaque était trop violente, alors que j'avais donné tout ce que j'avais sur moi sans protester.

Mais je n'ai pas revu Rain depuis cette terrible nuit. La seule chose qu'il me reste d'elle, c'est le souvenir d'une nuit froide : sa voix, sa silhouette, cette odeur d'agrumes. Rien d'autre. Et j'avoue que j'ai très envie de la retrouver et de la remercier, de savoir comment elle est, de faire sa connaissance. J'ai cherché à la retrouver sur les réseaux, mais quand je tape « Rain », je ne tombe que sur des images de pluie. Je pense sûrement trop à elle, tandis qu'elle ne se rappelle certainement pas de moi.

Je me souris à moi-même.

Allez, Apollo, à peine entré à la fac, te voilà déjà obsédé par une fille.

— Rain ?

Une voix féminine me tire de mes pensées et je cherche des yeux d'où elle peut bien venir. Je croise le regard de la fille à lunettes aux cheveux ondulés assise à côté de moi. Elle est mignonne, ses yeux couleur café brillent un peu quand elle parle.

— Tu aimes la pluie ?

Je comprends de quoi elle veut parler. « Rain », c'est la pluie en anglais, ce qui est plutôt comique étant donné les circonstances dans lesquelles j'ai rencontré Rain. Je mets quelques secondes à lui répondre, c'est la première fois que quelqu'un m'adresse la parole en cours, et je suis pris au dépourvu.

— En fait non, je n'aime plus la pluie.

Elle acquiesce.

— Je pensais que tu allais me sortir que tu adores le bruit de la pluie, qu'il te détend, que c'est mélancolique.

Je ne sais pas quoi répondre ; elle me sourit et me tend la main

— Je suis Erica, et je retape cette matière.

Je lui tends la main, mais quand j'entrouvre la bouche pour me présenter, elle enchaîne :

— Enchantée, Apollo.

— Comment tu connais mon nom ?

Elle fronce les sourcils.

— Sur ce campus, tout le monde le connaît, Apollo Hidalgo.

— De quoi tu parles ?

— On t'a vu dans le journal de la fac pendant des semaines. Je suis vraiment désolée pour ce qui t'est arrivé, tu vas mieux ?

Son air de compassion me met mal à l'aise.

— Ça va.

Je me lève. Je demande à la prof l'autorisation d'aller aux toilettes et m'échappe de la salle. Je me dirige vers le tableau d'annonces de la fac où je découvre un tas d'articles me concernant, avec ma photo, mon nom. Je réalise qu'effectivement j'ai figuré au journal de la fac à plusieurs reprises. Rain a dû forcément m'y voir à un moment ou à un autre. Elle sait donc où me trouver, elle connaît mon nom, mon cursus. Et pourtant, elle ne m'a pas cherché. Je grimace à l'idée qu'elle n'a peut-être aucune intention de me rencontrer, après tout pourquoi en aurait-elle envie ? Elle m'a sauvé la vie, mais elle ne me doit rien. Je me passe une main sur le visage et fais demi-tour.

Le téléphone vibre dans la poche de mon pantalon. Je le sors, c'est Gregory qui m'écrit :

De : Cafard
Crémaillère ce soir ! À tout à l'heure, branleur. Et change mon pseudo sur ton téléphone ou je te fous mon pied au cul.

Je soupire avant de répondre.

Moi : *Dans tes rêves, cafard. T'as invité qui ?*
Cafard : *Des potes de la fac. Il faut que je te présente au monde, mets-toi sur ton 31.*

Je suis nouveau à l'université, alors que Gregory a un an de fac derrière lui, il a déjà un réseau et plein d'amis, tandis que je ne connais que lui. J'ai passé les deux premières semaines de cours à me remettre de mon agression, pendant que la plupart des gens de mon cursus faisaient connaissance. Une fois de plus, je me suis retrouvé à l'écart. Je n'ai jamais été très bon pour me faire des amis. Au lycée, j'ai surtout rencontré les gens par l'intermédiaire de mes frères. Leurs amis ont fini par être les miens aussi, puisque je me trouvais là. Je ne me plains pas, de là sont nées mes plus grandes amitiés, mais je ne me suis jamais fait d'amis par moi-même. Il est temps que ça change, j'imagine.

Moi : *Combien de personnes t'as invitées ?*
Cafard : *Les nombres ne sont que des figures représentées dans l'espace.*

Parfois, je me demande si tout va bien dans la tête de Gregory. Je ne suis pas encore parvenu à décoder le fonctionnement de son cerveau.

Je soupire puis l'appelle. J'entends un tel bordel autour de lui que je me demande s'il est vraiment allé en cours ou s'il s'est contenté de traîner avec ses potes.

— Combien ?

— Douze et demie ?

Il rit, je ferme à moitié les yeux.

— Et demie ?

— Y a une fille qui vient avec sa petite chienne.

Voilà qui rendra la soirée plus supportable, j'adore les chiots.

— Comment s'appelle la chienne ?

— Cookie.

— Parfait.

Il me raconte encore autre chose avant de raccrocher. Je prends conscience trop tard qu'il s'est servi de mon faible pour les chiens pour faire diversion. L'appart sera bondé, j'en suis sûr. J'imagine que ce sera l'occasion pour moi de sociabiliser.

Quand je retourne en cours, le couloir est rempli. Certains étudiants me regardent avec curiosité, d'autres semblent avoir de la peine pour moi. Les bleus ont disparu, mais les points de suture sont toujours visibles sur le côté gauche de ma mâchoire et près de mon œil droit. Je baisse la tête et fais semblant de regarder mon téléphone.

Agrumes...

Je décèle un arôme d'agrumes, je lève les yeux. Cette senteur me ramène instantanément à cette nuit-là, au froid, à la douleur, et surtout à ces douces paroles : « *Ça va aller* ».

Je me retourne et j'aperçois le groupe d'étudiants qui vient de me dépasser et qui maintenant se fond dans la foule. Je reste planté à les observer de loin, immobile au milieu de la masse, me contentant de les regarder s'éloigner.

Ça suffit, Apollo.

Je me remets en route, mais c'est elle qui accapare de nouveau mes pensées.

Est-ce qu'un jour je finirai pas te retrouver, Rain ?

2.

APOLLO

Gregory ne sait pas compter.

Impossible que ça fasse douze personnes. J'en ai dénombré plus de trente. Heureusement que notre appart est vaste, sinon il n'y aurait pas assez de place. La plupart sont dans le salon en train de jouer à je ne sais quoi, tandis que je m'amuse avec Cookie, la petite chienne qu'a amenée Tania, une amie de Gregory.

— Gregory nous a beaucoup parlé de toi, me raconte-t-elle, tandis que je me penche pour caresser Cookie. T'es en psycho, c'est ça ?

— Oui, c'est ça, je lui réponds poliment.

Tania me sourit, prend Cookie dans ses bras et s'éloigne.

Je me rends compte que je ne me montre pas très sociable, depuis que je suis arrivé à l'université. C'est peut-être une simple période d'adaptation, car c'est une nouvelle situation pour moi, et je ne connais personne à part Gregory. À moins que ce ne soit une conséquence de l'agression. Mais c'est vrai que je ne parle à personne, je n'arrive pas à être en phase, les gens finissent par se fatiguer d'essayer de relancer la conversation et s'en vont. Je ne leur en veux pas. La sociabilisation, ce n'est toujours pas mon truc.

— Apollo ! Ramène-toi, Apollo.

Gregory m'appelle depuis le salon et je grimace par réflexe. Je fais mine de sourire et me dirige vers le groupe du salon. Tania s'est assise à côté d'un gars brun qui a passé un bras derrière son dos, et l'embrasse sur le côté. Je crois me souvenir qu'on me les a présentés en tant que couple. Kelly est avec deux autres filles et je vois quatre types dont je ne me rappelle plus bien le nom, ce qui est normal quand on te présente plus de trente personnes en moins d'une demi-heure.

— Tout le monde dans le salon ! insiste Gregory.

Je soupire quand, arrivé à son niveau, je me retrouve face à tous ces gens bien habillés, quelques-uns ont autant de gouaille que mon coloc et paraissent aussi fêlés.

— Je vous ai déjà présenté ce mec.

Gregory me prend par les épaules et me serre contre lui

— Recommandé à cent pour cent, ajoute-t-il en adressant un clin d'œil aux filles. Il est célibataire.

Je me libère en rougissant.

— Arrête.

— Quoi ? Pourquoi tu penses qu'on a organisé cette petite soirée ?

Mes yeux scrutent l'assemblée et se posent sur Kelly, qui me regarde, sourit et glisse quelque chose à l'oreille d'une autre fille. Je continue à observer les gens et mon regard croise de très beaux yeux sombres presque totalement cachés sous une capuche rouge de laquelle dépassent des cheveux noirs ; c'est la seule fille qui est habillée décontracté. Elle porte un sweat rouge de l'université, un peu trop grand pour elle et qui recouvre son short. Elle me fixe, l'air serein, et je déglutis, non sans mal : elle est très jolie. Je reste planté là à la fixer d'un air niais ; elle fronce les sourcils.

— Apollo ?

Comme Gregory insiste, je détourne enfin les yeux.

— Oui ?

— Est-ce que tu veux dire un truc pour te présenter ?

— Euh…

Ils m'observent tous et j'avale à nouveau ma salive. Je ne sais pas quoi dire, je ne veux pas me ridiculiser devant tous ces gens. Kelly se lève.

— Apollo est en psycho, il raffole des petits chiens et ferme les yeux devant les films d'horreur quand il y a trop de sang.

L'assemblée ricane un peu. Kelly en profite pour conclure :

— Allez, que la fête continue.

— Bouh ! Faut toujours que tu me voles la vedette, rétorque mon coloc.

Gregory tourne ses pouces vers le bas, puis s'avance vers elle. Kelly m'adresse un petit sourire et je sens que je lui suis redevable de m'avoir sorti de cette situation. Je crois que c'est la seule qui a remarqué que je n'appréciais pas du tout de me retrouver au centre de l'attention. Par ailleurs, je suis étonné qu'elle ait noté que je regarde ailleurs quand ça saigne à l'écran ; le jeudi, on regarde des films avec elle et Gregory, c'est un rituel auquel il tient. Finalement, elle m'observe plus que ce que j'imaginais. Pour quelle raison ? Je la regarde à nouveau, et Gregory l'embrasse tendrement sur la joue. Elle me jette un regard furtif, puis se concentre à nouveau sur Gregory. Je secoue la tête. Elle essaie juste d'être sympa avec moi, rien de plus.

J'ai besoin d'air, je sors sur le balcon. Les lumières de la ville en contrebas sont magnifiques depuis le septième étage où se trouve notre appartement. Au loin, j'aperçois le campus de l'université, mon nouveau chez-moi, où je vais passer des heures à étudier. Ma maison me manque, et même si ce n'est pas loin, je ne peux pas rentrer tous les week-ends, car ça rendrait mon acclimatation encore plus compliquée. J'ai toujours été considéré comme quelqu'un de sensible par mon entourage et j'ai eu de la chance : mes frères ne me l'ont jamais fait sentir comme un défaut. Ce n'est un secret pour personne : un mec qui pleure, que ce soit à cause d'un épisode triste dans un film ou pour une autre raison, ça prête à sourire. Tout ça à cause de cette stupide croyance machiste qui voudrait que nous soyons toujours forts et qui prétend que laisser transparaître la moindre émotion porte un coup à notre virilité.

C'est pour cette raison, parmi tant d'autres, que j'ai décidé d'étudier la psychologie. La pensée humaine est complexe, il reste encore tellement à explorer. J'ai envie d'aider les gens du mieux que je peux. Au début, je voulais faire des études de vétérinaire, mais quand je suis allé en clinique pour avoir un aperçu du métier, j'en suis ressorti le cœur brisé. Certes, de nombreux animaux étaient sauvés et en bonne santé, mais ce n'était pas le cas de tous. Ce jour-là, je me suis rendu compte que je n'y arriverais pas, que je ne serais jamais capable d'administrer le sommeil éternel à des petites bêtes si adorables, de surmonter la mort d'un animal de compagnie, quand les choses tourneraient mal.

— Ça va ?

Je suis si absorbé par mes pensées que je n'ai pas remarqué que la jolie fille aux yeux noirs sur laquelle j'ai bloqué il y a quelques minutes m'a rejoint sur le balcon.

— Oui, ça va.

— On dirait que tu ne passes pas un très bon moment.

Elle s'approche et vient se placer juste à côté de moi, face à la balustrade.

— Je suis pas un fêtard, je lui confirme.

Elle sourit.

— Eh bien, il va falloir t'habituer, parce que Gregory…

Elle prend un air tragique :

— À la fac, on le surnomme « Party Monster ».

— Ça ne m'étonne pas vraiment.

Elle me tend la main.

— Je m'appelle Charlotte, Char pour les amis.

Je lui serre la main.

— Enchanté, Char. Je suppose que tu sais comment je m'appelle. Gregory l'a redit toutes les cinq secondes.

Elle desserre les doigts.

— Oui, Apollo.

Mes yeux se posent sur ses lèvres lorsqu'elle prononce mon prénom, et j'ai du mal à avaler ma salive.

— Bon, Char, comment t'as fait pour être pote avec ce taré de Gregory ?

— Tout le monde finit par être pote avec lui.

Elle pouffe.

— Il est pénible, fatigant, il la ferme jamais, même quand il a la tête sous l'eau, mais on passe toujours un bon moment avec lui, on se marre. C'est le génie de la fête, tu le sais bien.

Je vois tout à fait ce qu'elle veut dire. Gregory est comme ça depuis le lycée. Elle regarde à nouveau la ville, je fais de même, puis je précise :

— Moi, je suis tout le contraire de Gregory.

— Et c'est tant mieux. Si on était tous pareils, merde, que le monde serait chiant !

Je soupire.

— Je ne sais pas, parfois j'aimerais être un peu plus… extraverti.

— Nan, dit-elle en me regardant droit dans les yeux. Tu es très bien comme ça.

— Tu ne me connais pas.

— C'est vrai, mais tu m'as fait une bonne première impression.

Je me tourne complètement vers elle et pose mon avant-bras sur la balustrade.

— Tu peux détailler cette impression ?

Elle se tourne aussi pour me regarder en face.

— Tu es un garçon réservé, qui a bon cœur et qui n'aime pas se retrouver au centre de l'attention. J'ai remarqué aussi que quand tu es plongé dans tes pensées, c'est si intense que tu déconnectes totalement, ce qui explique pourquoi tu as tant de mal à te faire des amis. Tu es bien dans ta tête, seul avec toi-même.

— Waouh, t'y vas fort. Pour une première impression, c'est méga détaillé.

— Je suis en troisième année de psycho. Si je ne poussais pas l'analyse, ce serait un échec.

— Tu es en psycho ?

— Pourquoi, ça t'étonne ?

— Je croyais que Gregory n'avait invité que des gens de sa fac d'ingénieurs.

— La réputation tapageuse de Gregory dépasse les limites de sa fac.

— Je vois.

— Bref, n'hésite pas à me demander de l'aide, si besoin. À première vue ça peut sembler lourd, mais je suis à ta disposition.

Je l'observe, après avoir noté la maturité de ses paroles et de son expression.

— C'est pour ça que tu es venue sur le balcon ? je demande, réellement intéressé. Pour faire mon analyse ?

— Ça, c'est un mythe. Ce n'est pas parce que tu étudies la psycho ou que tu es psychologue que tu passes ton temps à analyser les gens. C'est juste que tu as un regard plus éclairé sur le comportement et le raisonnement humains.

À l'écouter parler ainsi, je bloque à nouveau sur elle. Elle est mignonne, intelligente et elle étudie la même matière que moi… Est-ce que ce serait osé de ma part de l'inviter à sortir ? Qu'est-ce que je risque ? Qu'elle refuse ? D'accord, ça pourrait lui faire peur, mais c'est vraisemblablement la seule personne à qui j'ai pu parler ce soir.

Arrête de penser avec ton pénis, Apollo, tu vas tout gâcher.

— Qu'est-ce qui se passe ? finit-elle par demander, tant mon silence est long. J'ai un truc sur la figure ?

— Tu es super jolie.

Bien joué, Apollo, on s'en fout de tout gâcher, hein ?

Mais on ne dirait pas que ça la met mal à l'aise ; au contraire, elle me fait un grand sourire.

— Merci beaucoup, Apollo.

— De rien, je réponds précipitamment.

Silence.

Elle fait un pas vers moi, puis un autre, jusqu'à ce qu'il ne reste presque plus d'espace entre nous. Elle s'approche et m'embrasse sur la joue.

— On se recroisera.

Elle m'adresse un dernier sourire et rentre dans l'appartement.

Je pose une main sur ma poitrine : mon cœur bat à toute vitesse. Si c'est le cas juste parce qu'elle s'est approchée comme ça, dans quel état finirait mon système cardiovasculaire si on allait plus loin ? Ça y est, je pense comme Ares. Ça ne m'a pas fait du bien de passer l'été avec lui et ses interminables études de médecine.

Je rentre à l'intérieur où, apparemment et sans que je sache comment, l'ambiance s'est enflammée. Tout le monde danse et chante à gorge déployée sur un morceau que je ne connais pas. Je reste dans un coin à observer la foule ; mes yeux papillonnent à la recherche de Char, mais je ne la vois plus ; sans le vouloir, j'aperçois Kelly. Elle danse avec deux copines, agrippe l'ourlet de sa robe et le remonte sur ses cuisses d'un geste très sexy tout en remuant les hanches. Je serre les lèvres et j'essaie de regarder ailleurs, mais mes yeux reviennent toujours se poser sur elle. La manière qu'elle a de bouger, tellement sûre d'elle et de sa sensualité : je ne parviens pas à détourner le regard.

Elle relâche sa robe et remonte ses mains pour soulever ses cheveux détachés et les laisser retomber lentement, au rythme des mouvements de son corps. C'est alors qu'elle se retourne et que son regard croise le mien. Un sourire coquin se forme sur ses lèvres ; on dirait qu'elle danse pour moi. Elle glisse les mains le long de ses hanches, de sa taille, de sa poitrine, de façon si sexy que, l'espace d'un instant, j'en oublie les gens qui nous entourent.

Elle s'avance vers moi et je lui fais signe de la tête, mais elle m'ignore complètement. Elle continue à danser, juste devant moi. Elle se mord la lèvre et se retourne en se déhanchant... Son derrière frôle légèrement la partie avant de mon pantalon et je serre les poings, parce que j'apprécie ça beaucoup plus que je ne devrais.

À quand remonte la dernière fois que j'ai couché avec quelqu'un ?

Elle appuie ses fesses contre moi ; j'en ai le souffle coupé. Après des mois sans passer à l'action, c'était prévisible, je sens l'érection gonfler mon pantalon. Il faut que j'arrête ça. Je l'attrape fermement par la taille et l'immobilise, mais elle se penche en arrière, ses mains caressent mes cheveux, elle m'offre son profil.

— On ne fait que danser, Apollo.

Menteuse, elle sait très bien ce qu'elle fait.

Je plante mes doigts dans ses hanches et lui murmure à l'oreille :

— Arrête de me provoquer.

Je presse mon sexe en érection contre elle et je l'entends haleter.

— Sinon quoi ? me provoque-t-elle. Tu vas me punir ?

En entendant ces mots, je l'imagine dans une position sexuelle, torride.

Je secoue la tête, tentant d'extirper mon esprit du gouffre indécent au fond duquel il vient de tomber. À contrecœur, je la repousse gentiment et me dirige vers ma chambre. Je l'entends qui m'appelle, mais je continue à fendre la foule, le rythme de ma respiration s'emballe. Une fois dans ma chambre, je ferme la porte et m'y adosse. Je ferme les yeux et j'essaie de respirer plus calmement. La sensation de son corps et de ses fesses contre moi reste bien présente. Je me frotte la figure et me jette sur le lit. Il faut dormir, ça peut aider. J'ai un peu de mal, mais je trouve le sommeil en quelques minutes à peine.

On frappe à ma porte et je me réveille. Je m'assieds sur le lit et j'allume la lampe de la table de nuit. Il n'y a plus de musique ni d'agitation, la fête doit être finie. Je regarde l'heure sur mon téléphone : 4 h 20. Je frotte doucement mes yeux et je me dirige vers la porte, m'attendant à voir Gregory, mais ce n'est pas lui.

— Kelly, je dis d'un ton grave.

Elle me sourit et s'avance dans ma chambre, elle ferme le battant derrière elle et tire le verrou.

— Qu'est-ce que tu viens faire ici ?

J'ai la voix un peu rauque de celui qui émerge. Son maquillage n'est plus tout à fait intact, mais elle est toujours aussi belle.

Elle serre les lèvres, puis esquisse un sourire coquin, et je ressens à nouveau tout ce qu'elle a provoqué en moi il y a quelques heures.

— De quoi tu as si peur, Apollo ?

Sa voix douce et envoûtante résonne dans la pénombre de la chambre, et moi je respire lentement, cherchant en vain à me calmer. Elle m'a trop aguiché, j'ai trop résisté. Elle abaisse la main en direction de mon pantalon : je saisis son poignet pour l'en empêcher. Ses yeux cherchent les miens et elle penche la tête d'un air malicieux.

Qu'est-ce que tu fous, bordel ?

Une chose est sûre, Kelly s'est transformée en supplice érotique et je ne sais absolument pas comment gérer ça.

3.

APOLLO

Une invitation sans équivoque…

Une fille splendide dans ma chambre…

Avec des intentions clairement lisibles dans son regard…

Et moi je reste là, à me demander ce que je dois faire.

Tout serait si simple si elle ne sortait pas avec Gregory. Peut-être qu'il n'y a rien de sérieux entre eux, d'ailleurs, mais je ne peux pas laisser l'instinct m'emporter et risquer de mettre mon pote mal à l'aise ou de l'embarrasser. En plus, les seules fois où je me suis laissé aller et où j'ai cédé à mes pulsions, ça s'est mal terminé. Une fois, j'ai fini le cœur brisé, et une autre fois, j'ai failli couper définitivement les ponts avec mon frère Artemis. Voilà pourquoi, malgré tout ce que je ressens en dessous de la ceinture, je prends Kelly par le bras et je la guide gentiment vers la porte, que j'ouvre de ma main libre.

— Tu as trop bu, je lui dis en souriant. Je crois que tu devrais aller te coucher.

Elle se libère de mon emprise et me regarde d'un air décontenancé.

— Sérieux ?

J'acquiesce ; ses yeux virent au rouge. Je ne voulais pas en arriver là. Elle s'efforce de faire comme si de rien n'était et s'éclaircit la gorge.

— OK, excuse-moi alors, vraiment. Je n'ai rien compris.

— Pas de souci.

Elle serre les dents et je vois qu'elle contient ses larmes. Je n'ai pas voulu la blesser, et je ne sais pas quoi dire. Elle se retourne et disparaît dans le couloir. Frustré, je tape du poing contre le chambranle et referme la porte.

Quelle soirée !

Je me recouche. Le visage furieux de Kelly me hante. Je ne voulais pas lui faire du mal, je sais qu'elle est responsable de ses actes, mais je ne veux pas qu'elle imagine qu'elle n'est pas désirable ou que je l'ai repoussée parce qu'elle ne me plaît pas. Elle doit avoir compris que c'est pour Gregory que j'ai refusé, non ? J'espère de tout cœur qu'elle ne prend pas trop mal ce qui vient de se passer. Merde, plus j'y pense, et plus c'est moi qui me sens mal. Peut-être que j'exagère : Kelly n'est pas du genre fragile, je suis bien prétentieux de croire que je pourrais entamer l'estime d'une fille qui a l'air si sûre d'elle.

Allez, dors, Apollo.

Le peu d'alcool que j'ai ingurgité ce soir finit par m'aider à trouver le sommeil.

*

— Et alors je lui dis : « C'est pour ça que tu vas pas valider *Introduction à la psychologie*, espèce de débile ». Je le sais parce que c'est ce qui m'est arrivé.

Erica me raconte une conversation qu'elle a eue avec un gars en cours. Il a visiblement suffi qu'on se parle une fois pour qu'on devienne potes. Aujourd'hui, on a pas mal discuté, on a même mangé ensemble à la cafèt de la fac.

Quand j'entre dans la salle de mon avant-dernier cours de la journée, je remarque qu'elle m'a gardé une place : elle m'adresse un signe de la main pour que je vienne m'asseoir à côté d'elle. Je ne me plains pas, je ne suis pas doué pour nouer des contacts, donc je suis ravi qu'il y ait des gens comme elle. Je me passe la main sur le visage.

Elle m'observe, ajustant ses lunettes comme si elle cherchait à m'évaluer dans les moindres détails.

— On dirait que la nuit a été mouvementée, commente-t-elle.

Je me rends compte que c'est le genre de personne en qui on peut avoir confiance, même quand on vient juste de la rencontrer, comme si on avait été potes dans une autre vie et qu'on reprenait la relation là où on l'avait laissée.

— Party Monster, je chuchote avant de boire une gorgée d'eau de la bouteille posée devant moi.

— Party Monster, c'est un pote à toi ?

— Oui, tu le connais ?

Ça ne m'étonne pas qu'elle connaisse le surnom de Gregory. Ce qui me surprend, c'est le silence qui fait suite à la question. Je n'ai pas réussi à la faire taire depuis que je me suis assis près d'elle, et là d'un coup, j'évoque le surnom de Gregory et c'est silence radio ; je me tourne vers elle et la regarde attentivement. Erica se tient bien droite, mais elle baisse la tête, ses cheveux ondulés lui couvrent le visage, elle pianote sur son ventre. Je fronce les sourcils et remarque sa tenue soignée : un large sweat bleu et un jean foncé.

— Qu'est-ce qu'il y a ? je lui demande.

Elle regarde à l'autre bout de la salle et hausse les épaules.

— Rien.

Ça me gêne qu'elle détourne les yeux quand elle me parle.

— Erica.

Brusquement, elle se lève et je me recule sur ma chaise pour la regarder.

— Je vais chercher un truc à grignoter, tu veux quelque chose ?

— Le cours va commencer.

— Je reviens tout de suite.

— Erica.

Elle sort de la salle comme si elle avait une urgence soudaine. Le cours commence et je jette sans cesse un œil vers la porte, m'attendant à la voir revenir et s'excuser auprès du prof pour son retard, mais elle ne réapparaît pas. J'examine sa table et je prends conscience un peu tard qu'elle a pris toutes ses affaires en sortant.

★

Une fois le cours achevé, j'emprunte le couloir principal et je cherche Erica, sans succès. Une personne me salue au loin, d'un geste énergique de la main, et je m'arrête pour la voir venir : c'est Charlotte. En plein jour, elle est encore plus belle que la veille au soir. Ses cheveux noirs retombent des deux côtés de son visage, qu'un sourire enthousiaste illumine. Sa robe épouse parfaitement sa silhouette, chaque courbe, chaque forme se détache clairement. Je ne m'attendais pas à la revoir si vite, et je lui fais un signe niais de la main.

Du calme, Apollo.

— Mon petit bavard nocturne, me lance-t-elle d'une voix douce une fois arrivée devant moi.

— Ma presque psychologue ?

Elle rit et je suis soulagé qu'elle trouve ça drôle.

— T'as déjà fini les cours ? demande-t-elle.

Je réponds par un signe de tête.

— On va prendre un café ?

Ah bon ?

Je laisse un blanc qui dure quelques secondes et elle me regarde d'un air amusé. *Est-ce qu'elle me… ?*

Non, non, Apollo, elle est juste polie.

— Avec plaisir.

Charlotte m'emmène dans un café non loin de la fac et on s'assied l'un en face de l'autre à une table près d'une immense fenêtre. Elle me raconte qu'elle doit rendre un devoir dans une matière super importante et me décrit le projet en long et en large. De mon côté, j'essaie juste de ne pas bloquer sur sa bouche quand elle parle. Bordel que ses lèvres sont belles.

— Apollo ?

— Oui ?

— Ça va ? Je crois que je t'ai saoulé, désolée. Quand je commence, je ne peux plus m'arrêter.

— T'inquiète, ça me va bien d'écouter, j'adore écouter les gens.

Elle avale une gorgée de café et je l'imite.

— Tu veux venir chez moi ?

Je manque de me noyer dans mon café, je tousse un peu.

— Quoi ?

Elle me sourit.

— Tu veux venir voir mon appart ?

Non, Apollo, pas la peine de te faire des films… Elle veut juste te montrer son appart.

— Avec plaisir.

J'essuie la sueur de mes mains sur mon pantalon.

— OK, alors on y va.

Elle se lève et glisse son sac sur son épaule.

Charlotte est grande et magnifique, son corps ondule et son visage est splendide. Elle marche avec l'assurance de celle qui a conscience d'être canon et qui n'a pas besoin qu'on le lui dise. J'avoue qu'elle m'intimide un peu. Elle est non seulement belle, mais aussi super intelligente. Je la suis jusqu'à un Uber qui nous emmène dans sa résidence. On prend place à l'arrière et elle me sourit, puis regarde par la fenêtre. Ma main est posée sur le siège du milieu et quand, tout en continuant à regarder par la fenêtre, elle pose la sienne par-dessus, je déglutis.

D'accord, le signal est clair. Sans vouloir précipiter les choses ou aller trop vite en besogne, est-ce que j'ai des préservatifs avec moi ? Soulagé, je me rappelle que Gregory a insisté pour que j'en aie toujours un ou deux dans mon portefeuille, en sortant un de ses dictons qui ne veut rien dire, du genre : *Tu ne connais pas la flaque dans laquelle tu risques de glisser.*

La résidence est très classe, située dans un quartier assez animé de la ville. Charlotte me raconte à quel point ça a été difficile de déménager loin de sa famille et je lui dis que pour moi aussi. En quelques minutes, nous nous retrouvons à l'intérieur de son petit appartement, si soigneusement arrangé que l'on s'y sent à l'aise.

Allez, Apollo, détends-toi.

Charlotte me suggère de m'asseoir sur le canapé pendant qu'elle nous prépare quelque chose à boire. Par la fenêtre, je vois que la nuit commence à tomber. Ce n'est pas possible qu'elle m'ait invité… en plein jour, si ?

— Alors, Apollo, raconte-moi un peu.

Elle s'assied à côté de moi après m'avoir tendu un verre avec des glaçons.

— Raconter quoi ?

— Tes amours, par exemple.

À ces mots, je souris tristement.

— Pas génial, rien de bien intéressant.

— Aïe. Quelqu'un a déjà brisé ton petit cœur ?

— Tout le monde passe par là, non ?

— C'est pour ça que tu es si timide, tu as peur de souffrir encore une fois ?

— Je ne suis pas timide.

— Tu ne parles quasiment pas.

— Ton analyse, hier, t'a poussée à conclure que je suis une personne introvertie, non ? C'est le propre des gens introvertis de ne pas beaucoup parler.

Elle pose son verre sur la table basse en face du canapé et s'approche. Ma respiration s'accélère en voyant son visage si près du mien. Sa main glisse sur ma joue et je me passe la langue sur les lèvres. Elle sourit à nouveau avant de demander :

— Tu as envie de m'embrasser ?

— Très.

— Alors qu'est-ce…

Je ne la laisse pas finir et l'embrasse désespérément. Le désir prend le dessus, mes lèvres se collent plus intensément encore. Elle a le goût du vin ou d'autre chose, de ce qu'elle était en train de boire. Ses lèvres sont aussi douces que ce que j'avais imaginé, je l'embrasse comme un fou. À mon corps défendant, ça fait longtemps que je n'ai pas eu de contact physique. Je me jette sur elle. Elle est forcée de se retrouver sous moi, allongée sur le canapé. Nous ne contrôlons plus le rythme de nos respirations, et à mon grand étonnement, je sens sa main se faufiler sous ma chemise à la recherche de mon torse. Mais elle ne s'en tient pas à ça, elle descend jusqu'au pantalon et le baisse. Comment a-t-elle réussi à faire ça d'une seule main ? De toute évidence, Charlotte a du talent, ce qui se confirme quand sa main se glisse dans mon caleçon, ce qui me fait gémir près de ses lèvres. Elle sait comment s'y prendre. Je l'embrasse en continu, son cou, ses lèvres, tout ce qui est à ma portée.

La période d'abstinence et le talent de Charlotte forment un cocktail détonant. Quelques mouvements de sa main suffisent pour me pousser à bout.

— Attends, attends, je murmure contre sa bouche pour tenter de l'arrêter.

Elle se contente de sourire et me mord la lèvre, puis revient à la charge, plus agressive et plus agile encore. Haletant et gémissant, je ferme les yeux et je repose mon front sur le sien tant je suis submergé de sensations. C'est de plus en plus chaud, et je sens que ça vient, et pour une raison à la con, le visage de Kelly surgit dans mon esprit et je me rappelle son corps contre le mien quand on dansait dans le salon. *Non, non.* Quand j'ouvre les yeux, c'est Charlotte que je vois. C'est elle qui est là, c'est pour elle que j'éprouve un tel désir en cet instant. Je recommence à l'embrasser désespérément.

Sinon quoi ? Tu vas me punir ?

Ça suffit.

Mais le plaisir me submerge, je suis à deux doigts de l'orgasme, je ne parviens plus à contrôler mes pensées. J'imagine que c'est Kelly qui se trouve sous moi, ses jambes entourant ma taille, et que je lui prouve que je ne suis pas le pauvre enfant innocent qu'elle croit connaître. Charlotte continue jusqu'à ce que je vienne dans sa main, et un peu sur ses habits.

— Ça a été vite plié, me lance-t-elle d'une voix taquine.

De mon côté, je ne sais pas ce qui est le pire : finir aussi vite, et me retrouver un peu honteux devant une fille comme Charlotte, ou avoir pensé à la copine de mon pote quand j'ai joui.

Génial, tes premiers jours à la fac, Apollo.

4.

APOLLO

Le sexe.

C'est simple ou c'est compliqué ?

À ce qu'il paraît, tout dépend du genre de mec que tu es. Pour certains, vraisemblablement sortis de l'âge de pierre, c'est un chiffre, une performance : « Plus tu te tapes de filles, plus tu es viril. » Des Néandertaliens. Pour d'autres, c'est un terrain d'exploration, le seul moyen de repérer une partenaire qui vaille le coup : « Si elle baise bien, je sors avec elle. » Et puis il y a ceux qui considèrent ça comme un acte de pur plaisir, sans justification, sans avoir besoin d'attachement : « Je baise pour le plaisir. Point à la ligne. » Et enfin ceux qui estiment que c'est un acte sacré, qui ne peut avoir lieu qu'avec quelqu'un pour qui ils ressentent vraiment quelque chose, qu'avec une personne aimée.

Et moi, alors ? Pour être franc, je ne me comprends pas moi-même et je ne suis pas capable de dire ce que le sexe représente pour moi. J'ai été dépucelé par une fille dont j'étais déjà amoureux. Il y avait des sentiments, c'est ça qui était bon. Quand elle est sortie de mon existence, j'ai essayé de coucher pour le sexe et rien d'autre, sans éprouver de sentiments, sans connaître les prénoms, sans nouer de relation et j'ai échoué lamentablement. J'ai tenté ma chance avec plusieurs personnes et ça ne s'est vraiment pas bien passé. J'ai pris conscience que ce n'était pas mon truc et j'ai laissé tomber.

Et là ? Qu'est-ce que je fous avec Charlotte ? Je viens de la rencontrer, je n'ai pas l'intention de coucher avec elle, mais je me retrouve à essayer de la faire jouir pour lui rendre la pareille. Je me sers de mes doigts, dont l'habileté m'a souvent permis de parvenir à mes fins. Et Charlotte semble étonnée de la rapidité avec laquelle je parviens à la faire jouir. Elle veut me toucher encore au moment où elle est sur le point d'avoir un orgasme, mais je lui fais signe que non, je ne veux pas aller plus loin.

Quand c'est fini, Charlotte passe à la salle de bains quelques minutes et j'en profite pour reboutonner mon pantalon. Je m'assieds sur le canapé, penché en avant, la tête dans les mains. Bon, apparemment elle a pris du plaisir, je n'ai pas tout foiré, peut-être que je devrais l'inviter à manger un bout ? Est-ce que ce serait abusé ? Comme ça on apprendrait à se connaître et on pourrait aller plus loin.

Je me redresse et je passe une main sur mon visage. Mon regard tombe sur l'immense télé posée sur la table en face de moi. Je fronce les sourcils en apercevant toute une série de mini-cadres exposés sur la table avec, dans chacun d'eux, une photo de Charlotte en compagnie d'un grand homme blond et barbu. Je comprends tout de suite que ce n'est pas quelqu'un de sa famille parce que sur l'une d'elles on les voit s'embrasser devant la statue de la Liberté à New York. Sur une des photos, elle fait plus jeune. Ils doivent être ensemble depuis plusieurs années.

Merde, merde. Je suis allé me fourrer dans les pattes d'une femme mariée ?

Je ne me serais jamais embarqué dans ce genre d'histoire en connaissance de cause. Après tout ce qu'on a traversé, l'infidélité de ma mère et ses conséquences désastreuses, ce que notre famille a dû surmonter pour s'en remettre, je ne me mettrais jamais dans une telle position. Qu'est-ce que je suis venu foutre ici, de toute façon ? J'ai vu Charlotte deux fois et je l'ai déjà fait jouir, chez elle, dans l'appart qu'elle partage avec... son mari ? Son petit copain ? Je ne me reconnais pas. Je me suis laissé embarquer malgré moi. Charlotte sort de la salle de bains, elle a enfilé une robe qui descend au-dessous des genoux. Un sourire illumine son visage, alors que tant de questions se bousculent sur mes lèvres... Elle doit remarquer quelque chose sur mon visage, car son sourire s'évanouit, ses yeux suivent mon regard en direction des photos.

— Oh, soupire-t-elle. Ne t'inquiète pas pour lui.

Je ne sais pas quoi dire et elle sourit à nouveau, puis vient s'asseoir à côté de moi sur le canapé. Elle repousse ses cheveux bruns par-dessus son épaule.

— Nous sommes un couple libre.

— Libre ?

Moi qui pensais avoir tout vu, tout entendu...

— Oui, exactement, et détends-toi un peu, Apollo, fait-elle en me frappant la cuisse d'un geste taquin. Il est au courant de ce que je fais et je suis au courant de ce qu'il fait, on n'est pas monogames.

C'est possible ça ?

— Et vous êtes tous les deux d'accord ?

Je suis de plus en plus intéressé.

Elle acquiesce.

— Entre nous, l'honnêteté, c'est la clé, et on ne sort jamais deux fois avec la même personne pour éviter les problèmes.

— Ça veut dire qu'on ne se reverra pas ?

— C'est ça.

Moi qui pensais être en train de commencer une histoire avec elle, moi qui allais l'inviter à un traditionnel rendez-vous... Pour Charlotte, j'étais juste une courte parenthèse. Je me lève.

— Il faut que j'y aille.

— Apollo.

— Je dois rentrer avant la nuit.

C'est vrai, depuis l'agression, je n'aime pas marcher dans les rues la nuit. Mes yeux se posent à nouveau sur les photos, ils ont l'air heureux.

— Merci pour tout. On se recroisera, ou pas. J'y vais.

Je m'avance jusqu'à la porte et Charlotte me suit, elle me prend par le bras et me tourne vers elle.

— Eh, ne t'en va pas comme ça, me sourit-elle. On va discuter, OK ?

Discuter de quoi ? Du fait que je finis toujours par comprendre les choses de travers ?

— Y a pas de problème, j'insiste.

Je me dégage et quitte l'appartement.

*

Le whisky a un goût de terre.

Je l'ai toujours dit et j'ai d'ailleurs eu quelques conversations amusantes à ce sujet avec mes frères, et malgré tout, me voici assis sur le grand canapé en L du salon, un verre de whisky à la main. Peut-être que c'est pour me punir d'avoir eu une histoire avec la copine d'un autre mec. Techniquement, lui semble d'accord avec le principe, mais ça ne m'empêche pas d'être mal à l'aise. Comment est-ce que je parviens toujours à me fourrer dans ce genre de situation sans le vouloir ?

J'ai descendu presque la moitié d'une bouteille de whisky de dix-huit ans d'âge que Gregory conserve dans un des placards du bar. Car il va de soi que notre appartement dispose d'un bar et que Gregory s'amuse à jouer les barmans chaque fois qu'il organise une fête. Il y a de tout et j'ai choisi la boisson que j'aime le moins, parce que je suis débile et aussi parce que je sais que le whisky est ce qui me fait le moins mal à la tête le lendemain. Je ne bois pas souvent, mon corps ne tolère pas bien l'alcool, d'habitude quelques gorgées suffisent à me faire tourner la tête.

Je m'enfonce un peu plus dans le canapé et je regarde le crépuscule à travers la baie vitrée qui donne sur le balcon. Le ciel prend des nuances orangées, la lumière du soleil se dissipe et je repense à mes frères et à mes amis, le jour où nous nous sommes retrouvés à la plage, avant que la plupart d'entre nous partent à l'université. C'est l'un de mes plus beaux souvenirs. Sur le moment, ça n'avait été qu'une fiesta de plus, un feu de camp, une soirée à la plage comme tant d'autres. Aujourd'hui, avec le recul, je réalise combien c'était magique. Maintenant, je suis obligé de vivre dans cette ville, je suis contraint de m'adapter aux changements et je n'ai pas l'impression de le vivre bien. Heureusement que Gregory est là.

J'entends la porte de l'appartement, je suppose que c'est lui et je continue à boire. Mais c'est Kelly qui surgit depuis le couloir de l'entrée. La surprise est lisible sur son visage, quand elle aperçoit le verre dans ma main et, je suppose, l'impression globale que je dégage.

— Tu bois, un jeudi ?

Elle pose deux boîtes de pizzas et un sac plastique qui contient deux bouteilles de deux litres de Pepsi sur l'îlot de la cuisine.

— Une semaine difficile ?

Ah oui, on est jeudi. Jeudi, c'est film. J'avais oublié.

— Une vie difficile, je murmure.

— Tu dis ? Je n'ai pas entendu.

Elle rassemble ses cheveux en chignon avant de sortir les bouteilles de Pepsi du sac pour les placer dans le réfrigérateur. Je la fixe de mon regard abruti par l'alcool. Elle porte un jean serré et un bustier, qui laisse voir deux bandes légèrement plus claires sur sa peau au niveau de la clavicule ; les marques d'un bronzage intense. Quand elle finit, elle s'avance vers moi et se laisse tomber à l'autre bout du canapé.

— Ça va ?

— Pourquoi ça n'irait pas ?

Elle grimace.

— Je ne sais pas, tu n'es pas du genre à boire, et encore moins en semaine.

— Tu ne sais rien de moi.

Elle ne s'attend pas à ce genre de réponse, l'expression de son visage se décompose ; moi-même je ne comprends pas très bien d'où vient cette agressivité, cette rage.

— Compris, tu es de mauvaise humeur, mais ce n'est pas en buvant que tu résoudras tes problèmes, Apollo.

Je la regarde quelques secondes. *Pourquoi elle ?* je me demande. Kelly est mignonne, mais Charlotte aussi. Alors pourquoi c'est à Kelly que je ne pouvais m'empêcher de penser quand j'étais avec Charlotte ? Est-ce parce que je ne peux pas l'avoir que je la désire ? C'est aussi simple que ça ?

Et d'un coup, je me souviens des moments où nous nous sommes marrés pour des trucs débiles en cuisinant ou en regardant un film avec Gregory. Je pense aux efforts qu'elle déploie pour raconter une blague qui ne fait rire personne ou à l'étrange fascination qu'elle éprouve pour les biscuits salés au thon. Je constate l'évidence : elle me plaît. Elle me plaît et c'est ce qui fait la différence entre elle et Charlotte. Charlotte est très attirante, mais je ne la connais pas, pas comme je connais Kelly. Et ce que je connais de Kelly me plaît.

OK, Apollo, la copine de ton meilleur ami te plaît. Ça ne s'arrange pas. D'abord une fille presque mariée et maintenant la copine de ton pote.

Je bois le reste du whisky cul sec. L'alcool me brûle la gorge, et, durant l'espace d'un instant, je ne pense plus qu'à ça. J'ouvre la bouteille pour me servir un autre verre, mais une main s'interpose.

— Apollo, intervient-elle d'une voix plus douce, attentionnée. Ça suffit.

Je lève les yeux : elle est debout, penchée au-dessus de moi, sa main posée sur la mienne qui serre le goulot de la bouteille. Quelques mèches rebelles se sont échappées de son chignon désordonné, ses yeux dégagent de la sérénité et de la compassion. Elle a les lèvres entrouvertes ; je détourne le visage.

— Ce n'est pas comme ça qu'on règle ses problèmes, insiste-t-elle en cherchant à se saisir de la bouteille, mais je l'en empêche et je me sers un autre verre.

— Et comment on s'y prend, alors ?

Je ne sais pas ce qui m'arrive. Je me rends compte que ce n'est pas seulement Kelly ou Charlotte, mais que c'est plus profond. Une partie de moi est blessée et ne parvient pas à guérir ou même à détecter la cause de la blessure. C'est quelque chose qui reste profondément ancré en moi. Un événement qui s'est déroulé dans une ruelle et qui me pousse à montrer mon mauvais visage dès qu'il m'arrive quelque chose ou que je bois. Pourquoi ? Je pensais que ça allait, que ça allait finir par aller, qu'il fallait juste un peu de temps. Ma famille voulait que je suive une thérapie, mais je leur ai juré que tout allait bien. Est-ce que j'aurais dû accepter leur proposition ? Est-ce que je devrais encore le faire ? Une des choses que je comprends le moins chez moi, c'est cette colère, ce ressentiment. Je n'ai jamais été quelqu'un de violent, je n'ai même jamais considéré la violence comme une réponse possible à quoi que ce soit. Alors pourquoi est-ce que je m'énerve si vite maintenant ? Comment expliquer ça ?

— Vous avez commencé la fête sans moi !

Gregory entre et pose ses livres de cours sur l'îlot, à côté des pizzas. Kelly recule et retourne s'asseoir à l'autre bout du canapé.

— Waouh, whisky ? Quelle classe, Apollo !

Il se dirige vers le réfrigérateur et en sort une bière.

— J'ai envie d'une bière, excuse-moi de trinquer avec un breuvage de si piètre qualité, cher Hidalgo.

— Gregory, intervient Kelly en faisant un signe pour attirer son attention, ce n'est pas le moment.

— Depuis quand tu joues les rabat-joie, bébé ?

Gregory avale une gorgée de bière et vient s'asseoir à côté de moi.

— On fête quelque chose en particulier ?

— La vie, c'est de la merde.

Gregory acquiesce.

— À la tienne.

Il lève sa bière et trinque avec moi. Ma motricité est altérée par l'alcool, et au contact des verres, je manque de faire tomber le mien. Gregory le maintient jusqu'à ce que je m'en empare correctement à nouveau.

— Tout va bien, bro ?

— Génial.

— Je ne t'ai jamais vu bourré depuis ma remise de diplôme.

Il m'observe. Je souris et remue la tête.

— Tu veux savoir quelle est la raison ?

Je lève le verre de whisky en direction de Kelly. Gregory fronce les sourcils et tourne la tête pour la regarder.

— Vas-y, ma « raison », lève-toi.

Kelly se crispe, mais garde le silence. J'avale une gorgée sans la quitter des yeux, je baisse mon verre et lui dis :

— Qu'est-ce qu'il y a ? Tu te dégonfles ?

Gregory me regarde à nouveau.

— Y a un truc qui m'échappe ?

Kelly pince les lèvres.

— Il est bourré, c'est tout, Greg.

— La vérité sort de la bouche des types bourrés, Kel, réplique mon colocataire.

Ils s'appellent bien évidemment par des petits noms.

— Tu voulais me dire quelque chose ? me demande-t-il.

Je dévisage Kelly, elle est si pâle qu'on dirait qu'elle s'est arrêtée de respirer. Pour mon malheur, mon cerveau intoxiqué et tout embrouillé repêche le souvenir d'Ares m'expliquant pourquoi il voulait toujours dire la vérité : « Ce n'est pas facile d'être sincère, Apollo, mais la vérité est fondamentale, même si elle est dérangeante et peut blesser des gens. Au bout du compte, elle finira par se savoir et si c'est toi qui l'as défendue, ça change tout de raccommoder les amitiés, les relations, et d'arranger les situations délicates. »

J'ai choisi le pire moment pour suivre les conseils de mon grand frère :

— Kelly me plaît.

Silence total.

Pendant quelques secondes, je n'entends rien d'autre que le bruit des glaçons qui tintent dans le verre, quand je bouge la main pour en avaler une gorgée. Kelly a posé une main sur sa bouche et Gregory baisse les yeux vers sa bière. Si je n'avais pas été aussi nauséeux, j'aurais pu mieux saisir l'inconfort de la situation. Je pose le verre sur la table et me lève en titubant.

— Je crois que… je vais aux… toilettes…

Gregory se lève et fait passer mon bras par-dessus son épaule pour me soutenir.

— Allez, je t'accompagne.

Je vomis jusqu'aux tripes et tout se brouille. Gregory me guide vers ma chambre et je finis allongé sur le dos, dans mon lit. Il m'aide à retirer mes chaussures, et, avant qu'il s'en aille, je l'agrippe par le T-shirt pour le retenir.

— Je… ne ferai jamais rien qui puisse te blesser.

Je trébuche un peu sur les mots, mais Gregory semble avoir compris, car il soupire et s'assied à côté de moi. J'insiste :

— C'est juste qu'il fallait que… je sois franc avec toi.

— Tu es adorable, bro, répond-il en souriant. Il n'y a rien de sérieux entre nous, mais j'apprécie ta sincérité, même si j'aurais préféré que tu me le dises en tête à tête.

— Je suis désolé. Je suis un abruti. Les choses ne se passent jamais comme je l'espère.

Gregory esquisse un sourire.

— Il faut que tu arrêtes de prendre la vie au sérieux, Apollo. Tu as dix-huit ans, tu es à la fac et les filles se bousculent au portillon. Profite.

Je contemple le plafond.

— Ce n'est pas pour moi, ça. Je réfléchis trop, tout m'inquiète, je veux… sortir avec quelqu'un, apporter toute mon attention, mon affection à une seule personne à la fois. Je n'ai pas envie de distribuer des miettes d'attention à plein de gens en même temps, juste pour me changer les idées.

Je soupire.

— Je suis pas bien, hein ? Je ne suis pas normal.

Gregory se remet à rire ; il prend mon visage dans ses mains et le serre.

— Tu es sacrément mignon, Apollo Hidalgo.

Il me lâche et recule un peu.

— Tu es comme tu es, bro. Ne crois jamais que tu dois ressembler aux autres. Si tu veux sortir avec Kelly, pas de problème, quoi qu'il arrive je respecterai son envie à elle.

Je me rappelle Charlotte.

— On pourrait avoir une relation ouverte, dis-je en riant comme un débile. Un ménage à trois.

— Où est-ce que tu vas chercher des idées pareilles, Apollito ? Qui a été fourrer ce genre de trucs dans la tête de mon petit Apollo tout innocent ? Ils ont déshonoré l'enfant de notre foyer ! s'exclame-t-il avec une emphase théâtrale.

— Ferme-la.

— Essaye de te reposer, pochtron.

Il se relève et se dirige vers la porte.

— Gregory ?

Il se retourne une dernière fois.

— Je ne tenterai rien avec elle, je voulais juste que tu sois au courant.

Il hausse les épaules.

— Je respecterai son avis. Sincèrement, détends-toi, moi ça va.

Et il s'en va. Je ferme les yeux. Je suis sur le point de m'endormir, quand le bruit de la pluie contre les vitres me réveille. Il me rappelle cette horrible nuit et je refuse de la revivre, de ressentir la peur et la douleur à nouveau : je me couvre le visage avec l'oreiller, mais les images persistent.

Étrangement, c'est le premier coup qui m'a fait le plus mal, celui qui m'a désorienté, celui qui m'a fait réaliser que le monde auquel je croyais n'était pas tel que je l'imaginais. La méchanceté gratuite existe, des gens en blessent d'autres sans raison, sans la moindre provocation. Je n'ai pas tenté de résister, j'ai donné tous mes objets de valeur et, malgré tout, leurs coups de poing et de pied étaient remplis de rage. Pourquoi ? Je suppose que l'absence de réponse à cette question explique en partie pourquoi je me sens comme ça.

Je ne veux plus entendre la pluie. Je cherche maladroitement mes écouteurs et je sors le téléphone de ma poche pour les brancher. Je choisis une musique relaxante et je referme les yeux. Comme toujours, je me mets à penser à elle.

À Rain.

Dans mes souvenirs un peu confus, elle se penche sur moi. Ses cheveux tombent sur le côté, elle est protégée par son parapluie. Je sens avant tout l'odeur d'agrumes. C'est fou comme le fait de ne pas voir correctement décuple les autres sens. Sa présence m'a procuré l'apaisement et l'espérance dont j'avais besoin, parce que je m'étais préparé à mourir sur place, pétrifié, et que je n'avais jamais envisagé de finir ainsi. Je n'avais jamais été mis dans un état semblable jusqu'alors. Je n'aurais jamais pensé mériter ça. J'ai toujours été quelqu'un de gentil, j'ai toujours donné le meilleur de moi-même à tout le monde. Pourquoi est-ce que je me retrouvais là à me vider de mon sang au beau milieu d'une ruelle ? Pourquoi ?

Ça va aller.

Mon obsession pour Rain n'a rien de romantique, c'est du respect, de la reconnaissance. Je voudrais tant pouvoir la regarder dans le blanc des yeux et la remercier du fond du cœur. Parce qu'au moment le plus sombre, quand j'avais perdu tout espoir, quand l'univers que j'avais toujours imaginé, ce monde bon et juste, s'est effondré, elle s'est avancée vers moi, qui étais en miettes. Elle a recollé les morceaux et, en agissant de la sorte, elle m'a fait comprendre : « Ne t'arrête pas de croire, il y a encore de la bonté dans ce monde. »

Et même si cela relevait du bon sens, peut-être, d'aider un inconnu mal en point, ce geste a eu pour moi une portée capitale. Le simple fait de sentir sa chaleur dans le froid extrême, alors que nous attendions l'ambulance, a fait la différence. Il n'y a pas de mots pour expliquer la peur que tu ressens quand tu as l'impression que tu vas mourir seul, sans personne à tes côtés. Une étreinte peut t'aider à lutter encore un peu, à rester éveillé un peu plus longtemps.

Je me connecte à Instagram et je publie un post sans queue ni tête. Il se peut que Rain ne soit même pas sur Insta et il y a de toute façon peu de chances pour que ma publication apparaisse sur son fil, mais il faut que je le fasse.

Je me contente d'une image avec, en plein milieu, le mot « RAIN » en majuscules, rien de plus.

Je baisse mon téléphone en silence. En attendant que le réseau réagisse, j'observe les gouttes de pluie rouler lentement sur la vitre. Je me suis un peu calmé, mes yeux sont ensommeillés et je bats des paupières. C'est si difficile de reprendre confiance.

*

Pendant que je dormais et que je dessoûlais, quelque chose s'est joué dans l'univers. Rain a vu mon post. Peut-être qu'elle a deviné mon désespoir ou compris que c'était important pour moi d'avoir de ses nouvelles, car elle a enfin réagi. Et elle ne s'est pas contentée de liker le post, elle a laissé un commentaire. Le matin, au réveil, j'ai la surprise de lire :

Je ne me laisse jamais embrasser la première fois, estime-toi chanceux.

Un sourire spontané naît sur mes lèvres à la lecture du commentaire, comme si le monde entier voulait me faire comprendre que je dois à nouveau faire confiance aux gens, que même lorsqu'on traverse des moments difficiles, des hasards heureux et des sourires inespérés peuvent aussi surgir. Et cette rencontre pourrait être le point de départ, le tremplin même de mon retour à la normalité.

5.

RAIN

J'ai fait ce qu'il fallait, c'est tout.

— Rain.

Je ne peux pas passer mon temps à fuir.

— Rain.

Je n'ai jamais été lâche.

— Rain !

Les coups frappés contre la table me font sursauter et revenir à la réalité. Ma mère se tient debout à côté de moi. Ses cheveux châtains sont rassemblés en un chignon désordonné ; elle m'observe les sourcils haussés. La lumière du couchant se reflète dans la vitre derrière elle, ce qui me déconcentre à nouveau durant quelques instants.

— Tu l'as lu ?

Je baisse les yeux vers le manuscrit posé devant moi, intitulé *Je brûle pour toi*. Je grimace. Lire de la littérature érotique est une chose, mais c'en est une autre de lire celle que ta mère écrit. L'histoire m'a fait le même effet que les autres. Je n'ai pas pu m'empêcher d'imaginer ma mère dans le rôle du personnage principal. Pour parvenir à continuer à lire, je me suis efforcée, avec la meilleure volonté du monde, de faire comme si c'était un livre que j'avais acheté par hasard.

— J'en ai lu la moitié.

— Et qu'est-ce que tu en penses ?

Son visage est dans l'expectative et, malgré le conflit interne auquel j'ai été confronté pendant la lecture, j'ai trouvé l'histoire plutôt bonne.

— Ça m'a plu, mais je ferais durer un peu plus la tension érotique entre les personnages.

Ma mère semble m'écouter avec toute son attention. Elle prend des notes.

— Je ne sais pas, peut-être deux ou trois chapitres de plus avant qu'ils ne couchent ensemble.

Elle acquiesce. On a toujours discuté de sexe librement. Au début, cela nous mettait mal à l'aise, mais nous avons fini par nous habituer. Par ailleurs, ma chère mère, Cassey Adams, a débuté sa carrière d'autrice de littérature érotique il y a plus de dix ans. Elle est douée et ses livres se vendent comme des petits pains. Elle a commencé par l'auto-édition, avant qu'une petite maison la repère et la soutienne. Elle a publié plus de trente livres, j'imagine que c'est pour ça qu'elle est si ouverte sur la question. Une experte en érotisme ne peut pas se dégonfler devant ses enfants au moment de parler de sexe.

Et elle est d'accord avec moi, pour ce qui est de faire durer la tension.

— C'est ce que je me disais aussi. Autre chose ?

— Le moment où arrive l'ex, quand elle se montre vraiment dégueulasse, c'est pas un peu réchauffé ?

— Tu crois ?

— Grave.

— OK.

J'ajoute quelques autres remarques concernant la grammaire, ou des scènes inutiles ; elle continue à noter. Ma mère prend mes conseils très au sérieux. J'imagine que c'est ce qui a fait naître une forme de complicité entre nous ; je valorise beaucoup son travail et je n'arrête pas de lui dire à quel point elle a du talent. Qui penserait le contraire ?

— Quelle cochonnerie as-tu encore écrite, cette fois ?

Vance, mon frère aîné, pénètre dans le salon. D'une main, il s'empare du manuscrit. Ma mère soupire.

Mon père ne s'intéresse pas beaucoup à ce que fait ma mère, mais au moins il ne s'y oppose pas. Vance en revanche passe son temps à la dévaloriser, à lui répéter qu'elle lui fait honte. Je ne sais pas sur quelle planète habite cet abruti de vingt-trois ans, bon sang, ce qui est sûr, c'est que moi, à vingt ans, je suis bien plus mûre que lui. Vance finit toujours par s'attirer des emmerdes, et, même s'il n'habite plus avec nous, même si en théorie il a pris son indépendance, en pratique, je dois toujours passer derrière lui. Je me lève et lui arrache le manuscrit des mains. Au passage, je fais semblant de nettoyer une saleté sur sa chemise. Il repousse ma main.

— Qu'est-ce que tu fais ?

— Tu as un bout de machisme et un gros morceau de cervelle non développée sur ta chemise.

— Haha ! Toujours aussi drôle, Rain.

Jim fait son apparition derrière lui, il porte ses notes de cours du lycée, et ses cheveux blonds et raides retombent sur les écouteurs fichés dans ses oreilles. Mon petit frère est dans son monde, et, heureusement, il ne se laisse pas influencer par Vance. Il retire ses écouteurs, s'avance et embrasse ma mère dans les cheveux.

— Comment s'est passée ta journée ? lui demande-t-elle en souriant.

— Bien, j'ai encore eu vingt en chimie.

Jim se débarrasse de son sac et le suspend à un crochet dans un coin du salon.

— M. James est persuadé que j'aurai une des meilleures moyennes.

Je contourne Vance et j'en profite pour lui adresser un doigt d'honneur discret, puis je m'approche de Jim :

— Waouh. De qui tu tiens toute cette intelligence ?

Jim me sourit :

— De ma merveilleuse sœur.

On blague un moment avant le dîner, et quand on a fini, je raccompagne Vance à la porte.

— Dis à papa que je suis venu, m'ordonne-t-il en se tournant vers moi.

Il a les yeux foncés de ma mère et il est aussi grand qu'elle.

— Tu vas bien ?

— J'irai bien quand tu arrêteras d'emmerder maman, je lui réponds en toute sincérité.

Vance se passe la langue sur les dents de devant, et s'approche de moi pour me murmurer :

— Et moi, quand tu arrêteras de te mêler de mes affaires, Rain.

Il glisse un doigt le long de ma joue, je saisis sa main pour l'arrêter.

— Je ne sais pas de quoi tu parles.

Il pouffe et se dégage d'un geste ferme.

— Bien sûr que tu le sais.

Je déglutis.

— J'espère que tu seras assez intelligente pour rester tranquille.

Il m'embrasse sur le front.

— Je ne te ferai jamais de mal, dit-il en me caressant la joue, mais je ne dirais pas la même chose de ceux qui t'entourent.

Sur ces paroles, il s'en va et je reprends mon souffle. Vance est plus dangereux que ce que je voudrais croire. Depuis qu'il a déménagé, il est hors de contrôle. Quand il était à la maison, au moins, mes parents parvenaient à le gérer un peu. Comment a-t-il fait pour devenir indépendant financièrement ? Grâce aux réseaux sociaux : mon grand frère est un influenceur. Mais personne ne sait qui il est en réalité. Sa belle gueule et ses muscles lui ont permis de rassembler un fan-club de passionnés qui ignorent qui se cache réellement derrière cette façade.

Je monte dans ma chambre, et au moment d'entrer, je me souviens de ce que j'ai fait et j'expire longuement. Je n'aime pas fuir les problèmes, ce n'est pas mon genre, mais je n'ai fait que ça depuis que j'ai sauvé ce type, Hidalgo. J'ai fui.

Mais c'est fini.

J'ai cru que si je passais inaperçue, il m'oublierait et arrêterait de me chercher. Mais ce post sur son Insta, c'est tout le contraire. On ne dirait pas qu'il laisse tomber facilement. Je ne joue pas la fille mystérieuse par plaisir, j'ai mes raisons de vouloir demeurer dans l'anonymat. Je prends mon téléphone, me jette sur le lit et lis son post encore une fois.

— Apollo… je murmure son nom dans l'obscurité.

Apollo, ce n'est pas le nom d'un dieu grec ?

Je ne sais pas ce qui m'a poussée à répondre à son post hier soir, peut-être que je l'ai fait parce que j'ai eu l'impression de ressentir son désespoir. Mais ce n'est que ce matin qu'il m'a répondu en privé.

Salut, Rain.

Je sais que techniquement nous ne nous connaissons pas, mais si tu le permets, je souhaiterais te remercier personnellement de m'avoir aidé cette nuit-là. Je te donne mon numéro.

Apollo H.

(Je comprendrais parfaitement si tu ne voulais pas.)

J'ai notifié le post comme « vu », il ne m'a plus écrit. J'apprécie qu'il respecte mes limites et qu'il ne me bombarde pas de messages. Bon, il veut juste me remercier et je le comprends. Si j'étais à sa place, j'aurais fait pareil. En plus, Gregory en a marre. Il me l'a dit hier à la fac :

— *Rain, je n'aime pas trop les secrets, tu le sais. J'aime pas lui mentir.*

— *Tu ne lui mens pas.*

— *J'OMETS une information, a-t-il insisté. Tu sais combien de fois je l'ai entendu parler de toi ? Il veut te remercier, c'est tout, laisse-le faire.*

— *C'est compliqué, Gregory.*

— *Toi et tes cachotteries. On devrait t'appeler Rain Adams, la Mystérieuse.*

— *Et toi, Gregory Edwards, le Passionné.*

Il a lâché un éclat de rire forcé.

— *C'est ta décision et je la respecterai, tu le sais, Rain, mais c'est un chouette gars, réfléchis-y.*

OK, Gregory, tu as gagné, je me dis.

Il s'agit juste d'accepter ses remerciements, rien de plus, rien de grave. Je reprends mon téléphone et copie le numéro qu'il a laissé sur Instagram, mais je ne l'enregistre pas, car je ne m'en servirai qu'une seule fois. Je pense d'abord à lui envoyer un message, mais je change d'avis, l'appeler sera plus rapide et il pourra me dire ce qu'il a à me dire. Pourtant, je reste à observer son numéro pendant plusieurs secondes avant d'appuyer sur la touche « Appel ».

Le souvenir de cette pluie froide est encore très net dans mon esprit. Les gouttes épaisses sur le parapluie au-dessus de ma tête, mes pas dans les flaques d'eau, et enfin, lui. Mon cœur s'est arrêté, j'ai d'abord cru être arrivée trop tard, qu'il était mort, jusqu'à ce qu'il émette une petite plainte que j'ai eu du mal à entendre. Je me suis mise à lui parler tout en appelant les urgences, du mieux que je pouvais.

J'ai été prise de court quand il a tendu la main vers moi et m'a agrippée par la chemise pour me tirer vers lui. J'ai crié quand mes genoux ont frôlé le sol froid et humide et que je me suis retrouvée entre ses jambes. Il m'a entourée de ses mains, enlacée, le visage posé contre ma poitrine. Aussi intime et familière que cette situation puisse paraître, je ne me suis pas sentie mal à l'aise. J'ai même réussi à plaisanter. C'est ce que je fais quand je suis nerveuse :

— Bon, je te laisse faire parce que tu es vraiment dans un sale état et que tu es transi. Je ne me laisse jamais embrasser la première fois, estime-toi chanceux.

Mon doigt reste bloqué sur l'écran du téléphone. *Que se passe-t-il, Rain ? C'est juste un coup de téléphone.* Il me remerciera, sans plus. La sensation de ses bras qui m'enserrent me revient ; je secoue la tête. Cette nuit-là, je n'ai pu que l'entrevoir sous les traces de coups et les bleus, mais j'avoue l'avoir cherché sur les réseaux et le trouver mignon. Je remue la tête à nouveau et j'appuie sur la touche d'appel.

Ça sonne une… deux… trois fois, et je me mords la lèvre. Peut-être qu'il ne répond pas aux numéros inconnus. J'aurais dû le prévenir par message d'abord ? Je n'aime pas les situations imprévisibles, où je perds le contrôle.

— Allô ?

Cette voix m'évoque tout de suite le mot murmuré contre ma poitrine cette nuit-là : *chaud*.

— Salut.

Je fais comme si de rien n'était.

— C'est…

— Rain.

Quand je l'entends prononcer mon nom, je me sens un peu comme une étrangère.

— Oui, j'ai vu ton message sur Insta.

Un silence de quelques secondes, puis un soupir.

— Je t'ai enfin retrouvée.

Je t'ai enfin laissé me retrouver.

— Ça me fait plaisir de savoir que tu vas bien.

— Je… voulais te remercier de m'avoir sauvé cette nuit-là. Je ne sais pas ce que je serais devenu si tu ne m'avais pas aidé. Sincèrement, merci beaucoup.

Je ne m'attendais pas à ce que sa voix soit si douce.

— Ne t'en fais pas, c'est rien du tout.

Je ne sais pas quoi dire d'autre et j'espère que cela lui suffira. Quoique, dans le fond, je voudrais… le connaître un peu mieux ?

— J'aimerais t'inviter à manger pour te remercier. Ou autre chose si tu préfères.

Sa voix hésite, il semble nerveux.

— Bien sûr, c'est pas un rendez-vous ou un truc du genre, juste… tu as compris, pour te remercier en personne.

C'est clair : il a l'air vraiment nerveux et ça me fait sourire. C'est adorable.

— OK, on peut se voir… Au Café Nora, tu vois où c'est ?

Il y a toujours plein de monde au Café Nora, ça sera rapide, c'est sûr.

— Oui, je vois où c'est, mais je préférerais t'emmener dans un endroit plus… classe. Tu m'as sauvé la vie, Rain. Je ne veux pas te rendre la pareille avec un café et un morceau de pain rassis.

— Ne sous-estime pas le Café Nora, Apollo.

En prononçant son nom, je suis surprise de la légèreté avec laquelle je m'adresse à lui.

— D'ailleurs, leur pain est frais et leurs donuts sont délicieux.

— Bon, c'est toi qui décides. Où tu veux, ça me va.

Je hausse un sourcil.

— Tu es toujours aussi prévenant ?

Il y a un blanc.

— Je crois, oui.

Je soupire :

— C'est bon, tu choisis.

— Demain, c'est possible ?

Ce garçon est incapable de dissimuler ses émotions quand il parle ? Je ne suis pas habituée à tant de transparence.

— Oui, après mes cours. Je te dis quand je sors.

Je ne sais pas pourquoi je souris en prononçant ces paroles, son émotion serait-elle contagieuse ?

— D'accord, merci d'avoir réagi au post, Rain. J'avais tellement besoin de te parler et de te remercier en personne…

— Détends-toi, on se voit demain, Apollo.

— OK.

Durant quelques secondes, il ne dit rien.

— Espérons qu'il ne pleuvra pas.

Il lâche un petit rire rauque qui me provoque des chatouilles à l'estomac, et je mets un peu de temps avant de réagir :

— C'est vrai, espérons qu'il ne pleuvra pas.

— Sinon, je n'aurai aucune excuse pour t'embrasser cette fois.

Il l'a dit d'une façon si subtile… C'est une boutade bien sûr, mais… serait-il en train de me draguer ? *Non, Rain, ça suffit. C'est juste une blague.*

— Bonne soirée, Apollo.

— Bonne soirée, Rain.

Je raccroche, mais je reste assise sur mon lit. Je sais que je n'aurais pas dû accepter, cet appel était censé régler les choses, mais je n'en ai pas été capable. Et puis un repas, ce n'est pas la mer à boire. Le rencontrer une seule fois ne posera pas vraiment de problème. Il a besoin de ça, et ça ne me coûte rien d'accepter ses remerciements.

Je me laisse tomber sur le lit et je fixe le plafond. Alors pourquoi est-ce que je suis dans un état pareil ? C'est clair qu'il est charmant, et la façon dont on s'est rencontrés est quelque peu inoubliable, même si ce n'est pas dans le bon sens du terme. Est-ce une raison suffisante pour me sentir attirée par lui comme ça ? C'est une très mauvaise idée. Ce serait problématique, et pour tout le monde.

Sinon, je n'aurai aucune excuse pour t'embrasser cette fois.

Je me redresse et m'assieds sur le lit. Je me secoue mentalement. Je ne vais pas me faire de films pour ça. C'est simple, il n'y a aucune raison de compliquer les choses, et je ne le ferai pas.

Je vais manger avec Apollo une fois et je ne ressentirai rien, point à la ligne.

6.

APOLLO

Ce n'est pas un rendez-vous.

Je me répète cette phrase en cherchant ce que je vais porter. En général, ça m'est égal, un jean et une chemise et c'est bon. Mais bizarrement, je réfléchis beaucoup trop aujourd'hui. Je pense à l'image que Rain doit avoir de moi. La seule fois qu'elle m'a rencontré, j'étais trempé, commotionné et ensanglanté. Cette première impression a été merdique, mais je ne peux pas m'habiller trop classe non plus, puisque ce n'est pas censé être… un rendez-vous.

Arrête de ressasser, Apollo.

— Oui, oui, il est par là.

J'entends la voix de Gregory dans le couloir, puis je vois sa tête apparaître par la porte entrebâillée de ma chambre.

— Tu es présentable ?

Il me regarde et remarque que je suis encore en caleçon.

— Tu n'étais pas censé sortir ? Peu importe.

Gregory entre, tourne l'écran du téléphone vers moi pour que je puisse voir la personne en appel vidéo. Il est debout, occupé dans la cuisine. Ses cheveux noirs sont hirsutes, il ne porte pas de chemise, on voit sur le côté de son torse ce nouveau tatouage qu'il s'est fait dessiner il y a quelques mois.

— Brooo !

Ares me salue de ce sourire aux dents parfaitement alignées dont nous avons été gracieusement dotés, nous, les trois fils Hidalgo.

— Hé ! je lance en guise de bonjour.

Je ne m'y attendais pas. J'essaie de trouver un jean vite fait pour ne pas qu'il comprenne que j'hésite sur lequel choisir : Ares me connaît par cœur.

— Gregory me dit que tu as rendez-vous.

Je lance un regard assassin en direction de mon ami, qui fait mine de ne pas comprendre :

— Quoi ?

— Ce n'est pas un rendez-vous.

— Alors, pourquoi t'es pas encore habillé ? signale Ares, en se penchant sur l'îlot où est posé son téléphone.

— Parce que vous ne m'avez pas laissé le temps de finir.

J'entends une voix à l'arrière.

— C'est qui ?

Cette voix sera toujours aussi douce. Ares lui répond et je la vois apparaître sur l'écran.

— LOLOOO ! fait-elle.

Ça me fait rire.

— Salut, Raquel.

Raquel pousse Ares sur le côté.

— Lolo, comme tu as grandi.

— Hé ! C'est mon frère.

Ares cherche à l'écarter de la caméra, mais elle ne se laisse pas faire.

— Waouh, et moi tu ne me dis pas bonjour, fait Gregory en posant une main sur son torse. Franchement, Raquel, tu me déçois.

— Oh ! Le morpion, tu sais que c'est toi mon préféré.

Raquel embrasse exagérément la caméra et recule. Puis elle demande, curieuse :

— Quoi de neuf par ici ?

On se fait un appel vidéo de temps en temps, je crois qu'on se sent tous un peu loin les uns des autres. Et là, ça me gêne de me retrouver en caleçon devant tout le monde.

— Apollo a rendez-vous, lâche Ares.

Je plisse les yeux.

— Ce n'est pas un rendez-vous !

Gregory chuchote :

— C'est la fille qui l'a sauvé ! C'est pas ultra romantique ?

— C'est vrai ? C'est Rain ! J'y crois pas.

Évidemment que Raquel sait déjà tout.

— Je veux juste la rencontrer pour la remercier.

— Ouais...

Ares se retourne pour jeter un œil à ce qu'il est en train de cuisiner.

— C'est des griffures que tu as dans le dos, Ares ? commente Gregory, à qui rien n'échappe.

Comme mon frère est plutôt clair de peau, c'est vrai que ça se voit bien.

Raquel rougit et change de sujet :

— On parlait d'Apollo.

— Raquel, mais quelle sauvage, je n'aurais pas cru ! s'exclame Gregory en remuant la tête.

Je grimace.

— Vous pouvez me laisser seul ? je leur demande. Si ça continue je n'aurai pas le temps de choisir ma tenue.

Ares se retourne vers la caméra.

— Si c'est pas un rendez-vous, pourquoi t'es pas habillé ? Tu réfléchis à ce que tu vas mettre, en plus. Pourquoi tu hésites autant si ça ne veut rien dire pour toi ?

Je hais mon frère et son sens de l'observation.

— J'ai juste envie de me sentir à l'aise, je prétexte.

— C'est un rendez-vous ! Génial ! s'exclame Raquel, tout excitée.

Les convaincre du contraire est une perte de temps, alors je laisse tomber.

— Arrêtez de faire comme si c'était mon premier rendez-vous, s'il vous plaît, je proteste, un peu honteux.

— Ce n'est pas le cas ? plaisante Ares. C'est pas possible, on tourne le dos deux minutes…

— Allez, c'est bon, ne te moque pas, Ares, quand même, me défend Raquel en décochant un de ses fabuleux sourires.

— Merci, Raquel, il est toujours aussi pénible, franchement.

— Votre pénible préféré.

Ares nous adresse un clin d'œil, et moi je lui adresse une grimace désapprobatrice.

— Je vote pour le jean et le sweat noir avec les écritures rouges, me conseille Raquel. Le noir te va très bien, Lolo. Ça te donne un air adorable et sexy à la fois.

— Je suis toujours là, fait Ares en l'embrassant sur la joue.

Elle éclate de rire et je ne peux m'empêcher de rire avec eux. Une chose est sûre, tous les deux, ils filent le parfait amour.

— Eh ! C'est pas beau de narguer la misère des autres, râle Gregory en faisant la grimace.

— Comment ça, *la misère* ? T'avais pas une copine ? demande Raquel. Kelly, C'est ça ?

— Nan, on n'est pas ensemble.

Je passe la langue sur mes lèvres. La situation est un peu tendue depuis le jour où j'ai trop bu et vidé mon sac à propos de Kelly. Elle n'a pas souvent remis les pieds chez nous depuis. Elle attend certainement que les choses se tassent un peu.

Je m'habille en décidant de suivre le conseil de Raquel. Un jean et le sweat noir, je m'en tiens là.

— Et puis arrêtez avec vos TikTok écœurants, j'en peux plus, ajoute Gregory.

Raquel rigole.

— Ben, apparemment tu les regardes tous, tu es toujours le premier à les liker.

Raquel lui tire la langue.

— C'est pour soutenir les copains. Mais maintenant, c'est fini.

J'asperge le sweat d'un peu d'eau de toilette, ignorant les encouragements de Raquel, d'Ares et de Gregory. Je leur dis au revoir et me tire de là : ils seraient capables de me harceler tout l'après-midi avec cette histoire.

★

Quand j'arrive à la fac, j'ai les mains moites. Rain m'a déjà envoyé un message. Elle a fini les cours et m'a donné rendez-vous au café dans cinq minutes. Je ne sais pas pour quelle raison je suis si nerveux, certainement parce que je vais enfin rencontrer la fille qui m'a sauvé, Rain. Celle qui a incarné la chaleur dans le froid glacial. La fille qui a hanté mon esprit presque chaque jour depuis cette nuit pluvieuse.

Je passe sous l'enseigne du Café Nora et j'entre dans l'établissement. L'odeur de café saute au nez, et de la musique pop s'échappe doucement des haut-parleurs ; je jette un œil en direction de la longue rangée de tables. Elles sont adossées, l'une à côté de l'autre, à la baie vitrée et offrent une belle vue sur les espaces verts de l'université. Deux groupes de personnes sont installés autour de vastes tables, mais les autres sont libres : Rain n'est pas encore arrivée. Un gars aux cheveux bleus avec les deux oreilles percées m'accueille en souriant depuis le comptoir.

— Bienvenue au Café Nora. La spécialité du jour est un *macchiato* glacé accompagné de ses biscuits encore chauds.

Je lui souris à mon tour, son enthousiasme est contagieux. Il a des yeux marron très chaleureux et ses joues sont légèrement roses. Il s'éclaircit la gorge, ce qui me fait réaliser que je l'observe un peu trop fixement.

— Euh, je ne vais pas commander tout de suite. J'attends quelqu'un… ma…

Ta quoi, Apollo ? Tu ne la connais même pas.

Le garçon attend la suite, mais comme mon cerveau ne connecte pas, il semble avoir pitié de moi.

— C'est pas facile, hein ? soupire-t-il. On est tous passé par là. Tu peux t'asseoir, et quand cette personne arrivera, je viendrai prendre la commande.

— Merci.

Je lui tourne le dos, un peu peiné, et je cherche une table. Je m'assieds et j'essuie la sueur de mes paumes sur mon pantalon. Il faut que je me calme. Je n'arrive pas à détacher les yeux de la porte du café. J'essaie de penser à autre chose, de ne pas compter chaque minute qui passe, mais en vain ; j'avale ma salive tant bien que mal.

Et ça finit par arriver. Quand la clochette de la porte signale l'arrivée de quelqu'un, je reste pétrifié. Je ne sais pas comment, mais j'ai la certitude que c'est elle, une part de moi doit avoir sa silhouette ou son visage en mémoire, car je n'ai pas le moindre doute : c'est Rain.

La première chose que je remarque, ce sont les cheveux blonds ébouriffés qui entourent son visage, ils sont un peu ondulés sur la moitié inférieure. Elle porte un jean et un sweat rose pâle. Elle s'agrippe à la lanière de son sac tout en parcourant le café du regard : elle me cherche. J'aimerais pouvoir dire que je lève la main pour lui faire signe, mais ce n'est pas le cas, je ne fais que la contempler, ébahi. Rain me voit et me sourit.

Mon cœur va exploser.

Quelque chose en Rain m'apaise instantanément, son aura et tout son être irradient. Ça semble stupide de dire ça d'une personne qu'on voit pour la deuxième fois, mais c'est ce que je ressens. Elle s'approche de la table et vient s'asseoir de l'autre côté.

Quand je la vois en face de moi, le sourire aux lèvres, j'en perds la voix : elle est magnifique. Il ne s'agit pas de perfection, il s'agit de son être, de son énergie, de l'étincelle dans son regard, de son sourire.

— Apollo Hidalgo, dit-elle en joignant ses deux mains sur la table.

— Rain.

— Nous nous rencontrons enfin.

Elle jette un coup d'œil à travers la vitre.

— Et pourtant il ne pleut pas.

— Tu es super belle, je lâche du tac au tac, et j'en reste bouche bée.

Une bouffée de chaleur monte de ma nuque vers mon visage. Je cherche à m'excuser :

— Pardon, c'était…

— Merci, me répond-elle avec un léger rire. Tu n'es pas trop mal non plus.

Je hausse un sourcil.

— Pas trop mal ?

— Tu es beau, tu le sais, tout le monde le sait à la fac. Je pense que ton ego survivra, même sans compliments de ma part.

Elle se laisse retomber en arrière sur sa chaise. Elle a l'air détendu, ce qui fait que je me sens mieux, moins stressé. Je desserre un peu les poings, un peu plus à l'aise qu'il y a quelques minutes.

— Merci d'avoir accepté mon invitation, je voulais vraiment te voir, je veux dire, te voir pour te remercier, je précise.

Elle rit.

— Tu es toujours comme ça ?

— C'est-à-dire ?

— Aussi adorable.

Ce mot évoque en moi le souvenir de deux yeux noirs et de lèvres pulpeuses qui m'ont murmuré la même chose à l'oreille à de nombreuses reprises.

— Je ne suis pas adorable.

Mon ton est plus sec que je ne le voudrais, et elle le remarque.

— OK.

— Qu'est-ce que tu veux boire ? je demande pour changer de sujet.

— On va commander ensemble.

Elle se lève et je la suis.

Au comptoir, Rain analyse la carte sur le mur, l'index posé sur le menton, et communique son choix au gars aux cheveux bleus. On dirait qu'ils se connaissent, ils se sont salués et discutent un peu, tandis qu'elle complète sa commande. Je ne prends qu'un café, ça m'étonnerait que je puisse ingurgiter autre chose à cet instant précis.

De retour à la table, je suis surpris par la quantité de choses qu'a commandée Rain : un sandwich, un petit pain, un croissant au chocolat, une part de gâteau et un caramel *macchiato*. Je comprends mieux pourquoi elle m'a dit qu'elle avait un petit faible pour cet endroit. Rain avale une gorgée de café et me regarde.

— Dis-moi ce que tu as à me dire, Apollo, m'encourage-t-elle. Je sais que c'est pour ça que tu as tant insisté pour me voir. Dis-le-moi.

— En fait, je ne sais pas comment m'y prendre pour le dire… ou plutôt comment le mettre en mots.

Je souffle, mes yeux fixent la table, car je n'arrive pas à la regarder dans les yeux.

— Cette nuit-là… a été la plus horrible de toute ma vie, elle me traumatise encore. Si tu n'étais pas arrivée, si tu ne m'avais pas sauvé, je ne serais pas ici aujourd'hui. Je n'ai pas de mots pour expliquer combien je te suis reconnaissant. Il n'y a rien que je puisse t'offrir qui vaille autant que ce que tu m'as dit cette nuit-là.

Je lève les yeux pour la regarder en face.

— J'imagine que je vais devoir me contenter de simplement te dire du fond du cœur : merci, Rain.

Ses joues rougissent un peu, et elle bat des paupières, en souriant, mais je vois bien qu'elle est touchée.

— Ah, mais ce n'était pas grand-chose, vraiment. Je ne mérite pas tant de sincérité et de gratitude.

J'ouvre la bouche pour protester, mais elle poursuit :

— Je suis juste très heureuse de voir que tu vas bien.

On continue à parler et, tout en mangeant, elle me raconte ses cours, dont un débat qu'elle a eu avec un prof. Rain parle facilement, elle est tout sauf réservée. Chez elle, le silence n'existe pas ; et j'en profite, parce que je n'ai jamais été très bavard. Je l'écoute, je la regarde et je mémorise chaque détail. Rain a trois trous dans chaque oreille, où l'on peut voir trois boucles d'oreilles, comme autant de petits points très délicats. Dans ses yeux rayonne une lueur chaleureuse qui donne envie de se confier totalement. Quelques marques d'acné mal soignée ont laissé des traces sur ses joues. Elle a des lèvres fines sur lesquelles elle passe la langue régulièrement tandis qu'elle parle. Elle n'est pas maquillée, elle porte juste un peu de rose sur les lèvres, assorti à son sweat. Plus je la regarde, plus je réalise que tout me plaît chez elle.

Attends… attends… Apollo, non.

« Tout me plaît chez elle ? »

Tu viens de faire sa connaissance. Elle ne peut pas te plaire déjà, Apollo.

Une fois sortis du café, on se balade un peu sur les pelouses de la fac, et je prends mon courage à deux mains pour lui demander :

— Rain, tu as le droit de me dire non, mais est-ce que je peux te serrer dans mes bras ?

Je me suis toujours imaginé que, quand je la remercierais, je la serrerais très fort.

Rain sourit.

— Bien sûr.

Elle est aussi grande que moi, et, quand je l'entoure de mes bras, nous nous assemblons parfaitement. Pourtant, je ne m'étais pas préparé à ressentir ce parfum d'agrumes qui m'emplit le nez. La chaleur humaine et l'odeur de Rain me ramènent à cette nuit, à ce moment, à ce réconfort qu'elle a représenté au milieu du froid et de la souffrance.

Mes yeux brûlent de larmes inattendues qui coulent précipitamment, je ne comprends pas d'où viennent ce trouble et cette agitation. Je me cramponne à elle et j'enfouis encore plus mon visage au creux de son cou.

— Rain…

Je ne sais pas quoi lui dire, je n'ai plus de voix. Je ne sais pas comment lui dire que son odeur… et sa chaleur ont ouvert la porte aux émotions que j'ai réprimées cette nuit-là, à toute cette peur, cette douleur.

Rain se contente de me serrer.

— Ça va aller, Apollo, dit-elle en me tapotant le dos. Ça va aller, tu es en sécurité, il ne fait plus froid.

Je me détache d'elle pour la regarder dans les yeux ; elle prend mon visage dans ses mains pour essuyer les larmes sur mes joues avec ses pouces.

— Il ne pleut plus.

Elle me rassure de sa voix apaisante, ce qui me fait sourire malgré les larmes, et je réponds :

— Il ne pleut plus.

7.

APOLLO

Je ne peux pas m'empêcher de penser à elle.

Et je me sens débile parce que je ne l'ai vue que deux fois. D'accord, je suis un romantique, mais je n'ai jamais cru à l'amour au premier regard. J'ai toujours pensé qu'il fallait un peu plus de matière pour tomber amoureux. Un seul regard, ça ne suffit pas. Et de toute façon, la première fois que j'ai vu Rain n'a pas été phénoménale : c'était sous la pluie, j'avais été passé à tabac et laissé pour mort. Je ne dois pas faire partie de ses meilleurs souvenirs, question première impression.

Après qu'elle m'a laissé la serrer, ce qui m'a ramené à la vie, Rain m'a dit au revoir et j'ai eu envie de lui demander qu'on se revoie. Mais je ne voulais pas paraître insistant, ni lui faire peur. Plusieurs jours ont passé, et je ne sais pas comment reprendre contact. Je ne sais pas quelle excuse inventer, je ne veux en aucun cas lui proposer un rendez-vous sans savoir ce qu'elle pense de moi.

Peut-être qu'elle avait l'intention d'accepter que je la remercie et rien d'autre. Je soupire et j'avale une gorgée de café, mon pouce effleure le bord de la tasse. Je suis à nouveau au Café Nora, assis à la table où nous nous étions installés l'autre jour. Je suis venu plusieurs fois depuis, avant les cours.

Je me sens observé et, quand je jette un œil en direction du comptoir où se trouvent les serveurs, j'aperçois le copain du type aux cheveux bleus qui travaille aussi ici. Il a les cheveux noirs, il est très grand et affiche un air sérieux. Il ne parle pas beaucoup, il prépare les cafés pendant que le gars aux cheveux bleus prend les commandes. Le brun ne communique avec personne, mais je l'ai surpris plusieurs fois en train de me fixer, je ne sais pas si c'est mon imagination, mais il a l'air… énervé. Peut-être qu'il en a marre de me voir tous les jours, je le comprends.

J'ai aussi remarqué que beaucoup de gens bloquaient sur lui au café. C'est vraisemblablement un gars qui fait du sport ou un truc du genre, parce que les muscles de ses bras sont bien dessinés et les manches de la chemise noire de sa tenue de travail lui compriment presque le biceps, à l'endroit où on peut voir, sur le bras droit, le début d'un tatouage.

Je me concentre à nouveau sur mon café que je savoure un long moment.

— Je voulais savoir ce que cette table a de spécial, chuchote le type aux cheveux bleus.

De temps en temps, on discute un peu. J'ai pris mes quartiers ici, je viens quasiment tous les matins. Il est debout à côté de moi, un torchon à la main, pour nettoyer les tables libérées. Je lève les yeux et croise son regard marron ; je lui souris.

— Je ne sais pas…

Je montre la chaise vide en face de moi.

— J'imagine que c'est à cause de la vue.

Il lève un sourcil et je remarque le minuscule piercing qui s'y trouve.

— La vue sur une chaise vide ?

Je rigole. Bizarrement, je ne suis pas si nerveux, en dépit des difficultés que j'ai habituellement à nouer des contacts. Il rit à son tour et me montre la chaise.

— Je peux ?

— Bien sûr.

Il s'assied ; de près, ses cheveux bleus tout décoiffés sont hyper voyants, ils partent dans tous les sens. Il me rappelle un personnage de dessin animé. Ses joues sont toujours un peu rouges, même quand il est debout derrière le comptoir. Certainement à cause des vapeurs de café, des machines, peut-être.

— Laisse-moi deviner. C'est à cette table que Rain a cassé avec toi et tu n'arrives pas à t'en remettre.

— Tu la connais ?

Il acquiesce.

— Qui ne connaît pas Rain sur le campus ? Elle est brillante et super sympa avec tout le monde. Elle devrait s'appeler « Soleil », si tu veux mon avis.

Le sourire bienveillant et les yeux lumineux de Rain me reviennent en mémoire. Il a sûrement raison.

— Je viens de la rencontrer, ce serait un honneur qu'elle casse déjà avec moi.

— Ah, c'est ta crush.

Il hoche la tête.

— Bienvenue au club, mon pote.

— Quoi, toi aussi ? je demande, étonné.

Il éclate de rire.

— Non, Rain est mignonne, mais j'aime les garçons.

— Oh.

Il hausse un sourcil.

— « Oh » ? Ça te gêne ?

— Pas du tout.

Il se recule sur sa chaise et croise les bras, l'air amusé.

— T'inquiète, t'es pas mon genre.

Je commence à paniquer, je ne voulais pas qu'il pense que j'imaginais ça.

— Je ne pensais pas que…

— Apollo. C'était une blague.

Je suis étonné qu'il connaisse mon prénom.

— Comment tu sais comment je m'appelle ?

— Tu sais combien de commandes j'ai pris à ton nom ces derniers jours ?

Évidemment, je suis un abruti fini.

Il se lève et s'étire un peu avant de fouiller dans la poche de son tablier, puis de me tendre un bout de papier.

— Il y a une soirée sur le campus ce soir, voilà l'adresse.

— Ah ?

Il sourit.

— Rain y sera, m'annonce-t-il comme pour se justifier. Je suis fatigué de te voir errer comme une âme en peine ici. Fais quelque chose.

Je prends le papier, sa main reste tendue vers moi. Je le regarde, il continue à sourire.

— Je m'appelle…

— Xan, je le coupe en souriant et en lui serrant la main. Tu sais combien de fois j'ai lu le nom sur le badge de ton tablier, quand tu prenais ma commande ?

Je montre la partie de son tablier où le badge est affiché. Il se remet à rire et me lâche la main.

— OK, celle-là je l'ai méritée.

— Xan !

La voix du type brun nous interrompt et je le regarde : il a définitivement l'air énervé.

— Désolé, il est un peu aigri, chuchote Xan en se retournant pour s'en aller. À plus, Apollo.

Je lui souris sans desserrer les lèvres. Il retourne derrière le comptoir et se met à s'affairer. L'autre gars continue de me regarder, et ça m'intimide : je baisse les yeux vers le morceau de papier. Je prends conscience qu'on est vendredi. C'était sûr qu'il y aurait une soirée étudiante quelque part. Je copie l'adresse dans Google Maps et range le papier dans ma poche ; je me lève et sors.

*

Après m'être douché et avoir passé quelques heures étendu sur le canapé, je me rends compte que ces derniers temps l'appartement me paraît vide. Kelly n'est plus revenue depuis la cuite et ma confession débile, et Gregory n'est presque jamais là. Je n'ai pas pu m'excuser auprès de Kelly et je n'ai pas envie de lui écrire un message. Pourquoi je ne le fais pas ? Parce que c'est toujours plus facile de se dire les choses en personne. Quand on discute en face à face, il n'y a pas de place pour l'interprétation, alors que par écrit, chacun traduit différemment l'intention qui se cache derrière les mots.

Je vais sur Insta pour me distraire un peu en regardant les *stories*. Sur celle de Rain figure une photo floue d'elle devant le miroir, en train de se passer du rose à lèvres comme celui qu'elle portait le jour où nous nous sommes vus, avec le hashtag #PrêtePourLaTeuf. Elle ira bien à la soirée dont Xan m'a parlé. Je garde le doigt sur l'écran pour rester sur sa page et continue à regarder la photo. Elle semble gaie et enthousiaste, j'ai l'impression qu'elle n'a pas vraiment l'intention de me recontacter pour que l'on se revoie.

Apollo, arrête de te faire des films dans ton coin.

Je retire mon doigt, et la *story* suivante me fait sourire.

Daniela.

Mon premier amour, ma première fois, la fille qui m'a brisé le cœur, puis qui l'a ravaudé avant de partir pour l'université.

Je me rappelle cet après-midi d'il y a un an comme si c'était hier.

Le vent sur la plage soulevait ses cheveux sur le côté et la lumière du couchant emplissait le ciel d'une couleur orangée. Nous étions assis sur le sable, face à la mer. Par moments les vagues arrivaient jusqu'à nos pieds. On avait passé le week-end ensemble, rien que tous les deux, dans la maison de vacances d'un ami de Dani. Je ne comprenais pas bien où nous en étions, nous n'étions pas vraiment ensemble, mais nous n'étions pas non plus avec quelqu'un d'autre. Dani partait pour l'université la semaine suivante. Elle m'a demandé :

— Tu aimes la mer, son immensité ? Si vaste, si ouverte… si libre.

J'ai soupiré et regardé l'océan.

— Je crois, oui.

— Moi, je m'y identifie.

Elle m'avait pris la main sur le sable.

— Je veux aller à l'université, je veux découvrir le monde, je veux rencontrer des gens et je veux que tu fasses la même chose.

Waouh… *Mais je m'étais repris et j'avais tout simplement dit :*

— Ares et Raquel vont essayer d'avoir une relation à distance, pourquoi on ne ferait pas la même chose ?

J'avais presque honte du ton suppliant que j'avais employé. Elle m'a serré la main et a approché son visage du mien.

— Regarde-moi dans les yeux, Apollo. Et dis-moi sincèrement que c'est ce que tu veux.

J'ai ouvert la bouche pour la refermer aussitôt. Elle m'a caressé la joue.

— Nous savons tous les deux qu'il nous reste beaucoup à découvrir de nous-mêmes.

Je savais à quoi elle faisait allusion. Elle a poursuivi :

— Je veux qu'on en reste là… sur de bons moments, alors qu'on est libres et qu'il y a encore beaucoup d'affection entre nous.

Je n'ai pas pu m'empêcher d'être sentimental :

— Je t'aime, Daniela.

Je l'ai embrassée, car je sentais que ce qu'il y avait entre nous était emporté par la brise marine qui nous enveloppait.

— Je t'aime, j'ai répété en silence.

— Moi aussi je t'aime, Apollo aux doigts de fou.

Ça nous a fait rire tous les deux. Et je l'ai encore embrassée. Je voulais savourer jusqu'au dernier moment.

Je me souvenais encore de la nuit où je l'avais vue pour la première fois, au club d'Artemis, quand elle avait surgi à côté de moi, cherchant à me plaire en souriant et en dansant. Je me rappelais avoir pensé : « Merde, qu'elle est belle. » Tout son visage s'illuminait dès qu'elle souriait.

Mais Dani était bien plus qu'un joli sourire. Elle m'avait écouté si souvent, elle me connaissait comme personne. Elle m'avait poussé à explorer des aspects de ma personnalité que j'avais conservés tapis à l'intérieur. Tout ça sans tabou, sans jamais faire interférer ses intérêts avec les miens. Elle avait raison, évidemment.

Il nous fallait une fin comme celle-là, romantique, sur la plage, quand on s'aimait encore. Le véritable amour ne doit pas nous enchaîner, nous asphyxier ou nous imposer de limites.

C'est pour ça que quand je vois sa *story*, j'esquisse un large sourire, car c'est elle qui avait raison. Pour moi, Dani n'est pas un souvenir amer ou douloureux, c'est la liberté et la tendresse éternelles. Dans sa *story*, elle est à une soirée, il y a des lumières partout, elle saute, un verre de rouge à la main, en criant comme une folle et en secouant ses cheveux. Son bonheur est contagieux.

Dans la *story* suivante, elle embrasse une fille aux cheveux rouges. Je souris. Elles sortent ensemble depuis plusieurs mois et elle semble heureuse. Dani ne s'est jamais collé d'étiquette, elle dit que c'est juste une histoire de fluide. Elle tombe amoureuse des gens, peu importe que ce soit des garçons ou des filles. Pour elle, les étiquettes, c'est archaïque.

Je like sa *story*, et quasi instantanément, je reçois un appel vidéo.

— LOLOOO ! hurle Daniela à gorge déployée.

Il y a beaucoup de bruit, de la musique, la pièce est sombre, mais je peux distinguer quelques parties de son visage.

— Ne me dis pas que tu es enfermé chez toi un vendredi soir !

Je rigole, je sais que même si je réponds, il n'y aura pas moyen qu'elle m'entende avec tout ce foin derrière.

— Tire-toi de là, Apollo Hidalgo !

Elle hurle, mais l'appel vidéo est brutalement interrompu.

Sous ces encouragements, je récupère mes affaires et prends la direction de la soirée.

*

La vie nocturne dans le centre de Raleigh est bruyante et animée. J'avance en suivant les indications de mon téléphone. Je traverse une rue et j'entre dans l'enceinte d'une résidence fermée, où les maisons sont magnifiques. Je continue et j'arrive devant la demeure à deux étages qu'indique l'application. Aux vibrations qui en sortent, je devine que je suis au bon endroit.

Mes mains sont moites, une fois de plus, et je les frotte sur mon jean en me donnant du courage.

Allez, tu es arrivé jusque-là, Apollo. Tu entres.

La porte est ouverte et personne ne semble se soucier de qui franchit le seuil, dans un sens ou dans l'autre. Il y a beaucoup trop de monde pour contrôler quoi que ce soit. La musique gronde dans mes oreilles et je me faufile à travers un groupe dont je ne parviens pas à capter s'ils dansent ou s'ils sont juste posés. À vrai dire, je crois que c'est un peu les deux.

J'aboutis dans une sorte de salon avec une étagère immense qui s'étend sur tout un mur. Plusieurs groupes de personnes sont occupés à discuter et c'est là que j'aperçois

Rain. Elle rit, il y a des gens autour d'elle : mon cœur s'emballe, abruti que je suis.

Je m'avance, hésitant et nerveux, quand mon regard est attiré par une forme bleue sur ma droite. Quand je me retourne, j'aperçois Xan à quelques mètres, et il n'est pas seul. Derrière lui se tient le gars aux cheveux noirs. Xan lui tourne le dos, et le type l'étreint par-derrière. Il embrasse Xan sur la tempe puis pose son menton sur son épaule avant de me fixer droit dans les yeux.

Durant plusieurs secondes, je déglutis, immobile. Les mots qu'a prononcés Dani cet après-midi-là me reviennent : *« Tu aimes la mer, son immensité ? »*

Je crois, oui, Dani.

8.

APOLLO

Au beau milieu de cette marée humaine, je ne bouge pas, j'hésite…

Rain se trouve à quelques pas de moi. Elle ne m'a pas vu, elle rit très fort à ce que vient de dire une fille en face d'elle. Je remarque que ses joues se gonflent quand elle rit.

Adorable, je me dis.

Je comprends qu'elle soit populaire sur le campus, elle dégage une telle chaleur et son sourire irradie de tous côtés. Elle me fait penser à Gregory. Ils ont tous les deux une personnalité qui brille et qui attire.

J'ai toujours été étonné de constater à quel point nous sommes différents les uns des autres. Je crois que c'est cette observation qui m'a amené à m'intéresser à la psycho et à finalement l'étudier. J'ai envie d'en savoir plus sur le comportement humain, le développement de la personnalité, et ce genre de choses. Comment est-ce possible que, même en ayant grandi au sein du même foyer, mes frères et moi soyons si différents ? Je n'ai jamais pu m'empêcher de me comparer à eux ou à leurs amis. Même si Ares et Artemis peuvent se montrer froids à leur manière, ils se font sans problème des amis et nouent facilement des relations. Alors, pourquoi est-ce si difficile pour moi ?

Tu as un esprit de vieux dans un corps de jeune. En guise de réponse, les paroles de mon grand-père me reviennent en mémoire. Je crois que c'est lui qui a raison, depuis le début.

— Apollo ?

La voix d'Erica me tire de ma rêverie et je me tourne vers elle. Son visage marque la surprise, ce qui doit aussi être mon cas, car je ne m'attendais pas à la trouver là. C'est la seule amie que je me suis faite à la fac, mais je n'aurais jamais cru que c'était le genre de fille qui allait en soirée. En réalité, j'aurais mieux fait de ne rien imaginer d'elle. Ses cheveux ondulés sont attachés en queue-de-cheval haute et elle porte un sweat rouge ainsi qu'un jean large. Je ne cache pas ma surprise :

— Quoi ? Incroyable… j'avoue.

Elle réajuste ses lunettes et me sourit.

— Pareil pour moi, je ne pensais pas te voir ici.

— Crois-moi, j'ai beaucoup hésité à venir.

— Tu veux boire quelque chose ?

Elle lève un verre dont le contenu est rouge et je secoue la tête avant de regarder dans la direction de Rain. Erica semble le remarquer, car elle ajoute :

— Oh, Rain. Eh, attends… Quand on s'est rencontrés, tu étais en train d'écrire le mot « Rain » sur ton cahier. C'était pas parce que tu aimes la pluie, mais à cause d'elle, c'est ça ?

Elle vient d'avoir un déclic ; elle continue sur sa lancée :

— Ça m'a paru bizarre que tu détestes la pluie, et que tu n'arrêtes pas d'écrire ce mot partout où tu pouvais… Waouh, maintenant que j'y pense, c'est parce que t'es accro que t'écris son nom partout. C'est un truc de taiseux, ça, non ? conclut-elle en rigolant.

Ça me fait un peu rire.

— Je suis le type le plus transparent que tu rencontreras dans ta vie.

— Ça, je le savais déjà.

Elle me tapote gentiment le bras.

— Qu'est-ce que tu attends pour t'approcher ?

— J'ai du mal à me mêler aux conversations.

— Tu ne m'apprends rien, Apollo.

On se met un peu sur le côté pour ne pas bloquer la circulation des gens, et Erica s'appuie sur le mur, les bras croisés.

— Il faut qu'on travaille tes compétences sociales.

— C'est toi qui dis ça.

Elle fait l'offensée.

— Pour ta gouverne, j'ai beaucoup d'amis.

— Bien sûr.

— Apollo ! crie quelqu'un.

J'aperçois des cheveux bleus qui fendent la foule pour arriver jusqu'à nous. Xan nous sourit, ses joues sont toujours aussi rouges et je réalise que c'est comme ça qu'elles sont naturellement, que la chaleur du café où il travaille ou les émotions n'y sont pour rien.

— Apollo ! Mademoiselle Erica.

Xan exécute une petite révérence.

— Vous vous connaissez ? demande Erica.

Xan acquiesce.

— Apollo est un habitué du Nora.

— C'est vrai ? fait Erica, dubitative. Je ne t'y vois jamais.

— Il vient le matin, toi l'après-midi, explique Xan.

Il pose ses mains sur les hanches et me fixe.

— Je suis super content que tu sois venu. Tu es allé parler à Rain ?

Erica soupire théâtralement.

— Qu'est-ce que tu crois, Xan ? Regarde-moi ces petits yeux d'agneau tout suppliant.

Xan remue la tête.

— Tu as besoin d'aide ? Ça me connaît, ce genre de choses.

— C'est bon, je réponds, un peu vexé.

Xan se retourne vers Erica et suggère des stratégies d'approche pour aborder Rain. Il se gratte inconsciemment le haut du bras et remonte la manche de sa chemise jusqu'en haut, et c'est là que je les vois : des bleus sur la peau. Je fronce les sourcils. On dirait les traces de doigts d'une main qui aurait serré trop fort. Xan cesse de se gratter et rabaisse sa manche. Quand il croise mon regard, j'ai envie de lui demander si ça va, s'il n'a pas besoin d'aide. Mais je ne veux pas le faire devant Erica. Je ne pense pas avoir le droit de lui poser ce genre de questions. Tant pis, je le ferai quand même, quand je le pourrai.

Mon regard se tourne vers le coin du salon où j'ai aperçu Xan, et je tombe sur le gars brun. Il tire sur une cigarette tout en parlant d'un air très sérieux avec un autre type.

Il y a un truc qui cloche chez ce mec…

Je regarde de nouveau Xan qui rigole avec Erica. Ils se racontent la fois où elle s'était renversé du café sur elle, et qu'ils avaient dû nettoyer le sol tous les deux. Je reviens au type brun. Ils ont l'air si différents… Xan est quelqu'un de si gai, de si enthousiaste, alors que ce type semble au contraire enveloppé d'une nébuleuse sombre qui le suit en permanence.

— Apollo, tu recommences, râle Erica.

— Quoi ?

— Tu t'enfermes dans ta bulle et ne parles pas. Ça fait dix minutes que tu n'as absolument rien dit.

— Désolé.

— Bon, tu as un plan ?

Erica montre Rain d'un mouvement du menton ; mon regard suit son geste et je retombe sur la blonde qui n'a pas cessé de sourire de la soirée.

Je repense à cette nuit pluvieuse, à sa silhouette dans l'obscurité sous son parapluie, à sa voix. Je me demande si c'est à cause de cette rencontre que mon cœur s'accélère dès que je la vois. La connaître dans ces circonstances a été si fort que c'est inoubliable. Mais il faut que je me calme, je ne veux surtout pas lui faire peur.

— J'ai besoin d'air, je leur dis en me dirigeant vers le couloir qui mène à la porte par laquelle je suis entré.

L'air de la nuit m'enveloppe dès que je pose le pied à l'extérieur. Je m'assieds sur les marches. Il n'y a pas d'étoiles ce soir. L'endroit a l'air plutôt calme pour un quartier du centre-ville. J'entends des pas derrière moi et je regarde par-dessus mon épaule ; c'est Xan qui me rejoint et qui s'assied à côté de moi. Je regarde à nouveau droit devant moi, et il reste silencieux quelques secondes.

— C'est la première fois que je rencontre quelqu'un qui s'appelle Apollo.

Je soupire.

— Je sais, les dieux grecs et tout le baratin.

— Ça a du sens.

Je me tourne légèrement pour le regarder ; ses cheveux bleus partent encore dans tous les sens.

— Pourquoi ?

Xan penche sa tête en arrière et observe le ciel.

— Il faut vraiment que je réponde ?

— Oui.

Il hausse les épaules et m'observe.

— Parce que tu as vraiment l'allure d'un dieu grec.

Je rigole, mais pas lui.

— Bien sûr. Tu en as croisé des tas, j'imagine ?

Il se contente de me regarder.

— Non, que toi.

Silence. Mon cœur cesse de battre. C'est du moins ce dont j'ai l'impression. Je détourne le regard et je souris, tout en remuant la tête.

— Tu ne devrais pas dire des trucs comme ça à tes clients.

— Je ne dis rien d'autre que la vérité.

Je me tais un moment, et Xan ne parle pas non plus.

— Comment tu fais ? je demande franchement.

— Comment je fais quoi ?

— Comment tu fais pour entrer aussi facilement en contact avec les gens ?

— Mmm... murmure Xan en feignant de réfléchir intensément, comment dire ? Je suis né bavard et terriblement sympathique. C'est à la fois un don et une malédiction.

Je hausse un sourcil.

— Une malédiction ?

Il acquiesce et se lève. Il descend les marches en bois jusqu'au trottoir et m'observe en contre-plongée.

— Quand tu t'entends bien avec tout le monde et que tu attires trop l'attention, parfois tu tombes sur les mauvaises personnes.

Ses mots me rappellent les bleus sur son bras.

— Ça t'est arrivé ?

Il acquiesce à nouveau, sans cesser de sourire.

— Plein de fois, mais j'ai survécu.

Je continue à le regarder. Il se tient là, avec son jean troué et sa chemise blanche toute froissée, et je prends conscience que je n'ai pas la moindre idée de qui est vraiment ce Xan. C'est un gars sympa, c'est sûr, mais je n'en sais pas plus, et j'ai envie de creuser la question. Je m'entends bien avec lui et avec Erica, et ça a été rapide : je me sens moins seul, ils m'ont prouvé que ça peut être simple de se faire des amis, que je ne suis pas déficient en la matière.

— Xan.

Je ne sais pas comment le lui demander. Je me passe la langue sur les lèvres, et il attend ce que j'ai à lui dire, les yeux écarquillés, souriant de façon décontractée. Je dis simplement :

— Tu vas bien ?

Il fronce les sourcils.

— Pourquoi tu me demandes ça ?

— Ton bras... sans le vouloir, j'ai vu les bleus.

Son sourire s'efface instantanément. Il croise nerveusement les mains sur son ventre.

— Ça va, je me suis cogné contre une porte. Tu sais, l'endroit où on prépare le café est très étroit. Quand tu dois te dépêcher de faire les boissons, tu te prends les coins tout autour...

— Xan.

— C'est vrai, je n'ai pas vu le coin, qui ne bouge pourtant jamais. C'est débile, non ? On ne voit que ça.

— Tu ne viens pas de dire que c'était à cause d'une porte ?

Xan devient livide et entrouvre la bouche sans qu'aucun son ne sorte. Il la referme quelques secondes, le temps de se retourner, puis il ajoute :

— Je crois que j'ai trop bu, je ne sais plus ce que je raconte.

Je n'ai absolument pas senti d'odeur d'alcool quand il était assis à côté de moi. Il me ment et je ne lui en veux pas : on se connaît à peine et je me mêle déjà d'une histoire qui semble très délicate. Mais je n'ai pas l'habitude de me taire quand il est question du bien-être des autres. Si quelqu'un a besoin de mon aide, je dois la lui apporter.

Je me lève et descends lentement les marches, Xan m'observe, méfiant.

— Je ne sais pas ce qu'il y a, mais je suis là, dis-je en le regardant droit dans les yeux. Si tu as besoin de quoi que ce soit, je suis là.

Xan détourne le regard.

— Tu me connais à peine. On ne dit pas des trucs comme ça à un inconnu ou presque.

— Qu'on se connaisse ou pas, si tu es en danger, je peux t'aider.

— Je vais bien.

— Xan.

— Je vais parler à Rain, puisque tu n'oses pas t'approcher d'elle.

Xan s'avance et cherche à me contourner en passant sur le côté, mais je l'attrape doucement par le bras pour le retenir.

— Attends.

Il se libère.

— Je vais bien, tu te fais des films. Tu n'es personne pour moi, tu n'as pas à te mêler de ce qui ne te regarde pas.

Je lui bloque le passage.

— Xan, écoute.

Il s'apprête à m'accorder toute son attention, quand ses yeux se fixent sur quelque chose derrière moi. Et la lueur de son regard se ternit… Est-ce de la peur ?

— Il se passe quoi par ici ?

Une voix d'homme un peu rauque retentit depuis la porte. Je me retourne et j'aperçois le gars qui est toujours collé à Xan.

— Rien, répond Xan comme par réflexe.

— Xan, je chuchote. C'est lui ? Si tu n'es pas…

— Eh, le nouveau, qu'est-ce que tu baragouines ? reprend le type.

Je me retourne pour le regarder en face. Debout, en haut des escaliers, il est beaucoup plus intimidant que d'habitude.

— Pourquoi je devrais me justifier ? je demande.

Il hoche la tête.

— Toi, non ; lui, oui.

Il désigne Xan qui lui répond :

— On était juste en train de discuter.

— Et qui t'a dit que tu pouvais quitter la soirée ?

Xan baisse la tête.

— J'avais besoin d'air.

— Bien sûr.

Je ne peux pas croire à la scène à laquelle je suis en train d'assister. Qui est cet abruti qui joue au mâle dominant ? J'ai de plus en plus de raisons de penser que c'est lui qui est à l'origine des bleus de Xan.

— On discutait, tu peux retourner à l'intérieur ? je demande, parce que je ne veux pas que Xan s'en aille avec lui.

Le gars m'observe, puis descend les marches une à une, lentement, jusqu'à arriver à ma hauteur.

— Apollo Hidalgo, n'est-ce pas ?

Il prononce mon nom d'un air dégoûté.

— Tu dois croire qu'appartenir à une famille qui a du pognon t'autorise à te sentir supérieur, et te donne le droit de te mêler des affaires des autres. Mais c'est pas comme ça que ça marche ici. Par contre, on comprend mieux pourquoi on a parlé de toi dans le journal du campus, et que tu t'es fait tabasser.

— C'est une menace ?

Xan s'interpose entre nous.

— Allez, on rentre, maintenant, s'il te plaît, le supplie-t-il.

— On ne va nulle part, continue le type. C'est lui qui doit foutre le camp.

Xan se tourne vers moi, son regard inquiet et suppliant m'emplit de tristesse.

— Apollo, retourne à l'intérieur, s'il te plaît. Laisse-moi gérer ça.

— Qu'il te laisse gérer ça ?

Le type repousse Xan sur le côté et s'approche de moi.

— Tu es qui, toi, pour que Xan ait besoin de te demander ce genre de choses ?

— Tu es qui, toi, à vouloir contrôler ses faits et gestes ?

— Je suis son mec, abruti.

— Et ?

Il pouffe.

— J'ai tous les droits, puisqu'on est ensemble.

— Si c'est ta conception du couple, t'es vraiment mal barré.

— Ce qui se passe entre Xan et moi ne te regarde en aucun cas.

Il fait mine de m'intimider par sa taille et son regard glaçant.

— Barre-toi, on t'attend à cette soirée de merde.

— J'ai pas envie.

Son corps se contracte, il serre les poings.

— Je comprends mieux pourquoi ils t'ont foutu une branlée, murmure-t-il entre ses dents.

Xan pose la main sur le torse du gars.

— S'il te plaît, on rentre à la maison.

Le type repousse sa main à contrecœur et ne bouge pas. Xan agrippe nerveusement son téléphone et cherche un de ses contacts. Il appuie sur le bouton vert.

— Tu me sors encore un truc et je t'explose la gueule. C'est bête, à peine cicatrisé, tu vas te reprendre une raclée.

— Ne me menace pas.

La porte de la maison s'ouvre. Le bruit de la musique retentit avant de s'atténuer à nouveau quand elle se referme. Des pas pressés dévalent l'escalier, et, en quelques secondes, elle est debout entre nous, elle me tourne le dos. Sa chevelure blonde occupe tout mon champ de vision, et l'odeur d'agrumes m'apaise.

Rain…

— Qu'est-ce que tu fous ?

Le ton sec et grave de la voix de Rain me surprend. Elle aussi, elle connaît cet abruti ?

Le type fait claquer sa langue et recule de deux pas en levant les mains.

— Ah, Xan, t'avais pas besoin d'appeler l'autre rabat-joie.

— Tu te bats encore une fois et tu sais comment ça va finir, menace Rain.

Je regarde Xan, qui observe la scène en silence.

— Je t'attends à l'intérieur, Xan, fait le brun.

Puis il se retourne et s'en va. Je reste là sans comprendre.

Quand Rain se tourne vers moi, elle lâche un soupir bruyant puis me sourit chaleureusement

— Je suis désolée, Apollo.

— C'était quoi ça ? Comment ça se fait que ce type t'écoute ?

Son sourire s'efface en partie, et elle détourne les yeux.

— Il s'appelle Vance, et c'est mon frère.

9.

RAIN

— Je m'en charge.

L'assurance avec laquelle j'ai parlé me surprend. J'évite de le regarder, même si je sens qu'il a les yeux posés sur moi. J'ai trop honte. Je ne m'attendais vraiment pas à ce qu'Apollo et Vance se rencontrent, j'espérais que ça n'arriverait jamais. J'avais complètement oublié que Xan était le patron du Café Nora, et que c'est là que j'ai emmené Apollo. Apparemment, l'univers s'arrange pour que les gens finissent par se rencontrer, par des chemins détournés.

Xan me prend la main et s'adresse à Apollo.

— Je pars avec Rain. Tu n'as plus de raison de t'inquiéter, Apollo. Tout va bien.

J'ai envie de le contredire. Non, tout ne va pas bien, mais je comprends pourquoi il dit ça. Xan ne veut pas qu'Apollo s'implique dans cette situation pourrie, et, pour être sincère, moi non plus. Je ne veux pas que mon frère l'approche d'une semelle. Vance est dangereux, et Apollo…

Je me permets un regard furtif dans sa direction. Il a l'air inquiet, son front est plissé. Ses yeux couleur café, si beaux, se posent sur Xan, puis sur moi, et mon cœur s'accélère légèrement. J'ai sous-estimé sa beauté, non seulement physique, mais aussi intérieure. Il est gentil et affectueux, il rougit pour un rien et son sourire d'ange illumine son visage tout entier.

Ça suffit, Rain.

— Oui, Xan a raison. Ça va aller.

Apollo hésite une seconde et s'apprête à protester, je le sais, mais Xan prend les devants :

— C'est une affaire personnelle, ça ne te concerne pas, Apollo.

Ses paroles sont dures et son ton brusque. Je grimace. Xan ne parle jamais comme ça, ce n'est pas son genre. Je plisse les yeux instinctivement. Sans un mot, Xan me serre la main, et je le regarde. Il avale sa salive, il est… nerveux.

Ne me dis pas que…

Je suis tout aussi surprise par le ton glacial qu'Apollo emploie pour lui répondre :

— C'est bon. Tu l'as déjà dit, pas besoin de le répéter. J'ai compris.

Apollo nous adresse un dernier regard puis passe à côté de nous et s'en va. Je reste silencieuse pendant quelques secondes.

— C'était quoi ça ?

Je lâche la main de Xan et je me poste devant lui.

— Il ne serait pas parti si je ne lui avais pas parlé comme ça.

— En effet. Mais pourquoi es-tu tellement sur la défensive avec Apollo ? Et qu'est-ce qu'il a encore fait, Vance, cette fois-ci ?

— Rien, il s'est juste mis en rogne parce que j'étais ici, dehors, à parler avec Apollo.

Xan regarde le trottoir désert par lequel est parti Apollo, et son expression se ternit.

Je respire profondément et lui reprends la main.

— On va prendre un café, je connais un endroit.

⋆

On entre au Café Nora, et on se contente d'allumer les lumières du bar, laissant le reste de la salle dans le noir. Les lieux paraissent d'un coup tristes et mélancoliques. Xan se prépare un café *latte*, et un chocolat chaud pour moi. Quand il a fini, il passe de l'autre côté du bar et vient s'asseoir à côté de moi. Quelques instants durant, on se contente de savourer nos boissons.

— Je sais ce que tu vas dire, Rain.

Il soupire et je le regarde. La lumière jaune des ampoules du bar se reflète sur son visage, il semble envahi par une tristesse profonde. Sous cette lumière, le bleu de ses cheveux est presque opaque.

— Combien de fois doit-on avoir cette conversation ? demande-t-il.

— Autant de fois qu'il faudra.

— Je l'aime.

— Je sais.

— Et il m'aime aussi.

— Non, je réponds d'un ton ferme. Xan, regarde-moi.

Il me regarde et je m'empare de sa main posée sur le bar.

— Vance est mon frère, nous avons le même sang. J'ai toutes les raisons du monde de le défendre, d'intercéder en sa faveur, mais je ne l'ai jamais fait et ne le ferai jamais. Parce que je le connais, et que ce n'est pas quelqu'un de bien. Il n'a pas la moindre idée de ce qu'est l'amour. La seule chose qu'il sait faire, c'est du mal aux autres.

— Tu ne comprends pas, Rain. Personne ne comprend ce qu'il y a entre nous. Vance dit que les autres feront tout pour nous séparer, et qu'il est le seul à m'aimer comme je suis, malgré mes défauts et tout le reste.

— Vance te manipule, Xan. Il t'a isolé des autres. De moi, de ceux qui étaient tes amis, et même de ta famille. Tu sais pourquoi il a fait ça ? Pour que ton univers tourne autour de lui, pour que tu n'envisages à aucun moment de le quitter, pour que, si tu imagines le quitter, tu n'aies personne sur qui t'appuyer, par sa faute. Il s'arrange pour que tu sois seul face à lui.

— Il a été là pour moi dans les moments difficiles, Rain. Vraiment, tu ne comprends pas.

— Il a été le seul à être là dans les moments difficiles parce qu'il t'a éloigné des autres. Il calcule tout ce qu'il fait, Xan.

Il avale une gorgée de café qu'il savoure et se met à réfléchir. Son regard passe en revue les machines à café, et il soupire.

— Il a investi dans l'achat du café quand je lui ai dit que c'était mon rêve.

À mon tour, j'avale une gorgée de chocolat en l'écoutant.

— Il a accepté que l'établissement porte le nom de ma mère, qu'elle repose en paix. Tu sais combien ça me rend heureux de venir travailler ici tous les jours ? Je sens qu'elle m'accompagne, qu'elle me montre comment réussir le meilleur café, comme quand j'étais petit. Oui, je sais que Vance n'est pas parfait, mais c'est ce genre d'actes qui font que je reste, Rain. Il a un côté affectueux, attentionné, qui me comble de bonheur.

— Tu ne peux pas être en couple parce que tu aimes seulement une partie de sa personnalité, Xan, alors que le reste te fait mal, t'emprisonne et te contrôle.

— Pourquoi pas ? Parfois, je me sens si bien à ses côtés, que quand les choses prennent une mauvaise tournure, je me dis que c'est normal, que je dois payer le bonheur qu'il m'apporte.

À ces mots, je sens mon cœur se fendre.

— Xan, je dis d'un ton sec. Tu mérites d'être heureux tout le temps. Tu n'as pas à payer quoi que ce soit, l'amour n'est pas une dette.

Il reste un moment silencieux.

— Je crois qu'Apollo ne me reparlera plus après ce que je lui ai dit.

Je vois bien qu'il cherche à changer de sujet, et je le laisse faire, car je ne veux pas le submerger.

— Mais si, il le fera. Apollo est quelqu'un de très compréhensif.

— Tu lui plais, il ajoute, l'air de rien, en m'observant du coin de l'œil.

— Tu crois ?

— Tu le sais aussi, Rain. Personne n'est plus transparent qu'Apollo, c'est impossible.

— OK.

Xan me fait un geste de la main, il attend.

— Quoi ? je souris.

— Je sais pas, et à toi… il te plaît ?

Je l'observe, amusée.

— Pourquoi cette question ?

Il hausse les épaules.

— Simple curiosité.

— C'est la première fois que tu montres autant d'intérêt pour ma vie sentimentale.

— Je t'ai dit, simple curiosité.

— De tous les gars qui sont passés par ton café et qui se sont intéressés à moi, Apollo est le premier pour lequel tu éprouves de la curiosité, dis-je en rigolant.

Xan pouffe en se montrant du doigt.

— Je ne sais pas à quoi tu penses, mais tu te trompes. D'ailleurs, j'imagine qu'il est hétéro. Non, merci. Ma vie est déjà assez compliquée comme ça.

— J'ai bon espoir que ta vie soit moins compliquée bientôt, Xan.

Je lui serre la main. Je ne peux pas l'obliger à quitter Vance, c'est sa vie, c'est à lui de prendre ce genre de décisions.

— Je suis là, tes amis sont toujours là. Le jour où tu décideras d'en finir avec cette relation, on sera là. Oui, ça fera mal au début, le sevrage sera terrible, mais ça passera.

Xan se lève et se penche pour m'embrasser.

— Le monde ne te mérite pas, Rain Adams.

Je souris, la tête appuyée sur son torse.

— À ce rythme, ton café sera bientôt bondé de types qui ont un œil sur moi, je dis pour plaisanter.

— S'ils sont dans son genre, cela ne me dérange absolument pas.

Je me détache de lui.

— Qu'est-ce que tu as dit ?

— Rien, rien.

Il rigole et rapporte les tasses derrière le bar tandis que je continue à le charrier. J'ai la sensation que l'arrivée d'Apollo dans nos vies est porteuse d'un changement positif. Mais la peur qui m'envahit à l'idée que mon frère puisse lui faire du mal ternit ce pressentiment.

*

APOLLO

Je n'arrive pas à dormir.

Je me retourne dans tous les sens dans mon lit. Mon cerveau se repasse tous les instants l'un après l'autre, tous les regards, et bien sûr, la façon dont Rain et Xan m'ont congédié après l'altercation. Sans explication, en prétextant qu'il s'agit d'une affaire personnelle qui ne me concerne pas. J'avais tant de questions à poser, je voulais m'en mêler, mais j'ai compris que ce n'était pas ma place. Je n'ai jamais mis la pression ou interféré dans les affaires des autres sans leur accord. Je respecte la vie privée. Mais l'histoire de Xan avec ce type, Vance, me préoccupe beaucoup. Et franchement, apprendre qu'il s'agit du frère de Rain… Sincèrement, je n'y aurais jamais cru.

Le souvenir du sourire gêné de Rain chasse les autres images. Sa façon de serrer les poings et d'éviter de me regarder dans les yeux… comme si elle avait honte. Et elle se trompe, elle n'est en rien responsable des actes de son frère. C'est la première fois que je la vois dans un tel état, même sous la pluie diluvienne au cours de la nuit où nous nous sommes rencontrés, je ne l'ai pas sentie si… tendue. À son attitude, on aurait dit qu'elle avait envie de partir en courant.

Je m'avoue vaincu et je sors de ma chambre. Le couloir est plongé dans l'obscurité et je le traverse jusqu'au salon. Bizarrement, la lampe côté balcon est allumée. Je sursaute à la vue d'une silhouette étendue à l'extrémité du grand canapé.

— Ah ! je m'écrie. Kelly !

C'est bien elle, là, assise en pyjama, les genoux remontés contre la poitrine. Elle est tournée vers le balcon, ses cheveux lâchés pendent de chaque côté de son visage.

— Kelly ?

Elle baisse la tête, se cache derrière son rideau de cheveux et se frotte discrètement le visage. Elle pleure ? Est-ce qu'elle s'est disputée avec Gregory ?

Je m'avance vers elle.

— Ça va, me rassure-t-elle en levant le visage vers moi.

Ses yeux gonflés disent le contraire.

— Kelly…

— Tu n'arrives pas à dormir ? On est deux, alors, dit-elle en simulant un sourire qui m'attriste.

Je m'assieds sur le canapé, un peu à l'écart, je ne veux pas la mettre mal à l'aise.

— Oui, la soirée a été animée. Je ne peux pas m'arrêter d'y penser.

Elle acquiesce.

— Apollo, le gars qui ne peut pas s'empêcher d'analyser les choses.

Elle remue la tête.

— Au début, je croyais que c'était juste que tu n'avais envie de parler à personne, que tu ne voulais pas perdre de temps avec nous, simples mortels… Je me disais que tu étais comme ça par prétention, ou un truc du genre.

Elle lève un sourcil.

— Allez, ne le prends pas mal, avec ton prénom et…

— Et… ?

— Ton air de beau gosse.

Elle hausse les épaules et je simule l'indifférence. Je n'aime pas trop recevoir des compliments.

— Finalement, maintenant que je te connais, je sais ce qu'il y a.

— Et c'est quoi ?

Je croise les bras en prenant un air intéressé, cherchant à la distraire. Elle semble si accablée.

— Tu passes tes journées à tout analyser. Trop. Il faut que tu te détendes un peu.

— Tout le monde me le dit. Bienvenue au club.

Kelly grimace et me fait un doigt d'honneur.

— C'est la vérité, je poursuis.

Ça me manquait. Je me suis toujours senti bien avec elle, certainement parce qu'elle passe beaucoup de temps ici.

— Tu n'es pas la première à le dire : mes frères, leurs copines, Greg…

Je me rappelle Charlotte, et son couple libre.

— Des amies à la fac, tout le monde le dit.

— Alors, pourquoi tu ne le fais pas ? dit-elle en se tournant pour me regarder droit dans les yeux.

— Pourquoi je n'arrive pas à me détendre ?

Je soupire avant de répondre :

— Je ne sais pas, ce n'est pas dans ma nature.

— T'en as pas marre de vivre comme ça ? Ça doit être épuisant de soupeser tout, tout le temps, comme si tu vivais en terrain miné… d'analyser chacun de tes mouvements.

Elle enserre un coussin du canapé et mes yeux se posent instinctivement sur son décolleté, le col en V du pyjama est large et j'entraperçois la peau entre ses seins. Je relève les yeux immédiatement, en rougissant un peu.

Qu'est-ce qu'elle disait ? Je m'égare, l'espace d'un instant, et sans le vouloir je laisse échapper les mots que j'avais à la bouche quand je l'ai vue :

— Pourquoi tu pleurais ?

Bien joué, Apollo. Quelle finesse.

Kelly détourne le regard et soupire.

— Droit au but, hein ?

— Je suis désolé, tu n'es pas obligée de…

— Ça va, ce n'est pas un grand secret, je suis assez basique comme fille.

— Ne dis pas ça.

Elle rigole.

— C'est vrai, je pleure à cause d'un garçon.

Je la laisse poursuivre :

— Un garçon qui ne m'aime pas.

Je ne sais pas quoi dire.

— Gregory ?

— Qui d'autre ?

Elle soupire et nous échangeons un regard. On dirait qu'on pense à la même chose, d'ailleurs elle ajoute, comme pour éclaircir les choses :

— Tu as vraiment pensé que ça pourrait être toi ? Je ne suis pas accro au point de pleurer pour toi, Apollo, on n'a même pas…

Elle s'arrête, et encore une fois nous pensons tous les deux à la même chose. Elle doit être en train de repenser à cette soirée, quand elle est venue danser devant moi, en se frottant, et plus tard quand j'ai avoué à Gregory qu'elle me plaisait.

Silence.

OK, le temps n'est plus à la légèreté, ça a l'air assez clair. Je passe la main sur ma nuque et je m'éclaircis la voix :

— Je ne suis pas égocentrique au point de penser que c'est pour moi que tu pleures, Kelly.

— Bien sûr, je sais, je rigolais, c'est tout.

Elle serre un peu plus le coussin.

— Alors quoi... Gregory, hein ? Qu'est-ce qui s'est passé ?

— Je suis perdue... lui et moi... on est bien ensemble, mais à chaque fois qu'on essaie de formaliser les choses... l'un de nous se braque. C'est bizarre, c'est comme si on n'arrivait pas à se synchroniser. Et lui...

— Qu'est-ce qu'il y a ?

— Je crois qu'il l'aime encore.

Je fronce les sourcils.

— Qui ?

— Son ex.

Je suis stupéfait. Gregory ne fait jamais allusion à aucune fille, c'est un gentleman, mais je pense qu'il m'aurait parlé de son ex, surtout si Kelly dit vrai et qu'il n'arrive pas à l'oublier.

— Je ne vois pas du tout de qui tu parles.

— Tu vois, il n'en parle jamais, c'est son Voldemort à lui.

— Je ne savais pas que Gregory avait eu une histoire sérieuse, je lui fais remarquer. Je croyais que sa première année de fac avait été aussi débridée que la deuxième.

Kelly pousse un soupir.

— Non, d'après ce que j'en sais, ça faisait deux mois qu'il était à la fac quand il l'a rencontrée.

— Comment elle s'appelle ?

— Erica.

— Hein ?!

Je suis sidéré. Ça ne peut pas être la même Erica, la seule amie que je me suis faite à la fac.

10.

APOLLO

Kelly sort son téléphone et ouvre Instagram : le profil d'Erica est affiché sur l'écran. Ce sont principalement des photos de cafés et de selfies sur lesquelles elle affiche un large sourire. On ne la voit jamais triste. C'est bien la même Erica, ma seule amie à la fac. Je comprends mieux sa réaction à la suite de notre conversation il y a quelques semaines, quand elle s'est levée, énervée : « Party Monster, c'est un pote à toi ? »

— OK, je vois, je dis pour donner le change.

Je ne pense pas qu'apprendre à Kelly que je connais Erica soit nécessaire, elle a déjà l'air assez triste comme ça.

— Tu sais ce qui s'est passé entre eux ? je demande.

— Aucune idée, je ne sais pas lequel des deux a laissé l'autre, mais lui… Je ne sais pas comment dire, Apollo. Par moments, je devine qu'il est en train de penser à elle, même quand je suis là.

— Je suis désolé, tu dois te sentir…

— Super mal, parfois ; à d'autres moments ça ne me fait rien.

— Hein ?

— C'est pour ça que je me sens perdue. Ça m'affecte et ça me fait du mal parfois, mais ça m'est tout simplement égal par moments. Je ne sais pas ce que je ressens.

— Ah, je vois.

En vérité, je ne saisis pas ce qui se passe entre eux. Kelly appuie sa tête sur le canapé et m'observe quelques instants.

— On n'en parlera jamais ?

Je me crispe légèrement.

— De quoi ?

— De… ce que tu as dit à Gregory quand tu étais pété, l'autre fois.

Ah.

Une bouffée de chaleur remonte le long de ma nuque. Elle a raison, pourtant, je ne lui ai jamais donné d'explications. Je n'y ai même pas réfléchi, et je ne lui ai pas non plus présenté mes excuses.

— Je suis désolé, Kelly, je ne sais pas ce qui m'a pris. J'avais passé une mauvaise journée et j'avais bu… Je suis sincèrement désolé de t'avoir mise mal à l'aise.

Pendant quelques secondes, Kelly ne dit rien, elle se contente de me regarder avec une profondeur que je ne sais pas comment interpréter.

— C'est rafraîchissant.

— Quoi ? je demande, déconcerté.

— Ta façon d'être. Tu es… rafraîchissant, Apollo, répète-t-elle. Tu veilles toujours à ne pas blesser les autres et tu demandes pardon quand tu dois le faire… Je connais peu de gens aussi attentionnés que toi.

La manière dont elle prononce « toi » et dont son regard se pose sur mes lèvres pousse à la tentation, je dois le reconnaître. C'est pour ça que je l'ai évitée, c'est pour ça que je n'ai surtout pas cherché à rentrer dans ce jeu. Parce qu'elle me plaît, et être là tous les deux ne fait que rendre plus évidente cette impression. Impossible de m'en empêcher. Je ris tout bas pour détendre l'atmosphère.

— Et c'est là que tu me dis que je suis quelqu'un de différent, dis-je en plaisantant, mais ça ne la fait pas rire.

Je me crispe encore plus quand elle glisse sur le canapé pour venir se placer juste à côté de moi, à tel point que je peux sentir la chaleur de son corps frôler la mienne. De près, ses yeux paraissent encore plus gonflés et son nez plus rouge. Et pourtant, même comme ça, elle est très belle. Ses lèvres sont si pulpeuses, humides…

— Kelly ?

Je ne sais pas ce qu'elle fait, mais je sais qu'on ne devrait pas être aussi près l'un de l'autre. Elle ne devrait pas me tenter comme ça, mais c'est ce qu'elle a toujours fait depuis que je la connais. Elle me regarde dans les yeux et me sourit. Puis elle demande :

— Je… te plais ?

Sa main caresse ma joue et, à ce contact, mes yeux se ferment presque. Ça fait bien longtemps que quelqu'un ne m'a pas touché comme ça, avec autant de délicatesse et de tendresse. C'est sûr que c'est ce dont j'ai besoin, mais je ne crois pas qu'il faut que ce soit elle qui me le procure.

— Kelly.

— Il faut qu'on en parle, à un moment ou à un autre.

— On vient d'en parler et je me suis excusé, je réponds d'un ton ferme.

Son sourire s'évanouit et elle retire sa main. J'ai presque envie de protester.

— Oh, évidemment, c'était une erreur.

Elle s'éclaircit la voix et détourne le regard.

— Compris.

Elle enserre à nouveau le coussin et se passe la langue sur les lèvres, l'air triste. Je paie soudain les innombrables fois où je me suis entendu dire qu'il fallait que je me détende, que j'arrête de trop réfléchir. Ce n'est certainement pas le meilleur moment ni la bonne personne, mais j'ai envie de l'embrasser. J'en ai eu envie dès l'instant où je l'ai rencontrée. Et ce sont les paroles de Gregory qui achèvent de m'encourager : « Il n'y a rien de sérieux entre nous, mais j'apprécie ta sincérité… Il faut que tu arrêtes de prendre la vie au sérieux, Apollo. Tu as dix-huit ans, tu es à la fac et les filles se bousculent au portillon. Profite. »

Je saisis la joue de Kelly. Elle se crispe légèrement et nos regards se croisent. J'ai du mal à déglutir, mes intentions sont évidentes. Quand elle se rapproche, réduisant la distance qui nous sépare, nos lèvres se frôlent : une bouffée de chaleur me parcourt tout le corps. C'est mon désir qui s'embrase. Mon cerveau arrête de réfléchir et je l'embrasse désespérément.

Je me suis rarement laissé aller comme ça.

Je ne l'embrasse pas vraiment avec tendresse, mais pas comme un sauvage non plus. Nos lèvres se frôlent et se sucent un peu maladroitement au début, jusqu'à ce que nous trouvions notre rythme. Elle sait s'y prendre, elle penche la tête et met sa langue en action, ce qui me rend dingue. En quelques secondes, le flux de chaleur atteint mon entrejambe. Nos souffles résonnent dans le salon silencieux. Elle me mord la lèvre, je lâche un son rauque et je continue à l'embrasser comme un fou. Ma bouche devient plus agressive, elle gémit tout doucement et passe la jambe sur mon ventre puis s'assied à califourchon sur moi, venant s'appuyer sur une érection qui s'annonce.

Mes mains descendent sur ses hanches et les enserrent. Elle souffle contre mes lèvres. Je ne sais pas si c'est parce qu'elle me plaît pour de vrai, mais je suis traversé de sensations que je n'ai pas éprouvées depuis très longtemps. Avec Charlotte, tout est allé très vite, tout était très physique, avec Kelly c'est… différent. Ce baiser est incroyable, non seulement chargé de désir, mais d'un besoin de… tendresse… d'un besoin d'être apprécié. La façon dont on se caresse, dont nous nous embrassons… chaque geste est chargé de gentillesse, de chaleur. Mes doigts glissent et viennent frôler sa chemise, entrent en contact avec la peau de ses hanches et de son ventre.

On s'écarte un instant pour reprendre notre souffle.

— Apollo, murmure-t-elle en ouvrant les yeux.

Je me perds dans son regard durant plusieurs secondes, je ne sais pas quoi répondre.

Je m'empare d'une mèche de ses cheveux et la fais glisser derrière son oreille. On ne devrait pas faire ça. Il y a deux minutes, je la consolais d'un autre type, et la voilà maintenant perchée sur moi, à m'embrasser fougueusement… Qu'est-ce qui me prend ?

— On ne devrait pas, je grogne au moment où elle commence à remuer ses hanches.

Mon membre est déjà totalement durci et j'oublie la suite de ce que j'allais dire. Kelly enfouit son visage au creux de mon cou dont elle lèche la peau par à-coups tout en continuant à remuer. Je soupire, ferme les yeux et renverse ma tête en arrière.

— Kelly…

Elle continue à lécher doucement, en remontant jusqu'à mon oreille, où elle murmure :

— Arrête de réfléchir, Apollo.

Elle inspire profondément. J'enroule mes mains autour de sa taille ; je peux sentir chacun de ses mouvements. Je la désire… intensément. C'est ce qui me pousse à la saisir par les épaules pour l'écarter. Elle me regarde confuse et je soulève sa chemise, découvrant ses seins… petits et excitants. Mon pénis en érection remue légèrement ; elle ne dit rien, elle me regarde simplement et attend.

Je n'en peux plus.

Je m'avoue vaincu, je me penche sur ses seins, ma bouche se ferme sur l'un d'entre eux. Elle gémit et cambre le dos quand je les lèche et les suce, la bouche débordant de désir. J'ai trop attendu, elle m'a tellement aguiché… Je dessine un cercle autour de la pointe déjà durcie de son sein avec ma langue. Elle me caresse les cheveux et accélère le mouvement de ses hanches. Elle colle son entrejambe contre mon pénis en érection, c'est un véritable supplice. Je passe à l'autre sein, ce qui laisse une traînée de salive sur sa peau. Ses mouvements sont plus maladroits et désorganisés, ses gémissements plus forts, je pose ma main sur sa bouche, car Gregory doit être dans sa chambre.

Je sens la chaleur qui émane de son entrejambe. Elle doit avoir mouillé, et à l'idée du plaisir immense que j'aurai à la pénétrer, je me durcis plus encore. Elle me prend le visage et m'embrasse à nouveau. Avec avidité cette fois. Un baiser passionné, charnel. Il n'y a plus d'affection, nous sommes tous les deux trop excités. Nous nous désirons l'un l'autre et nous voulons baiser, il n'y a aucun doute là-dessus.

C'est à ce moment qu'un bruit de porte s'élève depuis le couloir qui mène aux chambres. Nous nous décollons l'un de l'autre aussi rapidement que nous le pouvons. Kelly rabaisse sa chemise et va se placer à l'autre bout du canapé. Quant à moi, j'agrippe le coussin et le glisse devant mon bassin pour dissimuler mon érection. Nos poitrines se soulèvent et s'abaissent encore d'un même mouvement saccadé quand Gregory sort du couloir, les cheveux tout ébouriffés. Son œil semi-ouvert cherche à nous distinguer.

— Qu'est-ce que vous faites debout à cette heure-là ? demande-t-il en bâillant.

Sa main tâte le mur à la recherche de l'interrupteur.

— On discutait, on n'arrivait pas à dormir, répond Kelly. N'allume pas, on commençait à trouver le sommeil à force de discuter, ça va nous réveiller.

— J'ai cru entendre des gémissements…

Gregory bâille encore une fois.

— Ah, la porte du balcon est restée ouverte, explique Kelly. Des gens qui hurlaient et braillaient je sais pas quoi dans une voiture sur l'avenue. C'est le week-end, quoi…

Je suis surpris de la facilité avec laquelle elle arrive à mentir, alors que je n'ai pas encore réussi à aligner deux mots.

Gregory se gratte le cou et me regarde.

— Ça va ?

J'acquiesce.

— Oui, mais je n'arrive pas vraiment à dormir.

— Tu penses encore à Rain, hein ? commente Gregory.

Cette question me crispe. Je regarde Kelly prendre un air sombre.

— Cette fille t'obsède. Je te comprends, Rain est…

— Pourquoi t'es pas allé à la soirée ? je l'interromps pour changer de sujet.

Je ne suis pas débile au point de parler d'une autre fille devant Kelly après qu'on s'est embrassés avec fougue.

— Je me suis pris un coup au dernier match de foot, répond Gregory. J'ai mal à la jambe. Je vais prendre un truc contre la douleur.

Il se dirige vers la cuisine qui s'illumine lorsqu'il ouvre le frigo pour en sortir une bouteille d'eau. Il revient dans le couloir, mais s'arrête pour regarder Kelly comme s'il l'attendait. Elle sourit et se lève.

— J'espère que tu vas réussir à dormir, Apollo, me dit-elle une fois debout.

Elle s'avance vers lui et je la regarde jusqu'à ce qu'ils disparaissent dans le couloir. L'espace d'un instant, j'imagine qu'elle se couche avec moi, et pas avec lui. J'en suis troublé, une sensation amère perturbe ma bouche et mon estomac. Est-ce qu'ils vont baiser ? Kelly serait-elle capable de coucher avec lui juste après s'être chauffée avec moi ?

Ce. N'est. Pas. Ton. Problème. Apollo, je me raisonne.

J'avais parfaitement conscience qu'ils étaient ensemble quand je l'ai embrassée. Je n'ai pas le droit de mal le vivre. Pourtant, abruti que je suis, ça me fait quand même bizarre, et je ne comprends pas pourquoi. Je balance le coussin et je retourne dans ma chambre.

Je me laisse tomber sur mon lit à plat dos et je prends mon téléphone. J'y découvre un texto dont le numéro m'est inconnu :

Si je ne m'excuse pas, je n'arriverai pas à dormir. Désolé de t'avoir parlé comme ça. Tu voulais juste aider. C'est Rain qui m'a donné ton numéro. Xan

Ce message me replonge dans la confusion où je me trouvais juste avant. Je me passe la langue sur les lèvres et je réponds :

Moi : *T'inquiète, pas de souci.*
Xan : *Demain, viens boire un café ou ce que tu veux, c'est la maison qui offre, en guise de compensation.*

Je souris dans l'obscurité de la chambre.

Moi : *Ça marche, à demain, Xan.*

11.

XAN

Un, deux, trois, quatre, cinq.

Ding…

Les portes de l'ascenseur s'ouvrent et je prends une inspiration profonde. Je marche lentement jusqu'à la porte de notre appartement et reste debout pendant quelques secondes. J'espère de tout mon cœur que Vance a bu assez au cours de la soirée et qu'il dort comme une souche. Demain est un autre jour.

J'entre le code de la porte, qui s'ouvre, accompagnée par un doux tintement digital. Le pied à peine posé dans l'appartement, j'entends le bruit de la télévision dans le salon, au fond du couloir. Évidemment, il est éveillé, et il m'attend. Vance n'est pas du genre à laisser passer les choses si facilement. Je souffle bruyamment, ferme la porte et laisse mes chaussures derrière moi dans l'entrée. Vance est maniaque en ce qui concerne le nettoyage. Quand il a acheté cet appartement, il l'a fait rénover de fond en comble : les sols de marbre blanc, la cuisine immaculée… Tout est si clair dans cet appartement que le moindre grain de poussière clignote.

J'entre dans le salon et Vance est là. Ses cheveux noirs sont décoiffés, il est torse nu et porte un pantalon de pyjama trop grand pour lui. Ce corps défini aux muscles saillants m'a servi tant de fois de refuge… Lui ne me regarde pas, il boit une gorgée de bière. Je serre les lèvres sans savoir quoi faire.

— Vance.

— Tu t'es bien amusé ?

Sa voix n'est pas chaleureuse, elle est… ténébreuse. La peur de me disputer avec lui fait battre mon cœur à toute vitesse, mais la conversation avec Rain me donne un peu de force.

— Je suis allé au Nora avec ta sœur.

— Je sais.

Il prend la télécommande de la télévision et change de chaîne pour basculer vers l'application des caméras de surveillance du café.

Je fronce les sourcils.

— Je ne savais pas… que tu pouvais regarder les caméras depuis ici.

Vance me fixe.

— Ça te dérange ? Que je puisse vérifier combien de fois ce sale gosse est venu au café ?

Je sais qu'il fait référence à Apollo, et soudain je comprends : si Vance est si souvent venu me donner un coup de main au café ces deniers temps, c'est parce qu'il a vu Apollo sur les caméras. J'ai été idiot de croire qu'il venait pour passer du temps avec moi.

Vance se lève et marche lentement vers moi, son regard tente de déchiffrer mon expression.

— Tu me prends pour un imbécile, Xan ?

— Non, t'as vu le nombre de clients qui passent tous les jours. Apollo n'est qu'un parmi tant d'autres.

Il sourit d'un air malicieux.

— Un parmi tant d'autres ? Et ton petit numéro à la fête, c'était quoi alors ?

— Se tracasser pour les autres, c'est juste du bon sens. Apollo est aimable avec tout le monde. Il n'a aucune idée derrière la tête, je te jure.

— Lui, peut-être pas. D'après ce que j'ai entendu sur les enregistrements, il est à fond sur ma sœur. Mais toi ?

Je sais comment tu es, Xan, je reconnais le désir quand je le vois dans tes yeux.

Je secoue la tête.

— Tu es fou.

— Je dirais même que si je n'avais pas passé autant de temps avec toi ces derniers temps, tu l'aurais encore plus dragué.

— Vance, on a déjà eu cette conversation. Quand il s'agit de moi, tu t'attends toujours au pire. Arrête, je ne t'ai jamais donné la moindre raison de penser ça.

Il s'avance d'un pas, ce qui me fait reculer. Je me cogne contre l'îlot de la cuisine, je ne peux plus bouger. Vance m'attrape délicatement la joue.

— Tiens-toi loin de lui. Je ne sais pas ce que tu vas faire, mais je ne veux plus le voir au café.

J'ouvre la bouche pour protester, et il m'embrasse. Un rapide baiser pour me faire taire, mais il me fait quand même ressentir un millier de choses. Je l'aime tellement… Vance s'éloigne et ajoute :

— On était bien, Xan. S'il te plaît, ne laisse pas un nouveau venu tout foutre en l'air. On a une belle vie ensemble, on a fait beaucoup d'efforts pour construire tout ça, tu le sais.

— Oui, je le sais.

— Alors, qu'est-ce qui est plus important pour toi ? C'est quoi, ta priorité ? Un type que tu viens de rencontrer… ou moi ?

— Toi, bien sûr. Mais je veux aussi me faire des amis, Vance.

J'essaie de m'en tenir à ce dont j'ai parlé avec Rain.

— Tu n'as pas besoin d'eux, Xan. Qui était là pour toi quand ta mère est tombée malade ?

Mon silence l'encourage à poursuivre.

— Qui a toujours été là pour toi ? Pour ta comptabilité ? Pour soulager ta douleur quand ta mère est décédée ?

Il tient mon visage entre ses deux mains et me fixe dans le blanc des yeux.

— Personne ne te connaît comme je te connais, Xan. Je sais que ma sœur adore te fourrer des idées dans la tête, mais elle n'a pas été là pour toi quand tu étais au plus bas, et tu le sais. Ce ne sont que des beaux mots et des promesses, jusqu'à ce que les choses tournent vraiment mal et qu'il ne reste plus que moi à tes côtés.

— C'est juste que… Avoir des amis… C'est normal, Vance, je murmure.

— Non, ce n'est pas normal, Xan. Ils font tous semblant d'avoir des tas d'amis. Mais toi, tu as grandi, Xan. Cette phase naïve où l'on croit qu'il faut absolument en avoir, elle est derrière toi.

J'aimerais répliquer, mais il m'embrasse à nouveau. Cette fois, il ne s'agit pas d'un petit bisou. Il m'embrasse passionnément, sa langue s'engouffre brusquement dans ma bouche. Il entoure ma taille de ses bras, baisse les mains pour me serrer les fesses tout en inclinant la tête pour m'embrasser de plus belle.

Ses lèvres abandonnent les miennes pour me lécher le cou et je me laisse emporter. Comment résister ? Je n'aurais jamais pensé pouvoir aimer quelqu'un de cette manière. Ça me dévore et me désarme toujours plus.

*

Le bruit de la douche résonne dans toute la chambre. Vance a laissé la porte de la salle de bains ouverte. Je suis allongé sur le côté, mon corps nu couvert d'un drap. J'ai les yeux rivés sur la grande fenêtre qui laisse entrevoir une vue magnifique de Raleigh la nuit, sans que l'on puisse être vus de dehors.

Vance sort déjà habillé, il se sèche les cheveux à l'aide d'une serviette.

— Si tu me cherches, je suis au studio. J'ai un *live*, je ne reviendrai peut-être pas avant le lever du jour.

Il se penche et me donne un petit bisou.

— Repose-toi bien.

Je ne dis rien, c'est comme ça tous les week-ends. La nuit, Vance est en direct depuis le studio, à l'autre bout de l'appartement. C'est rare qu'il dorme avec moi, et ça me manque beaucoup. Cette chambre, aussi luxueuse soit-elle, s'est transformée en dortoir froid et solitaire.

Le voir sortir et refermer la porte derrière lui me fait penser à un autre détail qui me dérange. Vance n'a jamais rendu notre relation publique, il n'a même jamais fait son coming-out auprès de ses abonnés. Je respecte son rythme et sa décision, mais ça me met mal à l'aise de le voir utiliser ses charmes et draguer ouvertement des filles pour les attirer… J'ai l'impression qu'il les manipule, qu'il les laisse se faire des illusions… Je pense peut-être trop. Je suis sûr qu'elles l'accepteraient aussi tel qu'il est, s'il se montrait sincère.

Ensuite vient l'histoire des « collaborations » qu'il réalise avec d'autres influenceurs, où ils draguent et tournent des vidéos de « *goals* de couples » et ce genre de choses. Je sais que c'est du cinéma, mais ça me fait quand même mal de le voir passer du temps avec ces personnes et pas avec moi. Je n'ai rien contre elles, mais j'adorerais tourner ce genre de vidéos avec lui. Lire des commentaires où les gens nous souhaitent plein de bonheur. Tous les trucs sympas qu'il reçoit dès qu'il poste des vidéos avec des filles.

Je me tourne pour me coucher sur le dos et contemple le plafond. Je finis par revenir à ce à quoi j'essaie de ne pas penser depuis un moment : Apollo. Son air meurtri me poursuit et je sais que je dois lui demander pardon, c'est pour ça que j'ai voulu que Rain me donne son numéro au café. J'attrape mon téléphone sur la table de nuit et je lui écris :

Si je ne m'excuse pas, je n'arriverai pas à dormir. Désolé de t'avoir parlé comme ça. Tu voulais juste aider. C'est Rain qui m'a donné ton numéro. Xan

Nerveux, j'attends une réponse qui n'arrivera peut-être jamais. Apollo aurait tout à fait le droit de ne plus jamais m'adresser la parole après le spectacle qu'on a donné à la soirée. Mon téléphone vibre et j'ouvre le message si vite que je manque de l'appeler sans le faire exprès.

Apollo : *T'inquiète, pas de souci.*

Je respire.

Xan : *Demain, viens boire un café ou ce que tu veux, c'est la maison qui offre, en guise de compensation.*

L'avertissement de Vance hurle dans ma tête ; je peux quand même lui préparer un dernier café avant de lui demander de ne plus remettre les pieds au Nora. Mais je ne sais même pas comment lui dire.

Apollo : *Ça marche, à demain, Xan.*

Je soupire, repose mon téléphone et fixe à nouveau le plafond. Je me lève et marche vers la fenêtre pour observer les lumières de la ville.

Je me sens seul…

Vance dit qu'il ne faut pas nécessairement avoir des amis, mais il en a, lui. Il sort avec eux, il s'amuse pendant que je suis là, seul dans cet endroit si froid. Je n'ai jamais été entouré de plein de gens, j'ai toujours préféré être avec ma mère. J'ai grandi dans la banlieue de Raleigh, dans une zone rurale remplie de gens à l'esprit plutôt fermé. J'ai dû faire semblant d'être comme les autres garçons : la seule fois où j'ai montré ma vraie personnalité, ils se sont tellement moqués que j'en fais encore des cauchemars. Pourtant, j'ai toujours voulu fréquenter plus de monde, avoir plus d'amis. J'ai toujours voulu être accepté tel que je suis vraiment, que l'on rie avec moi, que l'on me soutienne, que je puisse soutenir les autres. J'ai l'impression qu'il reste en moi… un bout du petit Xan qui veut être accepté et enfin avoir les amis qu'il n'a jamais eus à l'école.

Mais Vance a raison. La seule chose dont j'ai besoin, probablement, c'est de quelqu'un à mes côtés. Ce vide qui cherche à être accepté et à se faire des amis va être comblé avec le temps, je ne suis plus un enfant. Je suis bien comme je suis, je n'ai besoin de rien d'autre.

Je m'habille et vais me préparer une camomille. La tasse en main, je m'approche du studio. La porte est entrouverte et je peux apercevoir Vance assis en face de l'ordinateur, en train de rire et de s'humecter les lèvres.

— Merci pour les dons, rosita276, tu me soutiens toujours tellement. Si on se croise un jour, je te ferai un gros câlin.

Je grimace et me retourne pour me diriger vers la chambre. En entrant, je remarque que l'écran de mon téléphone est allumé.

Un appel manqué d'Apollo.

J'avale ma salive avec difficulté. J'hésite. Je regarde la porte de la chambre et la ferme. Je m'assieds sur le lit et l'appelle en retour.

— Hey, tu m'as appelé ?

Sa voix paraît rauque à l'autre bout de la ligne :

— Oui, je voulais juste m'assurer que tu vas bien.

— Ça va, pas la peine de t'inquiéter pour moi comme ça.

Apollo soupire.

— Je n'arrive pas à dormir.

— Et m'appeler, ça va régler le problème ? je demande en m'installant confortablement sur le lit, la tasse de camomille posée sur la table de nuit.

— Désolé, tu dormais ?

— Non.

— Tu es… avec lui ?

— Oui, il est en train de… bosser.

Je reprends la parole avant qu'il puisse faire un commentaire sur Vance.

— Pourquoi tu n'arrives pas à dormir ? Tu penses trop à Rain ?

— Je pense trop à tout. Penser, c'est ma passion.

Sa remarque me fait sourire.

— J'ai remarqué ça au café… À quoi tu penses, là ?

— Je pense que je ne devrais pas embrasser de filles si je ne suis pas certain de ce que je veux avec elles.

Oh.

— Apollo… T'es vraiment pas un bon gars, hein ?

— Nan, ce n'est pas ce que tu crois. Tout le monde me dit que je dois me détendre et tout ça, vivre ma vie, mais dans les pires moments, je finis par me laisser emporter.

— Et tu finis par faire des conneries ?

— En gros, oui.

— Qu'est-ce qu'il y a de mal à ça ? Bienvenue dans la vraie vie, Apollo, cet endroit magique où tout le monde fait connerie sur connerie.

— Je n'aime pas me tromper… Je dois être…

— Parfait ? je termine pour lui. Si c'est ce que tu penses, tu vas aller de déception en déception toute ta vie. Chercher la perfection, c'est le meilleur moyen de te frustrer.

— Tu es bon pour conseiller les gens, Xan.

— Merci.

— Est-ce que tu es de bon conseil avec toi-même ?

Je me crispe.

— Pas vraiment.

— Je crois qu'on est tous un peu comme ça, non ? Des experts quand il s'agit des autres, mais nuls dès que ça nous concerne.

Je bois une gorgée de camomille et dis :

— Pourquoi est-ce qu'on refait le monde comme ça, à deux heures du matin ?

Apollo soupire à nouveau.

— C'est le matin qu'ont lieu les meilleures conversations.

— Bon, parle-moi de toi, Apollo. Tout ce que je sais jusqu'à présent, c'est comment tu bois ton café, que tu embrasses des filles, que t'as peur de faire des conneries et que Rain te plaît.

— Par où commencer… ?

Je souris avant d'entendre la porte de ma chambre s'ouvrir brusquement.

Vance entre et son regard se pose sur le téléphone collé à mon oreille. Son visage s'empourpre sous le coup de la fureur. Je baisse immédiatement le téléphone et raccroche.

— Avec qui tu parlais ?

Il court vers moi tandis que je glisse le portable dans mon dos, hors de sa portée.

— Xan !

— Tu n'étais pas en direct ?

Il se penche et m'agrippe le bras avec force. Je grimace de douleur, mais parviens à me dégager.

— Vance, calme-toi !

— Avec qui tu parlais ?

Il me hurle au visage et m'attrape par les cheveux pour me forcer à me lever.

— Vance, arrête.

Je lutte pour me libérer, mais ses doigts raffermissent leur emprise et la douleur au niveau de mon cuir chevelu se fait plus vive. De l'autre main, il attrape le téléphone et je peux voir que sa colère dépasse les limites de l'imaginable lorsqu'il lit le nom d'Apollo dans l'historique des appels.

— Je savais que je ne pouvais pas te faire confiance !

Vance me lâche. Je me cogne contre le mur, ce qui m'arrache un gémissement de douleur. Il balance le téléphone, furieux, et je l'attrape au vol.

— On vient d'avoir cette foutue conversation ! Et dès que je tourne le dos, tu l'appelles ? Putain, qu'est-ce qui t'arrive, Xan ?

— Il voulait juste savoir si j'étais bien rentré à la maison, c'est tout.

— T'en as vraiment rien à foutre de moi.

— Vance…

— On vient d'en parler, merde !

— Je ne faisais rien de mal, je discutais juste avec lui.

— Juste après t'avoir dit de ne pas le faire ? Tu ne m'aimes pas, Xan ! Si tu m'aimais, tu ne me ferais pas ce coup-là.

— Quel coup ?

— Parler avec un type alors que je t'ai spécifiquement demandé de t'éloigner de lui.

— Vance…

Il se retourne et se prend la tête en me regardant. Je sais que je ne vais pas apprécier ce qu'il va dire :

— Voilà pourquoi personne ne te prenait au sérieux avant que j'arrive dans ta vie. C'est parce que tu fais ce genre de trucs.

Sa phrase me blesse. Avant de rencontrer Vance, je suis sorti avec plusieurs garçons, je suis même tombé amoureux. Malheureusement, aucun d'entre eux ne cherchait une histoire sérieuse, j'ai toujours fini le cœur brisé. Les paroles de Vance me touchent si profondément que je ne sais pas quoi répondre.

— C'est tout ce que tu es, Xan ? Un libertin de merde ?

— Non, non. C'est toi que j'aime, Vance, seulement toi. Il n'y a personne d'autre.

— Prouve-le, alors.

Ses yeux noirs me scrutent soudain.

— Donne-moi ton téléphone.

— Quoi ?

— Donne-moi ce foutu téléphone. Je ne pourrai pas continuer mon live tranquillement si je ne suis pas certain que tu ne lui parles pas dans mon dos.

— Vance, tu vas trop loin, je ne vais pas…

— Donne-moi ton putain de téléphone !

La fureur qui émane de lui me terrifie et je finis par céder. Je ne veux pas que la situation s'aggrave encore, ni qu'il me fasse mal à nouveau. Mon téléphone vibre : un appel entrant d'Apollo. Le sort s'acharne contre moi.

— Il doit être inquiet que j'aie raccroché, c'est tout.

— Réponds et mets le haut-parleur. Dis-lui que tu ne veux plus de lui dans ta vie ou un truc du genre.

Je secoue la tête. Vance serre la mâchoire.

— Xan !

— Vance, s'il te plaît…

— Vas-y ! Ou tu préfères que je m'occupe de lui ?

Cette idée me tétanise.

— Non.

— Alors, fais ce que je te dis.

Je hoche la tête, prends l'appel et mets le haut-parleur.

— Xan ? Tout va bien ?

Entendre le son de sa voix me donne envie de pleurer, parce que j'ai peur et parce qu'il y a quelques minutes à peine sa compagnie m'apportait un sentiment de sécurité. Pourtant, je retiens mes larmes.

— Apollo, je crois qu'il vaut mieux que tu… tu effaces mon numéro. Honnêtement, je n'ai pas le temps de me faire des amis pour le moment. Bonne chance pour la suite.

— Quoi ? Qu'est-ce que tu racontes, Xan ?

— Laisse-moi tranquille, s'il te plaît, ne me complique pas la vie. Ne m'appelle plus. Au revoir.

Et je raccroche.

Pendant quelques secondes qui me paraissent une éternité, Vance me fixe avant de s'approcher et de prendre mon visage entre ses mains.

— Tu vois ? Ce n'était pas si compliqué, Xan. En un appel, tu viens de nous épargner un tas de problèmes. Tu en veux encore, des disputes de ce genre ?

— Non.

— Ça n'arrivera plus, maintenant qu'il n'est plus là. Tout va bien se passer. Maintenant c'est toi et moi contre les autres. Tu es ce qui compte le plus pour moi, c'est pour ça que je me mets dans des états pareils.

Il m'enserre. Son corps était pour moi un endroit chaud et sûr, mais il me paraît soudain glacé, aussi froid que les murs et la baie vitrée qui donne sur la ville. Le menton sur son épaule, je laisse les larmes me monter aux yeux. Les lumières de la ville deviennent de petits points flous et une tristesse profonde m'envahit, m'asphyxie.

Je repense à ma mère, à comment elle a travaillé et s'est battue pour moi, à comment elle a souffert quand elle est tombée malade. Elle a tout donné pour m'élever…

Serait-elle fière de moi ? Ou pas du tout ? Je ne sais plus qui je suis ni quel est le chemin que je trace. Je n'ai que Vance et il a l'air de changer de jour en jour. Le garçon tendre et sérieux dont je suis tombé amoureux a pratiquement disparu. Parfois, avant de faire l'amour, il manifeste un peu de tendresse, sans qu'un événement terrible se produise après comme aujourd'hui.

Je suis constamment en manque d'affection, et le prix à payer est la souffrance.

Vance me caresse le dos.

— Ne pleure pas, ce n'est pas si grave. N'exagère pas, Xan.

— Désolé.

— Je vais faire en sorte que ça passe.

Vance m'enserre encore et commence à m'embrasser dans le cou en me touchant. La dernière chose dont j'ai envie, c'est de faire l'amour, mais je n'ai pas la force de l'arrêter ou de l'affronter. S'il croit que je refuse parce que je pense à Apollo ou je ne sais quelle autre histoire qu'il a en tête, il serait capable de hurler ou de me frapper à nouveau, et je ne veux surtout pas que ça arrive. Je ne proteste donc pas quand il m'embrasse et me déshabille ni quand il me fait faire volte-face pour me pousser sur le lit. Mon corps répond automatiquement à ce stimulus qui m'est si familier, mais mes pensées sont troubles, mon esprit absent, c'est comme si je n'étais pas là.

Et j'aimerais ne pas être ici, alors je m'autorise à penser à autre chose, à ceux qui étaient mes amis, à l'odeur du café frais de ma mère, aux paroles de Rain, au sourire aimable et chaleureux d'Apollo. Les larmes roulent sur mes joues et mouillent les draps.

Parce que je me sens seul, pris au piège, et surtout parce que je veux avoir des amis, plus que tout au monde.

12.

APOLLO

— Je pensais que tu étais mon ami, Apollo, me reproche Erica d'un ton agacé.

— Je le suis.

— C'est quoi cette note en dessous de la moyenne ? Sérieusement ?

Erica jette un œil à mon devoir en fronçant les sourcils. Je ne lui en veux pas : ce sujet de psychologie sociale, nous l'avons préparé ensemble. Elle a adoré tout ce que j'avais dit que j'écrirais, mais de nous deux, la seule qui a fini par appliquer ses idées brillantes, c'est elle. J'ai à peine écrit quelques lignes ; honnêtement, c'est un miracle que je n'aie pas raté plus de devoirs. J'ai des problèmes de concentration et de motivation pour le moment. Quand j'essaie de comprendre ce qu'il m'arrive, j'en reviens toujours à cette foutue nuit et je finis par essayer de penser à autre chose. Sans parler de ce qu'il s'est passé la dernière fois que j'ai vu Rain, quand j'ai rencontré son frère et que Xan m'a demandé de m'éloigner de lui.

— Qu'est-ce qui s'est passé, Apollo ?

Erica me rend ma feuille et croise les bras. La brise automnale agite doucement ses cheveux. Une boucle se pose sur son nez. Elle la repousse d'un geste impatient. Elle attend une réponse. J'évite son regard et je me concentre sur un arbre déjà pratiquement dénudé, de l'autre côté de la fenêtre de la cafétéria de l'université.

— Apollo ? elle insiste.

— Je ne sais pas.

Elle soupire et boit une gorgée de café.

— On aurait dû aller au Nora, le café n'est pas bon du tout, ici.

Je me passe la langue sur les lèvres et l'observe. Je suis d'accord avec elle, mais pour une raison que je ne peux lui avouer, ça fait plus d'une semaine que je n'ai pas mis les pieds au Nora. Je n'ai plus adressé la parole à Rain non plus. À l'appart, je passe mes journées enfermé dans ma chambre, je ne veux pas tomber sur Kelly. En plus, je suis incapable de regarder Gregory droit dans les yeux après ce qu'il s'est passé. C'est comme si je ne voulais pas faire face à quoi que ce soit pour le moment, mais pour quelle raison ?

— Apollo, ça va ?

Je hoche la tête, Erica grimace.

— On ne dirait pas. Je sais que tu n'es pas des plus bavards, mais dernièrement, j'ai l'impression que tu es encore plus taiseux que d'habitude, et tu es...

Elle pointe du doigt mon sandwich encore intact.

— C'est le troisième repas que je te vois sauter cette semaine.

— Je suis juste un peu abattu, je crois.

— Déprimé ?

— Non, ça va passer.

— Ta famille te manque ?

Maintenant qu'Erica le dit, je me rends compte qu'elle a partiellement raison. Le sourire angélique de ma nièce, les expressions d'Artemis, les conseils de Claudia, l'étreinte chaleureuse de mon grand-père, tout me manque. Les vacances de Thanksgiving me paraissent si loin... Peut-être pourrais-je leur faire une visite surprise un week-end. Mais je ne veux pas les inquiéter, et je suis sûr que si j'y allais, ils recommenceraient avec ces histoires de thérapie. Je sais que j'ai besoin de parler de cette nuit-là, de ce qu'il s'est passé, mais rien que d'y repenser, je frissonne.

— Je prends ton silence pour un oui, répond Erica.

Hein ?

Ah, oui, sa question.

— Je crois que notre famille nous manque à tous, non ?

Erica ouvre la bouche pour répondre, mais je lui lance un regard sérieux, je ne veux pas parler de ça. Elle soupire.

— Bon, comment ça s'est passé avec Rain ? Tu ne m'as jamais dit si tu lui avais parlé à la fête. Tu as disparu d'un coup.

— Ben, c'est compliqué.

— Pourquoi ?

— C'est une longue histoire.

Erica m'observe, curieuse.

— Apollo, Rain te plaît vraiment ?

— Pourquoi ? On dirait que tu en doutes ?

— Je ne sais pas. Pour le projet, j'ai fait des recherches sur des trucs improbables.

Elle s'interrompt soudain et prend un air concentré.

— Tu as déjà entendu parler de l'effet « pont suspendu » ? C'est un terme qui décrit les phénomènes d'attribution erronée d'excitation.

— Jamais entendu parler.

— Selon Google, quand quelqu'un traverse un pont suspendu et aperçoit une personne de l'autre côté, la peur de tomber fait accélérer le rythme cardiaque de celui ou celle qui traverse. La personne peut confondre cette excitation avec les palpitations que l'on ressent quand on tombe amoureux.

— Où est-ce que tu veux en venir ?

— Ce que je veux dire, c'est que peut-être que Rain ne te plaît pas vraiment. Peut-être que tu as pris ce que tu as ressenti la nuit où elle t'a sauvé pour de l'amour. Elle a été ton phare dans la nuit, elle a mis fin à tes craintes… C'était elle, la personne de l'autre côté du pont suspendu.

Je glousse.

— Erica, sans vouloir t'offenser, ça fait seulement un an que tu étudies et tu m'analyses déjà ? Pour me dire que mes sentiments ne sont pas réels, en plus ?

— Je ne dis pas ça, c'était une simple observation.

Elle hausse les épaules. Je souris.

— Allons-y, madame l'observatrice.

Nous sortons de la cafétéria tandis qu'Erica me répète que si j'ai besoin d'aide avec les dossiers à rendre, elle est là pour moi. Du coin de l'œil, je capte une chevelure blonde et regarde devant moi pour la voir arriver : c'est Rain. Sa crinière flotte au gré du vent, et au milieu des arbres dénudés du jardin de l'université, elle ressort plus que jamais… Sans parler de son énergie et de ce sourire qu'elle me lance en m'apercevant. Ce sourire fait aussitôt accélérer mon rythme cardiaque. Non, Erica doit se tromper, ce que je ressens est bien réel.

— Apollo !

Elle m'adresse un signe de la main en s'approchant. Avec son jean troué et son pull à manches longues, elle est vêtue de noir de la tête aux pieds. Erica lâche un rire discret à côté de moi.

— On va voir si la poule a pondu… dit-elle en s'éloignant.

— Quoi ? je lui demande d'un air confus.

Erica montre Rain du menton et murmure « À l'attaque » avant de s'en aller.

Je me racle la gorge et rends son sourire à Rain, alors qu'elle s'arrête en face de moi.

— Bonjour, je dis, un peu nerveux.

— Ça fait longtemps, Apollo.

Elle a l'air si émue de me voir que j'ai envie de pincer ses joues. Elle est si mignonne… Je résiste tant bien que mal.

— Oui, j'étais un peu occupé…

Je baisse les yeux vers ma main, dans laquelle je tiens le devoir marqué d'un « Insuffisant » rouge. Rain suit mon regard.

— Occupé à rater l'université, si je vois bien.

Elle secoue la tête.

— Ne t'inquiète pas, on galère tous un peu au début.

Elle hausse les épaules.

— Le premier semestre, il faut s'adapter, s'ajuster aux attentes, comprendre le système et tout. Faut pas te laisser abattre.

L'énergie de Rain est si puissante que je me sens immédiatement mieux, c'est très étrange. Je plisse les yeux et la taquine un peu :

— Tu dis que tu as eu de mauvaises notes au premier semestre ? Waouh, je ne m'attendais pas à ça de ta part, Rain.

Elle rit.

— Oh, moi, j'ai toujours des A, dit-elle en se touchant la tête. Je suis tellement intelligente, c'en est presque énervant.

— Donc tes mots d'encouragement ne s'appliquent qu'aux simples mortels comme moi.

— Tu n'es pas un simple mortel, lâche-t-elle en me regardant dans les yeux. Comme l'a dit Xan, tu es plutôt un dieu grec.

Je maudis le sang que je sens monter depuis mon cou : mon rougissement ne pourrait pas être plus évident. Rain lève un sourcil.

— Tu rougis ?

— Non.

Rain rigole et s'approche d'un air joueur.

— Apollo, le dieu grec.

Je ris avec elle.

— Arrête.

— Dieuuu greeec.

— Rain.

Je la mets en garde. En voyant qu'elle continue, je me risque à avancer d'un pas vers elle, ce qui l'oblige à reculer. L'amusement se lit sur son visage.

— Oh ? Le dieu grec s'énerve ?

J'avance encore d'un pas et elle recule à nouveau. Cette fois, elle trébuche, et avant qu'elle ait le temps de tomber, je l'attrape par la taille. L'odeur citronnée de son parfum envahit mes narines et me procure une sensation de bien-être extraordinaire. Rain épouse à la perfection la forme de mes bras. Sa nervosité efface son sourire et fait rosir ses joues. Pendant quelques secondes, nous restons là sans rien dire. Nous sommes si proches l'un de l'autre que je peux voir quelque chose briller au fond de ses yeux. Je baisse le regard en direction de ses lèvres entrouvertes, et je me demande ce que ça ferait de les presser contre les miennes. Elle se racle la gorge et se dégage avant de dire :

— Je dois… aller en cours.

— D'accord.

Je souris.

— À bientôt, Apollo.

— À bientôt, Rain.

Elle s'en va et je poursuis mon chemin, le cœur encore tout affolé.

*

Deux jours plus tard, après la fin des cours, je marche vers le Nora.

Je veux juste m'assurer que Xan va bien. Je soupire en poussant les portes du café. Pendant quelques secondes, j'observe les clients assis aux tables. L'endroit est bondé, comme d'habitude, mais il n'y a personne derrière le comptoir.

C'est alors qu'une chevelure bleue apparaît de l'autre côté du bar, l'air de chercher quelque chose dans le dernier tiroir, et je m'arrête. Xan est fidèle à lui-même, relax, les joues roses, il sifflote et chantonne la chanson qui sort des haut-parleurs. Je remarque tout de même une différence : il porte un T-shirt à col roulé. Une alarme se déclenche dans ma tête, mais je respire profondément en m'approchant : je sais que la confrontation ne mène à rien.

Xan remarque ma présence. L'espace d'un instant, ses yeux s'écarquillent, puis il continue à préparer des cafés comme si de rien n'était. Heureusement, Vance n'a pas l'air d'être dans les parages.

— Salut, je dis en arrivant au comptoir.

Xan se tourne vers moi et me fait son sourire « service clientèle », classique et distant.

— Bienvenue au Nora, qu'est-ce qui vous ferait plaisir ?

— Xan, tu vas bien ?

Il ne répond rien, il reste juste planté là à attendre. Je me souviens de notre appel d'il y a quelques jours.

« Apollo, je crois qu'il vaut mieux que tu… tu effaces mon numéro. Honnêtement, je n'ai pas le temps de me faire des amis pour le moment. Bonne chance pour la suite. Laisse-moi tranquille, s'il te plaît, ne me complique pas la vie. Ne m'appelle plus. Au revoir. »

— Un *latte* à emporter, je finis par répondre.

Xan entre la commande dans le système et me dit :

— Ça fera trois dollars et quarante-cinq centimes.

Je paie et il poursuit :

— Ça sera prêt dans cinq minutes.

Il me tourne le dos et s'en va préparer la boisson. Je reste figé là, à le regarder. Je n'y crois pas tout à fait, Xan ne m'a jamais traité comme ça, même quand j'étais un simple client et qu'on ne se parlait pas. Il a toujours été drôle et chaleureux. Il blaguait souvent quand je venais commander ici, et on ne se connaissait même pas.

« Apollo, c'est ça ? Laisse-moi deviner, aujourd'hui, avec un temps pareil, je parie que tu vas troquer ton latte *habituel pour un chocolat chaud »*, me disait-il.

Je ne peux pas m'empêcher de penser que c'est un peu ma faute. Est-ce que je me suis imposé ? Est-ce que je l'ai mis mal à l'aise ? Impossible pour moi de comprendre ce qui se passe avec Vance et de rester sans rien dire. Peut-être qu'un commentaire n'était pas une bonne idée ? Je devrais sans doute aider Xan à s'en rendre compte petit à petit par lui-même ? J'ai passé des nuits à lire des témoignages sur des forums, et il existe autant de chemins et de réponses que de victimes d'abus. Le plus important, c'est d'être là pour la personne, de lui faire comprendre qu'on se tracasse pour elle, et être prêt à appeler les secours, même quand la victime proteste. Dans certains cas, c'est une question de vie ou de mort.

Face au silence glacial de Xan, j'attrape mon café et me dirige vers la sortie.

Assis dans la nuit qui tombe, sur les bancs en face du Nora, je sens les émotions m'envahir. J'observe Xan ranger et fermer la boutique. J'espère pouvoir parler avec lui après son service. En attendant, je sors mon téléphone et envoie un texto :

Moi : *Si tu pouvais me voir, tu aurais une sensation de déjà-vu en ce moment même.*
Raquel : *Qu'est-ce que tu fais, Lolo ??*
Moi : *J'attends un garçon dans le noir.*

Raquel : *HAHAHAHA. Je ne m'y attendais pas.*

Moi : *Moi non plus.*

Raquel : *Il est beau ?*

Moi : *C'est pas ce que tu crois, je me tracasse pour lui.*

Raquel : *C'est ça, et moi j'allais voir Ares jouer au foot parce que j'adore ce sport.*

Moi : *N'en parle surtout pas à Ares !*

Raquel : *Tranquille, Ares est à des milliers de kilomètres.*

Moi : *Oooh, il te manque ?*

Raquel : *Toujours, mais c'est pas la question. Voilà, je me suis fait un chocolat chaud, raconte-moi qui est ce garçon que Lolo Hidalgo attend dans le noir.*

Je souris parce que je sais que Xan en a encore pour quelques minutes avant de fermer. Alors je raconte à Raquel tout ce qui s'est passé avec Rain, Xan et Vance. Je me suis toujours senti si bien avec Dani et elle. Jamais le moindre malaise. Je suis en totale confiance. Et dire que tout a commencé parce que Raquel m'a tendu un verre cette nuit-là au bar d'Artemis… Je n'aurais jamais pensé qu'on deviendrait amis à ce point.

Raquel : *Okkkk, c'est trop d'infos. Je fais pas gaffe pendant deux secondes et tu me sors une histoire de fou !*

Moi : *Je sais.*

Raquel : *Apollo, je peux te poser une question ?*

Moi : *Bien sûr.*

Raquel : *Xan te plaît ?*

Je pouffe de rire.

Moi : *Bien sûr que non.*

Raquel : *Mmmh, tu es dans la phase du déni.*

Moi : *Je te dis que non, je suis juste inquiet pour un autre être humain dans une situation difficile.*
Raquel : *Mmmhmmm.*

Je peux m'imaginer ses yeux entrouverts, incrédules.

Moi : *C'est Rain qui me plaît, tu le sais.*
Raquel : *Tu peux aimer Rain et Xan à la fois, l'un n'empêche pas l'autre.*
Moi : *On dirait que…*
Raquel : *Que je suis étudiante en psychologie, hein ?*
Moi : *Ne te fais pas de films, d'accord ? Je ne pourrais pas être intéressé par les deux à la fois, ça serait trop compliqué.*
Raquel : *Se compliquer la vie, c'est la passion des Hidalgo, on dirait.*

Je vois Xan enfiler sa veste, enfoncer un bonnet noir sur ses cheveux bleus et éteindre les lumières.

Moi : *Désolé d'interrompre ton petit moment de psychologie, mais je dois y aller.*
Raquel : *Bonne chance, mon tigre, grrr.*

Je grimace en rangeant mon téléphone dans ma poche. Je la hais.

Je cours vers les portes du Nora et me trouve face à Xan en train de fermer derrière lui. Quand il se retourne et m'aperçoit, il sursaute.

— Désolé, je ne voulais pas te faire peur.

Xan ne répond rien et commence à marcher. Je lui emboîte le pas.

— Xan, désolé si je t'ai mis mal à l'aise, je m'inquiétais juste pour toi.

Il fourre ses mains dans les poches de sa veste. Une fois éloignés du Nora, il s'arrête et jette un regard en direction du café. La peur se lit dans son regard. Ses yeux rencontrent enfin les miens.

— Apollo, tu n'as pas à t'excuser, tu n'as rien fait de mal, d'accord ? Rentre chez toi.

— Si je n'ai rien fait, pourquoi tu refuses de me parler ?

Le besoin s'entend dans ma voix, ce qui ne me plaît pas du tout. Xan se passe la langue sur les lèvres.

— Ma vie est compliquée, Apollo. J'aimerais que l'on puisse être amis, mais… Pour le moment, ce n'est pas possible, d'accord ? Peut-être plus tard.

— Vance te l'a interdit ?

Xan grimace en entendant ce nom.

— Non, c'est ma décision.

— Ta décision ? Comme ça, sortie de nulle part ? Xan, cette nuit-là on parlait tranquillement et tu as raccroché d'un coup. Quand je te rappelle, tu ne veux plus me parler. C'est évident que ce n'est pas ta décision.

— Pourquoi tu ne laisses pas tomber ? Si quelqu'un ne veut pas te parler, tu passes à autre chose.

Ses yeux m'évitent.

— Si je savais que c'était ton choix, je m'éloignerais sans hésiter.

— Qu'est-ce que je dois faire pour te le prouver ? Jurer ? Pourquoi est-ce que je te devrais des explications ? Tu viens de débarquer dans ma vie, tu n'as aucun droit.

Je ne me suis pas souvent énervé au cours de mon existence, mais Xan sait exactement quoi dire pour me frustrer. J'avance d'un pas vers lui, et sa posture froide et désintéressée se brise. Il me contemple, l'air nerveux.

— Qu'est-ce que tu fais ?

Je m'arrête juste en face de lui.

— Regarde-moi droit dans les yeux et dis-moi que tu ne veux plus me parler.

Ses joues rougissent plus encore qu'à l'accoutumée. Il détourne le regard.

— Je n'ai rien à te prouver.

Je recule, je ne veux pas le mettre mal à l'aise.

— Si tu as besoin de moi, je suis là, Xan. Je ne vais pas m'imposer ni t'obliger à me parler. Je veux juste que tu saches qu'il ne devrait pas choisir tes amis à ta place, qu'il ne devrait pas contrôler ta vie à ce point, et tu le sais aussi. Tu es un garçon intelligent. Bonne nuit.

Je m'en vais, parce que j'ai l'impression de parler à un mur : je ne peux pas le forcer à être mon ami. Tandis que je m'éloigne, quelque chose palpite dans ma poitrine, et je mets plusieurs secondes à prendre conscience qu'il s'agit de mon cœur. Je souris comme un idiot en pensant que cette folle de Raquel n'a peut-être pas tort.

Décidément, se compliquer la vie, c'est la passion des Hidalgo.

13.

RAIN

Je ne peux pas m'empêcher de penser à lui.

C'est ridicule et je sais que je ne devrais pas le faire. Combien de fois est-ce qu'on s'est vus ? Quatre, cinq ? Il ne devrait pas être si présent dans mon esprit. Même dans les romans de ma mère, les personnages ne tombent pas aussi rapidement amoureux. Amoureux ? *M'enfin, Rain, contrôle-toi un peu.* C'est sa faute aussi, il est tellement charmant, avec son regard si doux et son sourire si chaleureux. Je ne suis qu'une victime de plus de la parfaite enveloppe charnelle d'Apollo Hidalgo. J'ai un petit crush, voilà tout. Il n'y a pas de quoi en faire tout un plat. C'est normal. Tout à fait normal.

— Qu'est-ce qu'il t'a fait, ce cahier, pour que tu le maltraites comme ça ? me demande Gregory en désignant les pages qui se trouvent devant moi.

Je remarque qu'elles sont dans un piteux état. J'ai appuyé si fort sur mon crayon que le papier s'est déchiré à plusieurs endroits. J'esquive avec un sourire angélique.

— J'explore mon expression artistique.

Gregory hausse un sourcil.

— En martyrisant les feuilles de ton cahier ? Tu ne cesseras jamais de me surprendre, Rain Adams.

— Oh, la ferme.

Il lève les mains en l'air en signe de capitulation.

— Tu es venue ici pour réviser ou pour saccager ton cahier ?

Gregory avale une gorgée de boisson énergétique, puis la dépose sur l'îlot de la cuisine. Sa cuisine.

Eh oui, mon crush est tellement normal que je me retrouve dans l'appartement de Gregory. Celui qui vit en coloc avec un certain mec que je n'arrive pas à me sortir de la tête.

Très subtil, Rain.

— On reprend ?

Je tourne la page que j'ai déchirée et me penche sur mon cahier. Mes yeux inquiets se promènent du hall d'entrée vers le couloir et je me pince les lèvres. Gregory ne perd pas une miette du parcours de mes yeux.

— Apollo n'est pas là, me répond-il comme si je lui avais posé la question.

— D'accord, merci pour cette information, que je ne t'ai pas demandée.

Gregory se penche en arrière sur sa chaise, en croisant les bras.

— Tu me rappelles quelqu'un. Tu n'es vraiment pas discrète, Rain.

— Discrète ?

— Nous savons tous les deux que tu as une bien meilleure moyenne que moi dans cette matière. Tu n'as pas besoin de mon aide pour passer cet examen : c'est évident que tu es ici pour voir un certain Hidalgo.

Je ris aux éclats en en faisant des tonnes.

— M'enfin Gregory ! je m'exclame en levant les yeux au ciel. Tu te fais des films.

Amusé, il m'observe sans rien dire.

— Je ne t'avais jamais vue dans cet état, remarque-t-il en souriant. Toi qui es d'habitude si calme, jamais ni inquiète ni angoissée. T'es mordue, pas vrai ?

J'ouvre la bouche pour contester, mais le bruit de la porte d'entrée retentit. Je sens une vague de panique m'envahir et mon corps se fige. Que va penser Apollo en me trouvant ici ? Est-ce que ma présence le mettra mal à l'aise ? Est-ce qu'il pensera que je ne suis vraiment pas discrète, comme l'a dit Gregory ? Non, il n'y a pas de raison. Je connaissais Gregory bien avant qu'Apollo débarque à l'université. Et ce n'est pas la première fois que je lui rends visite. Tout va bien se passer.

Apollo surgit du hall d'entrée et s'immobilise en me voyant.

— Oh, Rain, lâche-t-il, surpris.

Il jette un regard à Gregory avant d'ajouter :

— Je ne savais pas qu'on avait de la visite.

Je le regarde fixement. Plus d'une semaine s'est écoulée depuis la dernière fois que je l'ai vu à l'université. On ne s'est pas parlé, on ne s'est pas envoyé de textos, rien du tout. Je le maudis intérieurement, parce qu'il est toujours aussi beau qu'au premier jour de notre rencontre. Aujourd'hui, il porte un T-shirt blanc et un jean, et ses cheveux sont en pétard comme jamais. Je remarque aussi les cernes qui marquent son visage. On dirait qu'il a encore du mal à s'adapter à sa nouvelle vie.

— Oui, je suis venue réviser avec Gregory, dis-je en essayant de dissimuler la nervosité dans ma voix.

Apollo s'approche et me contourne pour prendre une bouteille d'eau dans le frigo. Je l'observe de profil alors qu'il renverse sa tête en arrière pour boire. Même sa nuque est sexy. Je détourne les yeux pour tomber sur Gregory qui me fixe d'un air moqueur. J'ai envie de lui foutre des claques ! Apollo repose la bouteille, puis s'assied près de Gregory, de l'autre côté de l'îlot.

— Vous bossez sur quoi ?

Gregory me regarde.

— C'est vrai ça, Rain. On bosse sur quoi au juste ?

Je lui lance un regard hostile. Je n'ai pas la moindre idée de la matière que nous sommes en train de réviser. Enfin, que nous sommes censés être en train de réviser.

— Le cours d'anatomie, il me semble. D'ailleurs, tu tombes bien, Apollo, on a besoin d'un volontaire, lance Gregory.

Je suis sur le point de lui balancer un truc à la figure, mais Apollo lui demande d'un air confus :

— Un cours d'anatomie ? Dans la filière d'ingénierie ?

— Il dit ça pour rire, je réponds en laissant échapper un petit rire nerveux. Tu sais comment il est.

— Beau comme un dieu ? Bon, ce n'est pas tout ça, mais je suis épuisé, annonce Gregory en se levant et en s'étirant. Je vais faire une sieste.

— OK.

Je me lève en prenant ça comme le signe qu'il est temps pour moi de partir, mais Gregory lève la main en me montrant du doigt.

— Non, tu n'es pas obligée de partir. En plus on est jeudi, on a notre soirée cinéma et je ne me sens pas très bien.

— Tu étais en pleine forme ce matin, lui fait remarquer Apollo.

— Oui, mais plus maintenant. Les choses changent, Apollo. La vie est un cycle éternel de désirs en mouvement, explique-t-il d'un air solennel.

— Hein ?

— Et puis Rain me doit une faveur. Tiens compagnie à Apollo, tu veux bien ? On a prévu de regarder un film d'horreur aujourd'hui, ça lui fout la trouille.

Il se retourne ensuite comme si de rien n'était et conclut :

— Ciao.

Il nous laisse en tête à tête. Gregory a de nombreuses qualités, mais la subtilité n'en fera jamais partie.

Nous restons silencieux. J'aimerais prétendre que la situation n'est pas inconfortable, mais elle l'est. Apollo ne s'attendait pas à me trouver ici, et je ne sais pas très bien ce que j'espérais en venant. Il se gratte la nuque et laisse son regard se promener partout dans la pièce, sauf sur moi. Pour essayer de dissiper le malaise, je lui demande :

— Comment vas-tu ? Tu as l'air stressé.

— Je crois que c'est un tout. Ma famille me manque, et j'ai du mal avec les cours, tu sais comment c'est.

Sa remarque éveille ma curiosité.

— Raconte-moi des trucs sur ta famille, tu veux bien ? Tout ce que je sais, c'est que vous êtes riches et plutôt célèbres.

Ce n'est pas vrai du tout. En fait, j'en sais beaucoup plus. J'ai fait quelques recherches sur sa famille : il a deux frères et ses parents sont séparés. Ça n'a pas été trop difficile de trouver ces informations, vu les nombreux articles de presse consacrés aux Hidalgo.

— J'ai une famille plutôt normale, je suppose. Mon frère aîné, Artemis, est marié et j'ai une nièce toute mignonne qui s'appelle Hera. Le cadet s'appelle Ares, il étudie la médecine et est en couple depuis des années. Sa copine est une de mes meilleures amies. Mon père est… eh bien, tu sais comment sont les pères. Et ma mère…

Il s'interrompt en serrant les lèvres, puis ajoute :

— Il y a aussi mon grand-père que j'adore. C'est grâce à lui que je suis un mec bien.

— C'est comme ça que tu te vois ? Comme un mec bien ?

— C'est ce que j'espère.

— Je crois que tu te sous-estimes. Moi je trouve que tu es un mec incroyable, dis-je en toute sincérité.

Depuis que je le connais, Apollo s'est toujours comporté de manière irréprochable. Ce qui m'a le plus marqué, c'est de voir à quel point il a été présent pour Xan, alors qu'il venait à peine de le rencontrer et que cette tignasse bleue est une véritable tête de mule.

Comme d'habitude, Apollo pique un fard. On dirait que les compliments le mettent mal à l'aise. Je ne comprends pas pourquoi. C'est un mec super mignon et je suis sûre qu'on a dû lui en faire des tas dans sa vie. Comment est-ce possible qu'il ne soit pas plus habitué ?

— Et toi, comment ça va ?

Sa question me fait soupirer.

— Je suis fatiguée et…

Je pense à toi du matin au soir, je vérifie tout le temps mon téléphone en espérant y trouver un message de ta part. Je n'y comprends plus rien. Je pensais au moins qu'on était potes, mais tu t'es évaporé.

Apollo attend ma réponse, mais vu que je ne dis rien, il finit par répéter :

— Et ?

Nous nous regardons droit dans les yeux. Ce contact direct me déstabilise un peu.

— Tu m'as manqué.

Ces mots m'échappent et je couvre ma bouche par réflexe. Apollo semble tout aussi surpris que moi. Nous rougissons tous les deux en quelques secondes.

— Enfin, je veux dire que ça me manquait de parler avec toi.

— Je suis désolé, l'université accapare tout mon temps.

— Tu n'as pas à me donner d'explications, je comprends.

Ah. je déteste cette sensation. Je n'ai pas l'habitude d'être dans une position vulnérable. Je ne me laisse pas facilement déstabiliser. Je suppose que j'ai sous-estimé ce mec au doux regard et l'effet qu'il a sur les autres. L'effet qu'il a sur *moi.*

Apollo brise le silence en désignant le canapé :

— On se le mate, ce film ?

J'acquiesce, puis me dirige vers le canapé, d'une démarche décontractée. Je m'assieds en me mettant à mon aise. Voilà qui est beaucoup mieux : la Rain détendue que je connais. Apollo pose un sachet de pop-corn dans le micro-ondes et apporte des boissons qu'il dépose sur la table basse devant la télévision.

— Je ne savais pas que vous aviez cette tradition, avec Gregory.

— C'était une idée de Kelly.

Il s'interrompt soudainement, comme s'il se souvenait de quelque chose, puis ajoute :

— On a pris l'habitude.

— Kelly, c'est la meuf de Gregory, c'est ça ?

Apollo hésite puis acquiesce avant de retourner dans la cuisine pour rapporter le pop-corn. Nous sommes enfin prêts. Il s'assied de l'autre côté du canapé en laissant un grand espace entre nous deux. J'apprécie qu'il ne veuille pas me mettre mal à l'aise, mais je trouve qu'il exagère un peu. Pourtant, je ne questionne pas son choix.

— Qu'est-ce qu'il y a au programme ?

Apollo hausse les épaules.

— Tu peux choisir.

Je hausse un sourcil.

— Sûr ?

Plusieurs titres me viennent à l'esprit, mais je me dis que ce serait un peu gros de choisir un film romantique. Je me mordille la lèvre en jetant un coup d'œil vers la porte vitrée qui donne sur le balcon. On peut y voir les lumières de la ville scintiller.

— Rain, me rappelle-t-il à l'ordre.

Je tourne à nouveau la tête dans sa direction.

— Sérieux, on peut regarder le film que tu veux. Je ne te jugerai pas.

— D'accord.

Je choisis *Je t'aime, Rosie.* C'est un film hyper touchant. Une histoire d'amour impossible entre deux meilleurs amis. La vie leur met sans cesse des bâtons dans les roues et les empêche d'être ensemble jusqu'à la fin. C'est un de mes films préférés.

Apollo éteint la lumière et lance le film. Il s'assied en étirant son bras sur le dossier du canapé. Sa main se rapproche de moi, et je me rends compte que son T-shirt blanc se soulève légèrement. De là où je suis, je peux voir ses abdos. Le reflet des couleurs émises par la télévision donne un ton différent à son visage que j'observe de profil. J'arrête de le regarder pour me concentrer sur l'écran, en croisant les mains sur mes genoux. Je m'étais dit que c'était une bonne idée de porter une robe ample pour réviser assise à la table, mais pour regarder un film sur un canapé, c'est une tout autre histoire. Elle n'arrête pas de remonter et je passe mon temps à la réajuster.

Apollo remarque que je m'agite et tourne la tête dans ma direction, pile au moment où je le regarde. Je tire alors sur le bord de ma robe et ses yeux se posent sur mes cuisses. Ses lèvres s'entrouvrent légèrement, je lui souris en lissant le tissu. Je ne veux pas qu'il pense que je fais ça exprès pour le séduire ou un truc du genre.

— Attends.

Il s'éclaircit la gorge en cherchant quelque chose à côté du canapé, puis me tend une couverture en précisant :

— Elle est propre, je te le jure.

Je la prends en souriant.

— Je te crois.

Je me couvre les jambes, et nous continuons de regarder le film. Nous faisons de temps en temps des petits commentaires et éclatons de rire durant la scène où l'actrice se retrouve avec une capote coincée en elle. Nous en sommes plus ou moins à la moitié du film quand soudain, le tonnerre se met à gronder dehors. Apollo se redresse. Je regarde à travers la fenêtre qui donne sur le balcon, il se met à pleuvoir à grosses gouttes. Le sol du balcon est inondé et de l'eau ruisselle le long de la vitre. J'ai du mal à rester concentrée sur l'écran, car je sens à quel point Apollo est tendu. Ses poings se serrent, les veines de son cou et de ses bras ressortent légèrement et sa mâchoire se contracte.

Mon esprit retourne à ce souvenir et à la peur que j'ai ressentie quand je l'ai trouvé gisant là sous la pluie, à moitié mort. Je n'imagine même pas les sensations que la pluie doit provoquer en lui. Je ne sais pas quoi faire ni quoi dire, exactement comme cette nuit-là. Pendant plusieurs minutes, j'hésite en réfléchissant à toute vitesse. J'ouvre la bouche pour parler, mais aucun mot ne semble vouloir en sortir.

Je décide alors de retirer la couverture qui recouvre mes genoux pour me placer juste à côté de lui. Je nous enroule dedans en passant mon bras derrière lui et il pose sa tête sur mon épaule sans me regarder.

— Ça va aller, dis-je en lui caressant les cheveux pour le rassurer.

Au fil des minutes, je sens la tension quitter ses muscles et son corps se détendre peu à peu. Il pose sa main sur ma jambe et, même si une couverture la protège, ce geste me fait prendre conscience de toutes les parties de son corps qui sont pressées contre moi, de son odeur et de la chaleur qui émane de lui.

Apollo remue légèrement, puis tourne la tête. Son nez m'effleure le cou et j'arrête soudain de respirer.

— Ton odeur… elle me calme, Rain.

Je sens son souffle me caresser la peau. Je me passe la langue sur les lèvres, parce que je ne sais pas quoi répondre à ça. Mais aussi parce que tous les nerfs de mon corps se sont mis à vibrer en entendant ces mots. Nous sommes trop proches, trop collés l'un à l'autre.

J'avale ma salive avec difficulté et le film se termine. L'obscurité dans laquelle nous plonge le générique, combinée au bruit de la pluie qui tombe transforment ce moment en une scène difficilement descriptible. Apollo remue à nouveau, mais cette fois-ci, ce n'est pas son nez qui effleure ma peau. Ce sont ses lèvres, humides et douces. La rencontre est brève, mais elle accélère tout. Il s'arrête, comme s'il voulait voir si j'allais protester ou le repousser, mais au lieu de ça, je dégage mon cou en espérant que ce geste suffise pour lui faire comprendre mes intentions.

Ses lèvres s'ouvrent et se referment sur ma peau, entre mon épaule et mon cou. Elles m'embrassent et me lèchent. Je lutte pour ne pas me mettre à gémir. À quel moment est-on passé d'un geste de réconfort à ça ? Et pourquoi est-ce si bon ? Sa bouche remonte jusqu'à mon oreille, j'entends sa respiration agitée, je la sens contre ma peau. Je me sens faiblir à chaque seconde qui passe.

— Apollo… je murmure.

Il se recule un petit peu, suffisamment pour que nous puissions nous regarder droit dans les yeux. Je peux lire un mélange de désir et d'urgence dans son expression. Je ne m'y attendais pas. Son regard descend vers mes lèvres. Nous pouvons nous passer de mots à présent, nous savons tous les deux ce que l'autre désire.

C'est sur le canapé, alors que la pluie résonnait à l'extérieur, qu'Apollo Hidalgo m'a embrassée.

14.

APOLLO

Un baiser…

La fille que je cherchais depuis cette nuit-là est blottie dans mes bras. Ses lèvres effleurent tout doucement les miennes, comme si nous étions en train de chercher notre rythme. Ce n'est pas un baiser passionné ni l'un de ceux qui te coupent le souffle. Non, c'est un doux baiser d'exploration qui avance à tâtons. Alors j'en profite, peut-être un peu trop, parce que je peux sentir l'intensité de chaque frottement, la chaleur de sa respiration. J'en oublie complètement la pluie qui tombe dehors.

Rain envahit tous mes sens. Je passe mon bras autour de sa taille pour l'attirer encore un peu plus près. Elle me caresse le cou avec délicatesse et incline la tête alors que nous nous embrassons de plus en plus passionnément. Ma respiration s'accélère, mon corps devient très conscient de la proximité de ses seins, de son odeur et du contact de nos deux langues. Si ça continue comme ça…

Elle gémit doucement avant de reculer. Ses yeux rencontrent les miens et je me perds dans son regard pendant quelques secondes.

— C'était… dit-elle.

Mais elle ne termine pas sa phrase et se passe la langue sur les lèvres.

Moi non plus, je ne sais pas quoi dire. Elle est si proche de moi que je peux observer chaque détail de son visage. Je me rends compte qu'elle ne semble pas savoir comment réagir. C'est la première fois que je vois cette partie vulnérable de Rain, et je la trouve… magnifique. Elle baisse les yeux vers mon bras qui l'étreint toujours, et je le retire immédiatement.

— Pardon.

— Tu n'as pas à t'excuser.

Elle se recule encore un peu, créant plus d'espace entre nous, puis ajoute :

— Je crois que… je devrais partir.

De quoi ?

— La pluie s'est arrêtée.

Elle se lève.

— Ne t'inquiète pas, je ne suis pas en sucre.

— Rain…

Elle commence à s'avancer vers la porte et je me précipite derrière elle.

— Attends.

Je lui barre le chemin, encore un peu secoué par notre baiser.

— J'ai fait quelque chose de mal ?

— Non, bien sûr que non, Apollo. Ce baiser était… incroyable. C'est juste que…

J'attends, mais elle ne dit plus rien.

— Rain…

Je fais un pas vers elle. Elle se passe la langue sur les lèvres et pose ses yeux sur ma bouche.

— Qu'est-ce qu'il y a ?

Elle soupire et semble douter à nouveau pendant quelques secondes, puis jette ses bras autour de mon cou et colle ses lèvres contre les miennes. Ce baiser me prend par surprise, mais rapidement je le lui rends.

— Le problème… c'est que… si je continue comme ça… susurre-t-elle contre mes lèvres. Si je continue à t'embrasser, je vais vouloir aller plus loin, Apollo… beaucoup plus loin.

Je la lâche en la pressant contre le mur.

— Et c'est un problème ?

Elle acquiesce en me mordant les lèvres.

— Oui.

— Pourquoi ?

Mes mains parcourent les courbes de son corps, je saisis ses fesses et les agrippe en sentant le désir monter en moi. Je ne sais pas comment nous en sommes arrivés là, mais la voir agir comme si nous faisions quelque chose d'interdit m'excite.

Rain m'embrasse de façon beaucoup plus agressive que sur le canapé et laisse sa main remonter sous mon T-shirt. Elle caresse mes abdos. Je sens chacun de mes muscles se contracter et une partie bien spécifique de mon corps se durcir. Nos respirations sont de plus en plus saccadées et je me laisse emporter par mes sensations pendant que nos langues dansent ensemble, enflammant le désir que nous ressentons l'un pour l'autre. Sans m'en rendre compte, je presse mes hanches contre les siennes et me frotte contre son corps.

— Apollo, gémit-elle d'une voix rauque.

Je délaisse ses lèvres pour embrasser son cou pendant que ma main caresse ses seins maladroitement. Rain se retourne pour être dos à moi et frotte ses fesses contre mon érection. Je l'embrasse sauvagement dans le cou en agrippant ses seins. Elle pose ses mains contre le mur en haletant.

— Caresse-moi… là, en bas.

Pas besoin d'être un génie pour comprendre la partie de son corps qu'elle désigne. Je glisse ma main sous sa robe et la caresse du bout des doigts à travers sa culotte. Je sens qu'elle est toute chaude et mouillée.

— Rain… je murmure en soufflant dans son oreille sans cesser de la caresser.

Je tire sur sa culotte pour l'écarter de mon chemin. Elle est complètement trempée. Mon doigt glisse facilement en elle. J'humidifie mon pouce et l'utilise pour stimuler son clitoris et l'exciter au maximum. Ses hanches ondulent au rythme de mes caresses. Je frotte mon érection contre ses fesses, les frictions et toutes les sensations que je ressens me poussent au bord de la folie.

— Apollo, gémit-elle.

J'accélère les mouvements de mon pouce. Elle se couvre alors la bouche pour étouffer ses cris de plaisir.

Je pose mon front sur sa nuque. Dans cette position, je peux observer toute la scène : ses fesses pressées contre moi, mes mains sous sa robe retroussée, ses hanches qui remuent de manière sensuelle. Je remarque qu'une tache humide s'est formée sur le devant de mon jean, et ça ne m'étonne pas. Je suis cuit. Rain étouffe un puissant gémissement et ses mouvements deviennent maladroits. Comme je sais qu'elle est sur le point de jouir, je l'excite encore plus en mordillant le lobe de son oreille et en intensifiant l'assaut sur son sexe humide.

Elle halète de plus en plus. Je la pénètre un peu plus profondément avec mon doigt en dessinant des cercles sur son point sensible. Rain prend son pied en étouffant un cri. Je peux alors sentir des contractions se former autour de mon doigt et cette pression m'excite encore plus. Elle n'a pas encore repris son souffle qu'elle se retourne et m'embrasse passionnément en déboutonnant mon jean. Une partie de moi se rappelle que nous sommes dans le couloir, mais j'oublie tout aussitôt qu'elle abaisse mon pantalon et mon caleçon en se mettant à genoux.

— Ah, Rain…

Elle commence par prendre mon sexe dans ses mains, puis n'hésite pas à le mettre tout entier dans sa bouche. Je place mes deux mains contre le mur parce que mes jambes commencent à trembler. Ça va venir plus vite que jamais. Sa bouche est chaude et humide, elle m'accueille avec désir, me suce et me lèche avec une habileté incroyable. Je fais l'erreur de baisser les yeux pour l'observer. Nous nous regardons droit dans les yeux et il n'en fallait pas plus.

— Je vais…

Je la préviens pour qu'elle ait le temps de se retirer, mais elle continue. La pression monte de plus en plus, le plaisir me submerge et je jouis dans sa bouche en grognant et en serrant mes poings contre le mur.

Nos respirations résonnent dans tout le couloir. Rain se relève en se frottant les lèvres, et avale. Je remonte mon jean, et j'ai à peine le temps de le reboutonner que la porte de l'appartement s'ouvre soudainement. Rain réajuste sa robe et je me fige.

Kelly entre en sifflotant et s'immobilise en nous trouvant dans le couloir. Comprenant qu'elle vient de nous prendre en flagrant délit, elle détourne la tête.

— Je ne savais pas qu'on avait de la visite.

Rain s'éclaircit la gorge.

— J'allais justement partir.

Elle franchit la porte avant que j'aie le temps de l'arrêter et s'en va.

Kelly reste là à m'observer durant quelques secondes, puis me contourne pour rejoindre la chambre de Gregory. Je réfléchis à ce qui vient de se passer. Je renifle mes doigts qui portent encore le souvenir humide de Rain, et je soupire.

C'était… incroyable.

*

RAIN

Rain, Rain, Rain… Qu'est-ce que tu as foutu ?

En quelques secondes à peine, je suis trempée par la pluie qui tombe à verse, mais je m'en fous complètement. Un peu de fraîcheur ne me fera pas de mal. Peut-être que ça m'aidera à calmer Rain la chaudasse. On dirait qu'il lui en faut peu pour sortir de sa tanière, surtout lorsqu'il est question d'Apollo Hidalgo. J'allais soi-disant le consoler sur le canapé… Oui, oui, c'est ça.

On s'est embrassés…

On s'est caressés…

Et ensuite… ce qui s'est passé dans le couloir restera dans les annales des moments les plus hot de ma vie. Et vu mon passif, c'est un exploit de figurer tout en haut de cette liste. Aïe, aïe, aïe, il est habile avec ses doigts. On aurait dit qu'il savait exactement comment s'y prendre pour me faire jouir en m'excitant à deux endroits en même temps. Rien que d'y penser, je sens le désir remonter en moi.

J'étais en train de le consoler. Comment en suis-je venue à me faire doigter, puis à le sucer ?

Je m'autoflagelle mentalement, je n'imaginais pas que les choses se passeraient comme ça avec Apollo. On était en train de faire connaissance et, même si j'aime bien baiser, j'aurais aimé qu'on parle un peu plus avant de vivre quelque chose de si intense. Mais est-ce que je regrette ce moment ? Jamais de la vie, c'était génial.

Je prends un Uber pour rentrer chez moi. En sortant de la voiture, je marche dans une flaque d'eau en laissant une insulte m'échapper. Je lève alors le regard et découvre avec surprise une silhouette assise sur le trottoir d'en face. Je me rapproche en plissant les yeux pour essayer de voir de qui il s'agit, et je m'exclame :

— Xan !

Il est trempé. Ses cheveux bleus lui collent au visage et semblent plus sombres que d'habitude à cause de la pluie. Mais ce n'est pas ça qui attire mon attention. Je remarque qu'il a une entaille sur la lèvre et que ses yeux et son nez sont boursouflés. Il vient de pleurer. Je me baisse vers lui.

— Qu'est-ce qui s'est passé ? Ça va ?

— Non… je n'avais nulle part où aller, Rain… Je suis désolé, je…

— Hé, hé, c'est bon, je suis là, je suis là, dis-je en secouant la tête. Allez viens, on rentre, tu es congelé.

— Non… je ne veux pas que ta mère me voie dans cet état… je…

— Ne t'inquiète pas. À cette heure-ci, elle est probablement en train d'écrire dans son bureau. On ira directement dans ma chambre.

— S'il apprend que je suis venu ici…

Je sais qu'il parle de Vance, j'entends clairement la peur dans sa voix.

— Il ne vient jamais durant la semaine. T'inquiète, dis-je en l'aidant à se relever. Allons-y, Xan.

Nous entrons dans la maison en prenant garde de ne pas faire de bruit, puis montons l'escalier qui mène à ma chambre. Je lui passe une serviette, un T-shirt trop grand pour moi et un pantacourt. Pendant qu'il se douche, je vais enfiler mon pyjama dans les toilettes au fond du couloir. J'aimerais pouvoir dire que c'est la première fois que je vois Xan dans un état pareil, mais ce n'est pas le cas. En revanche, c'est la première fois qu'il vient chez moi. Il aura fallu que les choses tournent très mal avec Vance pour qu'il en arrive là. Je ne peux pas m'empêcher d'espérer que ce moment sera le déclic qui lui fera enfin ouvrir les yeux. Xan s'assied sur mon lit en se séchant les cheveux avec la serviette.

— Je n'ai pas envie de parler.

— OK, on n'a pas besoin de discuter.

Ça ne servirait à rien de lui mettre la pression ou de le mettre mal à l'aise. Mais je dois tout de même m'assurer qu'il n'a rien :

— Est-ce que tu es blessé ?

Xan secoue la tête, bien que la coupure sur sa lèvre parle d'elle-même.

— Tu veux manger quelque chose ?

Il acquiesce et, à ce moment-là, je me rends compte que Xan a perdu du poids ces derniers mois. Je bouillonne intérieurement de rage en me rappelant une remarque que Vance lui avait faite : il avait prétendu que Xan avait quelques kilos à perdre. Mon frère trouve sans cesse de nouveaux moyens de détruire le mec qui est devant moi. L'impuissance et la honte m'envahissent une fois de plus.

— J'arrive, mets-toi à l'aise.

Je lui prépare un sandwich dans la cuisine et lui sers un verre de jus quand ma mère entre dans la pièce pour se faire du café.

— Oh, je ne savais pas que tu étais rentrée. C'est une sacrée pluie qui tombe, ce soir, elle fait honneur à ton nom.

Elle m'embrasse sur le front et se place devant la machine à café. Des profonds cernes soulignent ses yeux. Je sais que ça n'a pas dû être facile pour elle avec tout ce qui s'est passé, même si tout le monde fait semblant de rien.

— Tu n'as pas bonne mine, maman.

— Toi non plus, dit-elle en désignant mes cheveux qui ruissellent encore au niveau des pointes. Tu t'es laissé surprendre par la pluie ?

— Un peu.

Elle avale une gorgée de café et m'observe pendant quelques secondes.

— Tout va bien ?

Je me passe la langue sur les lèvres en hésitant. J'ai une totale confiance en elle, mais je ne sais pas jusqu'où je peux me confier ni si j'ai le droit de lui raconter les secrets de quelqu'un d'autre. Xan se referme sur lui-même comme jamais quand j'essaie de demander l'aide de quelqu'un d'autre. Il nie complètement le fait d'être victime d'abus et me fait passer pour une folle. Et puis, Vance n'a jamais rien dit à nos parents à propos de sa sexualité. Ce n'est pas à moi de leur annoncer, même si mon frère se comporte comme une sous-merde. À cause de ma stupide loyauté, je respecte son choix. Je sais que ma mère prendrait bien la chose, mais mon père… c'est une autre histoire.

— Xan est ici, il a passé une journée difficile.

Je n'en dis pas plus. Ma mère le connaît, je l'ai emmenée plusieurs fois au Café Nora pour écrire.

— Oh, ça ne se passe pas bien au café ?

— Quelque chose comme ça, je lui réponds en soupirant.

— S'il a besoin que quelqu'un organise un club de lecture ou un événement pour lui faire de la pub, tu peux lui dire que je serais ravie de m'en occuper.

Sa proposition me fait sourire. Ma mère est le type de personne qui veut toujours aider les gens.

— Je le lui dirai.

Je laisse échapper un soupir en contractant mon visage, et ajoute :

— Maman, une amie m'a raconté un truc sur un de ses potes. C'est un mec qui est dans une relation… très toxique avec un autre gars qui en vient parfois à le frapper. On veut l'aider, mais rien n'y fait, c'est comme s'il était aveugle. On ne sait pas comment le tirer de cette situation. C'est hyper frustrant.

Ma mère dépose sa tasse de café.

— Le garçon dont tu me parles n'est pas aveugle, Rain. De la même manière que les araignées tissent leur toile, les abuseurs tissent leurs mensonges dans l'esprit de leurs victimes pour les manipuler, un fil à la fois. D'abord une remarque, puis un geste, enfin un acte… Un abuseur est minutieux, il t'isole pour que tu aies l'impression que ton monde se limite à lui et qu'il n'y a plus personne vers qui te tourner. Quand il sent que sa toile est suffisamment solide, les coups commencent, suivis de promesses que ça n'arrivera plus jamais. Il te dit que tu l'as mis en colère et qu'il ressent une telle rage parce qu'il t'aime et que tu comptes beaucoup à ses yeux. S'il ne « t'aimait » pas, il ne se mettrait pas dans des états pareils… Et tu y retournes, tu restes parce qu'il n'y a plus personne, ou plutôt parce que c'est ce qu'il t'a fait croire.

Ma mère me lance un sourire triste et me donne une tape sur l'épaule.

— Il n'est pas aveugle, ma chérie. Il est pris au piège par des milliers de fils invisibles que tu n'arrives pas à discerner.

Mes yeux se posent sur la fenêtre de la cuisine, des gouttes de pluie coulent sur la vitre. Les mots de ma mère résonnent dans ma tête. Je pense au mec à la tignasse bleue qui est assis sur mon lit, entouré de tous les fils que Vance a tissés autour de lui. Je réfléchis à un moyen qui permettrait de les couper une bonne fois pour toutes.

15.

APOLLO

Bienvenue au festival d'automne !

L'immense pancarte placardée sur le mur du bâtiment principal de l'université se décolle en plusieurs endroits. Les lettres sont rouges et noires, comme les couleurs de la mascotte universitaire et des maillots de l'équipe de football américain. Ce festival est organisé en préparation du match de ce soir. Il vise aussi à récolter des fonds pour financer le programme de bourses et apporter les réparations nécessaires au matériel de l'équipe.

La météo n'est pas très coopérative : il fait nuageux et une brise glacée vient de temps en temps nous caresser le visage. Heureusement, je suis bien au chaud derrière mon grill, occupé à faire cuire des hamburgers. Quand Erica m'a dit que ce serait mon job, je n'ai pas arrêté de me plaindre, mais maintenant je me dis que ce n'était pas une si mauvaise idée. Mon amie, quant à elle, a choisi de servir de guide aux parents et aux personnes qui passent par là et décident de participer au festival. Bien que le soleil se cache, des bâches blanches sont étalées sur l'herbe, car il semblerait que quelqu'un n'ait pas vérifié la météo. Les étudiants ont revêtu un T-shirt rouge pour se distinguer du reste des festivaliers, mais ça ne sert pas à grand-chose vu qu'on porte tous une veste par-dessus.

Erica s'approche de moi avec un large sourire. Ses cheveux sont ramenés en une queue haute. Plusieurs mèches ondulées s'en échappent et retombent de part et d'autre de son visage.

— Alors, comment se passe ton premier festival universitaire ?

— Les hamburgers se vendent, je réponds en soupirant.

— Tu en vendrais plus si tu souriais un peu, me dit-elle en me donnant une tape sur l'épaule. Il faut user de tes charmes, Apollo. Pourquoi crois-tu que je t'ai refilé ce job ?

— Parce que je suis doué derrière le grill ?

Elle lève les yeux au ciel.

— Allez, souris un peu, dit-elle en prenant mon visage entre ses mains. Tu peux y arriver.

Je fais semblant de sourire en soulevant les coins de ma bouche. Erica fait une drôle de tête.

— Oublie. Tu ressembles à un psychopathe dans une série.

Elle m'aide à retourner la viande sur la grille.

— Qu'est-ce qui t'arrive ? me demande-t-elle sans passer par quatre chemins. On dirait que tu es ailleurs. Enfin, encore plus que d'habitude, je veux dire.

— Tout va bien.

Elle hausse un sourcil. Je dépose alors la pince à viande et m'essuie les mains avec des serviettes en papier, puis m'assieds sur une des tables de pique-nique.

— OK... je capitule en soupirant.

S'il y a bien une chose que j'ai apprise avec elle, c'est que ça ne sert à rien de tourner autour du pot.

— Disons qu'il s'est passé un truc avec... quelqu'un. Je lui ai envoyé plusieurs messages depuis, mais elle ne me répond pas.

Erica croise les bras.

— Un truc ? Vous avez baisé ?

— Erica !

— Oh, ça va, détends-toi. Tu es un peu vieux pour jouer les saintes-nitouches.

— Non, on n'a pas couché ensemble, mais… on a fait d'autres choses. Et je pensais qu'on avait tous les deux kiffé, mais maintenant elle ne me répond plus. Du coup je me dis que c'était peut-être seulement dans ma tête.

— C'était Rain, c'est ça ?

Je ne réponds pas.

— Peut-être qu'elle est en train de digérer ce qui s'est passé, Apollo. La dernière fois qu'on s'est parlé, toi et moi, vous étiez juste potes et vous flirtiez un peu. Maintenant, il s'est passé des choses entre vous. Peut-être qu'elle a besoin d'un peu plus de temps.

— Ou peut-être qu'elle regrette parce qu'elle n'a pas pris son pied… et qu'elle ne veut plus me voir.

— Pourquoi est-ce que ça ne m'étonne pas du tout que tu sois aussi pessimiste, même quand il est question d'amour ?

J'ouvre la bouche pour protester, mais Erica devient livide : il se passe quelque chose derrière moi. Je me retourne et j'aperçois Gregory occupé à saluer la moitié de l'université, parce que, évidemment, tout le monde le connaît. Il sourit à tout le monde et fait l'intéressant. Quand je regarde Erica à nouveau, la fille chaleureuse et bavarde qui se tenait devant moi quelques minutes plus tôt a complètement disparu. Son corps semble tout raide et elle reste là, assise avec une expression figée.

— Un de ces quatre, il faudra que tu me racontes ce qui s'est passé entre vous, lui dis-je sincèrement.

— C'est mon ex, c'est tout.

Même le ton de sa voix a changé.

— Apollo, s'exclame Gregory quand il arrive à notre niveau.

Il continue de sourire en la voyant.

— Erica.

— Gregory.

Elle le salue en hochant la tête.

— Qu'est-ce qu'on sert de bon par ici ? C'est toi le cuistot ? Ça veut dire que les hamburgers sont gratuits pour moi ?

Je soupire en me levant.

— Ne fais pas le radin. C'est cinq dollars, sept si tu veux le combo.

— Pour lui, c'est dix dollars, interrompt Erica.

J'échange un regard avec Gregory.

— Il vient de payer dix dollars pour une limonade qu'il n'a même pas bue. Il peut bien nous donner dix dollars à nous aussi.

Gregory se passe la langue sur les lèvres en les mordillant.

— Je vois que quelqu'un m'observe. Je pensais que tu ne voulais plus entendre parler de moi.

— Je suis une femme d'affaires. Mon rôle consiste à observer les clients potentiels et à évaluer le montant que je peux leur soutirer.

Gregory renifle.

— Très bien, je t'en donne vingt si tu viens manger avec moi, dit-il en désignant une table de pique-nique.

— Désolée, je dois m'occuper des ventes.

— Je n'ai pas dit le contraire, je te demande simplement de m'accompagner.

Erica laisse échapper un rire moqueur.

— Les mecs dans ton genre ne manquent jamais de compagnie.

— Serais-tu jalouse ? Ériquinette ?

Elle se met à sourire, mais je ne sais pas si c'est de rage ou de honte.

— Ne m'appelle pas comme ça.

— Pourquoi ? Ça te rappelle des souvenirs ?

Erica devient encore plus rouge.

— Euh… je vais vérifier la cuisson de la viande, dis-je sans m'adresser à personne en particulier.

Aucun des deux ne me regarde partir, ils poursuivent leur discussion. Il y a des tensions dans l'air. Cet échange éveille ma curiosité : pourquoi ont-ils rompu ? Je me concentre sur ma tâche, mais, quand je lève les yeux à nouveau, je vois un flash de cheveux bleus flotter dans ma direction : Xan. C'est la première fois que je le vois depuis notre dernière conversation devant le café.

« Pourquoi est-ce que je te devrais des explications ? Tu viens de débarquer dans ma vie, tu n'as aucun droit. »

Aïe, ses paroles me font encore mal. Même si je veux l'aider et que j'ai les meilleures intentions du monde, ça reste sa vie et je viens tout juste d'arriver. Il ne faut pas que j'oublie ma place.

Xan déambule parmi les étudiants, il porte un gros pull noir et une veste en jean par-dessus. Ses joues sont légèrement rouges, comme d'habitude. Je remarque qu'il a une coupure à la lèvre et qu'elle est enflée. Je serre les poings parce que je sais que ce n'est pas un accident. Quand Xan me voit, il lève la main pour me saluer. Je fais de même, mais je suis un peu surpris par son geste. La dernière fois que je l'ai croisé, il n'avait pas l'air de vouloir me parler à nouveau.

— Salut, dit-il en arrivant.

Il reste de l'autre côté du grill.

— Salut.

— Tu recommandes les hamburgers ? demande-t-il en s'humectant les lèvres.

J'ai l'impression qu'il est nerveux, mais peut-être que je me fais des films.

— Pas vraiment, mais ça passe si tu as faim et que tu veux soutenir l'université.

— Est-ce qu'il y a une option… végétarienne ?

— Euh… je peux te servir du pain, de la laitue et des tomates ?

— Non, ça va aller.

Il gratte la partie supérieure de son oreille percée. Je l'ai vu faire ce geste plusieurs fois dans le café quand il se sentait mal à l'aise.

— Comment tu vas ?

— Bien, et toi ?

— Bien.

Silence. L'énergie est bizarre entre nous, comme s'il y avait un truc dans l'air qui ne s'était pas dissipé. Xan respire bruyamment.

— Écoute, Apollo, je sais que… je n'ai pas… Et en vérité, je…

Nouvelle pause.

— Je voudrais m'excuser. Tu essayais de m'aider et j'ai agi comme un connard. Ma vie est… compliquée, mais ça ne veut pas dire que j'ai le droit de traiter les gens comme de la merde.

— Xan…

— Je n'ai pas été cool.

— Xan, ne t'inquiète pas, ce n'est rien. Je comprends, lui dis-je avec sincérité.

Je sais que ce n'est pas un mauvais gars et qu'il n'a pas fait exprès de réagir comme ça. Je crois que, quand il se sent pris au piège ou qu'il est dans une position vulnérable, il s'éloigne. Il détourne le regard, mais je peux clairement le voir dans ses yeux : Xan a peur. Il y a beaucoup de choses qui l'effrayent et dont il ne m'a pas parlé, et une personne en particulier : Vance. Même en ce moment, il s'excuse. Ça doit lui demander du courage, parce que je suis sûr que Vance lui a défendu de m'approcher.

Je change de sujet quand je réalise à quel point il semble tendu.

— Comment ça se passe dans ton café ? Tu prépares toujours les meilleurs *latte* du campus ?

Ses épaules se détendent.

— Non, ma nouvelle spécialité, c'est le matcha.

— Sérieux ? Je t'avoue que les boissons vertes, c'est pas trop mon truc. Je suis encore traumatisé par les remèdes que Clau me préparait quand je ne me sentais pas bien.

— Clau ?

— Ma belle-sœur.

— Ah oui, c'est vrai. Tu as des frères. Rain l'a mentionné en passant.

— Tu l'as vue ? je lui demande en faisant semblant de rien.

— Oui, il y a quelques jours…

Son visage s'assombrit.

— Et aujourd'hui je devais la retrouver ici, mais je ne la vois nulle part.

— Elle est à l'intérieur, avec le groupe qui vend du chocolat chaud, répond Gregory en se joignant à nous.

Il lance un regard à Xan et le salue :

— Ah, le barista.

— En personne, répond Xan en souriant.

— Qu'est-ce qui t'amène par ici ? demande Gregory en posant une main sur mon épaule. J'espère que ce ne sont pas les hamburgers d'Apollo, parce qu'ils sont infects, je te préviens.

Je retire sa main.

— Ferme-la.

— Écoute, ce mec prépare des cafés divins qui me donnent l'énergie dont j'ai besoin pour survivre à l'université. Je ne veux pas qu'il se tue en goûtant l'un de tes hamburgers.

— Tu ne les as même pas goûtés.

— Pas besoin, Apollo, dit-il en haussant les épaules. Il me suffit de regarder les assiettes abandonnées sur les tables autour de moi.

Je remarque plusieurs assiettes contenant des restes de hamburgers à peine entamés. Ah, génial.

— Erica m'a dit qu'ils étaient bons.

C'est tout ce que je trouve à répondre. Gregory prend un air dramatique en me tapotant la tête.

— Oooh, Erica t'a menti, Apollo. Tu vois, le monde réel est cruel et sans pitié.

Xan sourit. Je le regarde pendant quelques secondes, mais quand ses yeux croisent les miens, il se tourne vers Gregory.

— Apollo est trop bon pour ce monde, ajoute-t-il sur le ton de la blague.

— Génial, voilà que vous êtes deux à vous liguer contre moi.

— On veut juste te protéger.

Gregory recommence à me tapoter la tête, mais je repousse sa main.

— Bon, je vais voir si je trouve Rain à l'intérieur, dit Xan en faisant un geste du bras pour prendre congé.

Je me mets à l'aise avec Gregory sur la table de pique-nique. J'ai préparé assez de viande et je doute que quelqu'un d'autre m'en achète vu que mes hamburgers sont dégueu.

— Elle est partie où, Erica ?

Je lance le sujet parce qu'il faut bien que l'un des deux me raconte ce qu'il s'est passé. Et Gregory est l'un de mes meilleurs amis. Son air joyeux s'évanouit.

— J'en sais rien.

— M'enfin, Greg, qu'est-ce qui s'est passé entre vous ?

Mon ami soupire en se passant la main derrière la nuque.

— On était très différents. Moi je voulais faire la fête du matin au soir, et elle… Eh bien, tu la connais, elle n'aime pas trop sortir. Ensuite, j'ai rencontré Kelly, qui est comme une autre version de moi-même, mais en fille. On sortait tous les deux, on se bourrait la gueule, on passait du bon temps et, pendant un moment, j'ai cru que c'était exactement la personne qu'il me fallait… Du coup, j'ai rompu avec Erica pour sortir avec elle.

— Idiot.

— Je sais, je n'en suis pas fier, OK ? Les premières semaines avec Kelly étaient géniales. On faisait la fête, le sexe était ouf… tout ce que je pensais vouloir. Mais ensuite, toutes les nuits, quand j'allais me coucher après une teuf ou une soirée normale, je me suis mis à ressentir un vide en moi. Je me suis retrouvé à observer le plafond en broyant du noir parce que les soirées et les distractions, c'était cool, mais ma vie manquait de profondeur.

— Laisse-moi deviner, c'est quelque chose qu'Erica te donnait ?

— Je sais, je suis un idiot qui s'est rendu compte bien trop tard de ce qu'il avait. Tout a commencé à me manquer. Les choses toutes bêtes que je faisais avec Erica et qui me nourrissaient profondément : les films qu'on regardait enlacés sur le canapé, les disputes pour savoir qui allait manger le dernier donut, son expression tout excitée et pleine d'espoir quand j'écoutais sa nouvelle chanson préférée…

Un sourire triste se forme sur ses lèvres.

— Je l'aime, Apollo, mais elle ne veut plus entendre parler de moi. Et elle a bien raison.

— Eh bien, je ne sais pas quoi te dire, Greg ! Je crois que je ne t'avais jamais entendu raconter des choses aussi profondes.

— Je ne suis pas aussi bête que j'en ai l'air, Apollo. Je suis un mec extraverti un peu foufou, mais j'ai aussi un cœur.

— Kelly sait tout ça ?

— Je ne lui ai pas dit ça comme ça, mais je pense qu'elle le sait. Notre relation est toujours restée en surface. C'est comme si on avait besoin l'un de l'autre pour faire la fête et passer du bon temps, mais… il n'y a rien de plus entre nous.

— Je…

Je m'éclaircis la gorge. Il faut que je sois sincère avec lui et que je lui dise ce qui s'est passé entre moi et Kelly l'autre soir.

— Elle… et moi…

— Vous vous êtes embrassés sur le canapé l'autre soir ?

— Tu le savais ?

— Mec, vous étiez hyper flash.

— Ah.

— T'inquiète, je crois qu'à présent tu as une idée de ce qui se passe entre elle et moi. Ce n'est pas sérieux, tu sais, elle peut faire ce qu'elle veut.

— Oui, mais bon… ça ne te dérange pas ?

— Ça te dérange, toi ?

Je secoue la tête et il poursuit :

— Eh ben alors ? Ce serait différent si tu me disais qu'Erica te plaît. Là oui, je devrais te casser la gueule. Enfin, juste un petit peu.

— C'est pas ta meuf, pourtant.

Gregory devient tendu.

— Elle te plaît ?

— Non, bien sûr que non.

— Bien.

Nous restons sans rien dire pendant quelques secondes, puis j'aperçois au loin Xan et Rain sortir du bâtiment, une tasse de chocolat chaud à la main. Rain porte un jean, et un sweatshirt ample de couleur rose pâle qui me rappelle celui qu'elle portait le jour de notre rencontre au Café Nora. Ses cheveux blonds sont lâchés et tombent de part et d'autre de son visage. Lorsqu'elle marche à côté de Xan, on remarque tout de suite qu'elle est plus grande que lui. Et mon esprit est replongé dans le couloir, ses gémissements, mes doigts qui glissent en elle, son corps pressé contre le mien, sa bouche…

— Eh oh !

Gregory me sort de ma torpeur en suivant mes yeux du regard.

— Qu'est-ce qui s'est passé avec Rain ?

— C'est… compliqué.

Comme si l'univers voulait lui aussi s'en mêler, nous entendons de l'agitation à l'entrée du festival. Vance sourit et marche comme s'il était le roi du monde. Les gens le saluent et lui demandent des selfies. Confus, je fronce les sourcils.

— C'est quoi, tout ce bordel ?

— Je suppose que tu le connais, répond Gregory en soupirant. C'est le frère de Rain. C'est un streamer de jeux vidéo hyper populaire. Il ne vient presque jamais sur le campus, c'est bizarre qu'il soit ici. Peut-être qu'il est venu voir sa sœur.

— Il est ici pour Xan.

Greg hausse un sourcil.

— Ah bon ? Pourquoi est-ce qu'il serait ici pour Xan ?

J'ai envie de me foutre des claques. Je pensais que tout le monde était au courant de leur relation. *Tu ne fais pas assez attention, Apollo Hidalgo !*

— Parce que… lui aussi bosse au Café Nora. Peut-être qu'ils ont prévu de se retrouver ici.

— Ah, tu as raison, j'y ai déjà vu Vance.

Vance se dirige vers Xan et Rain, puis se met à parler avec eux le plus normalement du monde. Je trouve ça injuste que deux personnes aussi sympas et chaleureuses soient dans l'ombre d'un type aussi négatif que Vance.

— Aïe, Apollo, susurre Greg.

— Quoi ?

— Quand je vois ton air de petit chien battu, je me rends compte que tu as raison.

— Raison à propos de quoi ?

— Que ce qu'il se passe entre toi et… dit-il en désignant Rain et son groupe. Ça m'a l'air ridiculement compliqué.

16.

APOLLO

Beurk, c'est dégueulasse.

Je recrache le morceau de hamburger que j'ai voulu goûter. Gregory a raison : ça a un goût de plastique. Pour ma défense, la viande était déjà préparée, je me suis contenté de la mettre sur le grill. Je me sens coupable pour tous les acheteurs qui ont voulu donner leur chance à mes hamburgers, ils ont dû être bien déçus quand ils les ont mis en bouche.

Je commence à ranger le stand, car la nuit tombe déjà. On ne s'en rend pas vraiment compte, parce qu'il a fait nuageux toute la journée, mais le froid est de moins en moins supportable et les zones de l'université dépourvues de lampadaires sont déjà plongées dans l'obscurité. Je soupire en regardant vers l'entrée du bâtiment où se tenaient Xan, Rain et Vance, avant d'y entrer et de disparaître de ma vue. J'ai besoin de distraction, alors je me dis qu'il n'y a rien de tel que de nettoyer le grill pour se changer les idées.

Gregory, lui, s'est allongé sur la table de pique-nique et remue les doigts à toute vitesse sur l'écran de son téléphone.

— Tu pourrais m'aider.

Greg tourne la tête pour me regarder, et me sourit.

— Après avoir vendu de telles abominations culinaires, tu ne le mérites pas, non.

— Je n'ai pas préparé la viande, je l'ai juste cuite.

— Oui, oui. C'est ça.

Je lui lance un torchon.

— Tu devrais m'aider. C'est ta faute si Erica est partie.

— Ma faute ?

Il secoue la tête en s'asseyant.

— D'accord, je t'aide, mais à une condition.

Je sens que ça ne va pas me plaire.

— Laquelle ?

— Tu me dis ce qui s'est passé entre toi et Rain.

— Je ne sais pas de quoi tu parles.

Greg hausse un sourcil.

— Je pourrais te donner des conseils. Je suis un gars plein de sagesse, Apollo.

Je rigole doucement.

— Bien sûr, parce que, avec Erica, tu t'es comporté comme un prince. Cinq étoiles, Cupidon.

— C'est un coup bas, ça. Tu es de mauvais poil aujourd'hui, ce n'est pas ma faute si tes hamburgers…

— Oh, la ferme, Greg ! Si tu ne comptes pas m'aider, tu pourrais au moins fermer ta grande gueule.

— Mec, je te prépare des plats extraordinaires à l'appart et c'est comme ça que tu me remercies ?

Il se recouche et, du coin de l'œil, je distingue du mouvement à l'entrée du bâtiment. Rain est la première à sortir, suivie de Xan et de Vance. À ma grande surprise, il marche dans notre direction, avec un air dédaigneux et les mains fichées dans les poches de son jean. Je serre les ustensiles que je suis en train de nettoyer.

— Ah, j'ai loupé les hamburgers.

Même sa voix me dérange.

Greg s'assied lorsqu'il remarque sa présence.

— Salut, le roi de la teuf, dit Vance en lui serrant la main.

— Roi du stream, répond Gregory.

Rain et Xan arrivent juste après lui, mais ni l'un ni l'autre ne me regardent en me saluant. Rien dans le comportement de Xan ne laisse deviner qu'il est venu me voir tout à l'heure. Il ne sourit pas, il a le regard éteint. Et Rain s'arrange pour ne jamais tourner les yeux dans ma direction, comme si elle avait honte. Honte de quoi au juste ? Je ne comprends pas. C'est comme si l'ombre de Vance planait sur eux, et ça me met plus en colère que jamais.

Vance s'assied sur la table de pique-nique, à côté de Gregory. L'ambiance est lourde et menaçante.

— Comment ça se passe, tes débuts à la fac, Apollo ? me demande Vance comme si de rien n'était.

Ce fils de…

J'observe Rain qui se passe la langue sur les lèvres.

— Vance, il est tard. Allons-nous-en, dit-elle.

— Pourquoi ? demande son frère en souriant. Je t'ai posé une question, Apollo.

Je regarde Xan et l'entaille à sa lèvre, j'imagine cet idiot de Vance lever la main sur lui. La peur que Xan doit ressentir chaque fois qu'il est avec lui. La colère commence à bouillonner dans mes veines, je sens tous les muscles de mon corps se contracter.

« Tu n'as pas honte, Vance ? De venir ici, avec tes sourires et tes blagues, après ce que tu as fait subir à Xan ? Pour qui tu te prends au juste ? »

Vance m'observe en penchant la tête.

— Tu as perdu ta langue, Hidalgo ?

— Va te faire foutre, Vance.

Les paroles s'échappent de mes lèvres. Vance a peut-être de l'emprise sur Xan, et même sur Rain, mais rien au monde ne lui en donnera sur moi. S'il pense qu'en agissant comme si de rien n'était, il m'oblige à faire de même, il se fourre le doigt dans l'œil. Gregory continue de me regarder, sans comprendre.

— Qu'est-ce que tu viens de me dire ?

Vance se lève.

— Tu m'as très bien entendu, espèce de lâche.

Je n'ai jamais été un mec insolent ou violent, et encore moins quelqu'un d'impulsif, mais la colère que je ressens à cet instant est incontrôlable. Elle est apparue la nuit de mon agression et depuis, elle bout à l'intérieur de moi. Je l'ai ignorée pendant tout ce temps, mais Vance l'a réveillée. La seule chose que j'ai envie de faire en cet instant, c'est de lui balancer un coup de poing pour déformer l'air arrogant que son visage affiche.

— Apollo ?

Gregory s'alarme en remarquant mes poings serrés.

— Lâche ? dit Vance en faisant un pas dans ma direction.

Rain lui barre la route.

— Viens, Vance, on se casse.

— Pourquoi ? dit-il sans me quitter des yeux. Viens me le redire en face, petit con.

Je contourne le grill, mais Gregory se place devant moi.

— Hey, mec, calme-toi.

— Bouge de mon chemin.

Ma voix est froide et déterminée.

— Qu'est-ce qui se passe ? demande Gregory.

— Tu me connais, Greg, si je fais ça, c'est qu'il le mérite.

Gregory me laisse passer, et Vance contourne Rain à son tour.

— Vas-y, montre-moi de quoi…

Je lui balance un direct du droit qui me brûle les articulations. Vance se redresse et crache du sang : il ne s'y attendait pas. Avant qu'il ait le temps de reprendre ses esprits, je le frappe une deuxième fois, puis une troisième. La rage m'envahit, diffusant de la chaleur dans tous mes membres. Je finis au-dessus de lui, à le frapper encore et encore. Ma conscience retourne à cette nuit pluvieuse dans la ruelle, et elle m'empêche de m'arrêter.

— Agresseur de merde ! je m'exclame.

Vance essaie de s'extraire, sans succès, et parvient à me frapper une fois, mais ça ne me fait pas mal. Je ne ressens rien d'autre que de la rage.

Puis des bras m'agrippent par-derrière et m'éloignent de Vance. Je fais alors plusieurs pas en arrière. Il reste là, allongé par terre.

— Ça suffit ! Quelqu'un a appelé les vigiles du campus.

La voix de Gregory semble lointaine. Ma poitrine se soulève et s'abaisse rapidement, mes yeux restent rivés sur Vance, qui est assis, le nez en sang.

— C'est tout ce que tu sais faire ? dit-il en souriant, la bouche ensanglantée.

Je me libère de Gregory et m'approche pour l'attaquer une deuxième fois, quand la couleur bleue envahit mon champ de vision. Xan se tient devant moi et tire sur mon tee-shirt de toutes ses forces en tremblant.

— S'il te plaît, arrête, me supplie-t-il.

Lorsqu'il relève les yeux, je remarque qu'ils sont tout rouges.

— La violence n'est pas… Tu n'es pas comme lui, Apollo. Tu… tu n'es pas comme lui, répète-t-il.

Je vois Vance se couvrir le nez, et je sens la chaleur qui irradie dans mes articulations, ainsi que le sang qui coule le long de mes doigts. J'ai l'impression de sortir d'une transe de colère absolue. Mes yeux se posent sur Rain, qui n'a pas bougé d'un centimètre, ni pipé mot. Je remarque alors les étudiants qui observent la scène de loin.

— Apollo, il faut qu'on se tire d'ici avant que les gardes du campus débarquent, répète Gregory.

Xan me relâche. Je mets alors ma main sur la sienne, et la pose contre ma poitrine en la serrant.

— Ne pars pas avec lui, Xan.

Ces mots m'échappent, le caractère viscéral de la situation me rendant plus spontané. Xan se libère de mon étreinte en observant nos mains. Ses lèvres se mettent à trembler :

— Je suis désolé, Apollo.

Il se retourne vers Vance et l'aide à se relever, puis ils partent ensemble. Je laisse mes bras retomber en signe de défaite et regarde Rain d'un air confus. Je ne sais pas très bien ce que j'espérais, mais jamais je n'aurais imaginé qu'il repartirait avec lui.

— On ne peut pas l'obliger à ouvrir les yeux, Apollo, dit-elle avec un sourire triste. Tout ce qu'on peut faire, c'est être là pour lui quand il a besoin de nous.

— Ça me fait chier.

— Ça te fera encore plus chier si les gardes se ramènent. Allez, venez. On se casse d'ici.

Gregory se met à marcher vers le parking. Rain s'approche de moi et me prend la main.

— Viens, on y va.

J'observe nos mains entrelacées.

— Je pensais que tu me détesterais. Je viens de défoncer la gueule de ton frère.

— La violence n'est pas la solution, mais… il le méritait.

Elle soupire et une vague de tristesse envahit son visage.

— Vance l'avait bien cherché.

XAN

— Quelle petite merde !

Un verre valse dans les airs et vole en éclats contre le mur de l'appartement. Je grimace alors que les mille morceaux retombent sur le sol du salon. Je tremble encore à cause de tout ce qui s'est passé.

— Je vais le détruire, Xan. Je vais en finir avec lui.

Vance fait les cent pas. Je me tiens à distance, par prudence. J'ai appris à ne pas m'approcher de lui quand il est dans cet état. Ça finit toujours mal.

— Il faut nettoyer tes blessures, dis-je en cherchant à détourner son attention.

J'ai très peur de ce qu'il pourrait faire à Apollo.

— Non, non.

Un sourire diabolique se forme sur ses lèvres et mes peurs s'intensifient.

— Je vais porter plainte contre lui, Xan. Il m'a frappé en premier, et regarde dans quel état je suis. C'est une agression. Il n'a pas une égratignure, je suis sûr qu'il y a des témoins à l'université.

Il éclate de rire et l'écho de sa voix résonne dans le grand appartement. J'ai envie de vomir.

— Tu imagines le scandale que ce sera pour sa famille de stars ? Je m'arrangerai pour que ça fuite dans la presse.

Mon estomac se retourne à cette idée. Non, il ne peut pas faire ça à Apollo. Vance s'éloigne dans la chambre, puis revient avec son téléphone, qu'il avait mis à charger à notre retour.

— Viens, on va au commissariat, tu me serviras de témoin.

Je le vois marcher vers la porte et la peur me paralyse, mais j'arrive tout de même à lui dire, presque dans un murmure :

— Non.

Vance se retourne, je ne suis pas sûr qu'il m'ait entendu, jusqu'à ce que je voie son visage se crisper.

— Pardon ?

— Je ne compte pas venir avec toi ni te servir de témoin.

— Xan, je ne te demande pas de mentir pour moi, tu ne feras que dire la vérité. Il m'a attaqué en premier. Tu n'as qu'à raconter ce que tu as vu.

— Non, et toi non plus tu ne vas pas y aller. Tu ne vas pas porter plainte.

Ma voix est chevrotante et mal assurée, mais quand je repense à la rage que j'ai vue dans les yeux d'Apollo et à la déception sur son visage quand je lui ai tourné le dos, je sens le courage revenir. Il a essayé de m'aider, peut-être pas de la bonne manière, car la violence n'est jamais la solution, mais il a tenté de faire subir à Vance une fraction de la souffrance qu'il m'a infligée.

— Qu'est-ce que tu viens de dire ?

Vance s'approche de moi, la colère suinte par tous ses pores. Je sais à quoi je m'expose en faisant ça. C'est une chose d'accepter qu'il me traite comme ça, mais c'en est une autre de le laisser ruiner la vie de quelqu'un dont le seul tort a été de se préoccuper de moi.

— Tu ne vas pas porter plainte contre lui, Vance.

— Ah non ?

Son ton change. Il est soudain froid et menaçant.

— Et comment comptes-tu m'en empêcher ?

Je ne peux pas laisser la peur me faire changer d'avis. Je suis allé trop loin. Je sais que Vance va exploser de rage. Je sais que je serai la cible de sa colère, dès que j'aurai exprimé ce que j'ai sur le cœur. Je sais que ça fera mal. Malgré tout, je m'arme de courage, parce que j'en ai assez que ce soit toujours les autres qui prennent ma défense.

— Si tu portes plainte contre lui, je porterai plainte contre toi, dis-je d'une voix claire.

Vance fronce les sourcils. Il est complètement déstabilisé. Il ne s'attendait pas à ce que je lui annonce ça. Moi non plus, je ne m'y attendais pas. Et le dire à voix haute… ça libère quelque chose en moi. C'est la première fois que j'admets qu'il y a quelque chose à dénoncer dans notre relation. Quelque chose qui cloche.

— Qu'est-ce que tu racontes ?

Vance est tellement surpris qu'il ne m'attaque pas, il ne me crie même pas dessus. Il reste figé à m'observer.

— Tu m'as très bien entendu. Je te jure que si tu portes plainte contre Apollo, si tu lui fais du mal… j'irai voir les flics, Vance, et tu ne me reverras plus jamais.

— Xan.

Son ton se radoucit.

— Tu n'as aucune raison de porter plainte, tu le sais bien. Nos disputes, ce sont des choses qui arrivent dans un couple. Et puis on a dépassé ça, ensemble. Je pensais que c'était clair.

— Écoute, tu… tu m'as mis dans le même état plein de fois et tu viens de dire toi-même qu'il s'agissait d'une agression… Je me trompe ? C'est seulement une agression quand ça *te* concerne ? Et quand c'est moi, alors ?

Je désigne la coupure que j'ai sur la lèvre.

— Xan, me dit-il en me caressant doucement la joue. On vient de passer une soirée difficile. Et même si Apollo m'a agressé, tu as raison, il n'en vaut pas la peine.

Il me sourit.

— Je suis désolé de t'avoir mis dans cette situation.

Je n'ai plus la force ni le courage de dire quoi que ce soit d'autre, alors je décide de me taire et de l'aider à nettoyer ses blessures.

Après tout ce qui vient de se passer, Vance fait comme si de rien n'était. Il rigole, me cuisine mon plat préféré et interrompt son live pour passer du temps avec moi. Quand nous allons nous coucher, il me prend dans ses bras par-derrière, je le laisse faire, car je suis émotionnellement épuisé et brisé, plus que d'habitude. Une partie de moi vient de prendre conscience de quelque chose de douloureux.

Quand j'ai menacé Vance d'aller voir les flics, je m'attendais à des cris, voire des coups. Mais il a complètement baissé les bras, puis s'est montré attentionné avec moi et m'a gâté. J'ai alors eu une certitude très puissante. Une révélation qui m'a complètement brisé le cœur : Vance a cédé parce que j'aurais eu de très bonnes raisons de déposer plainte contre lui.

Parce qu'il y a quelque chose qui cloche dans notre relation.

Parce que, aujourd'hui, il a lui-même expliqué clairement en quoi consiste une agression. Je me suis revu dans le miroir, battu, le corps couvert de bleus. Ce genre de chose ne devrait pas se produire au sein d'un couple, quoi qu'il en dise. Ce n'est pas normal et ce n'est pas acceptable.

J'ai l'impression de sentir un gouffre s'ouvrir dans ma poitrine, car je me rends compte que, blotti dans ses bras chauds et confortables, je ne me sens plus en sécurité. Des larmes se mettent alors à rouler sur mes joues.

Je pense à ma mère et je la revois qui prépare le café en souriant, il y a des années de ça, quand je lui ai avoué que j'aimais les garçons.

— Tu es sûre que ça ne te dérange pas ?

Ma mère a posé une tasse devant moi.

— Tout ce que je veux, c'est que tu trouves quelqu'un qui t'aime et t'apprécie à ta juste valeur. N'est-ce pas ça, l'amour, Xan ? Qu'importe si c'est une fille ou un garçon ! Tant que cette personne t'aime et te rend heureux, c'est tout ce qui m'intéresse.

Je me passe la langue sur les lèvres en essayant de retenir mes larmes.

Pardonne-moi, maman. Je ne sais pas comment j'en suis arrivé là, ni comment m'en sortir.

17.

APOLLO

Dans notre appartement, Rain désinfecte mes mains sur le canapé pendant que Gregory s'ouvre une bière. Il prend une longue gorgée, puis soupire de soulagement.

— Ouf, j'en avais besoin ! lance-t-il en s'asseyant de l'autre côté du canapé. Vous en voulez une ?

Rain secoue la tête et je ne réponds rien. Je ne sais pas quoi dire, mon corps est encore en train de se remettre de la montée de colère et d'adrénaline que j'ai ressentie. Mon esprit est engourdi et confus, je ne me reconnais plus du tout. C'est comme si le mec qui s'était détruit les articulations en s'en prenant à un autre type n'était pas moi. Toute ma vie, j'ai été pacifiste. J'ai toujours soutenu que la violence ne permettait jamais de résoudre quoi que ce soit. Je ne me souviens même pas d'avoir eu une conversation houleuse dans ma vie. Et, aujourd'hui, j'ai piétiné tous mes principes. Je me souviens des reproches que j'ai adressés à mes frères quand ils voulaient régler les choses par la violence. Je me suis toujours cru plus mature qu'eux, voire supérieur, parce que je ne m'abaissais pas à ce genre de comportement. Et voilà que je me retrouve dans le même état, les mains couvertes de sang.

Si grand-père l'apprenait…

La dernière chose que je veux, c'est décevoir ceux qui comptent pour moi. Rain finit de nettoyer mes plaies, puis se lève.

— Tu devrais mettre de la glace, ça réduira l'inflammation, me recommande-t-elle avant de se diriger vers l'évier pour se laver les mains.

Une certaine lourdeur plane encore dans l'air, à cause de l'affrontement avec Vance.

— Bon, rien de tel que des potins pour détendre cette atmosphère pourrie, annonce Gregory en s'étirant sur le canapé. J'ai parlé avec Erica aujourd'hui.

Rain fait une mine surprise en se séchant les mains.

— Sérieux ? C'est un miracle.

Je fronce les sourcils.

— Tu savais ?

Je la regarde en attendant une réponse.

— Bien sûr, leur couple était hyper populaire à l'université, m'explique-t-elle en s'appuyant sur l'îlot de la cuisine. Tu le sais bien, tout le monde connaît Gregory, et il n'arrêtait pas de s'afficher avec elle.

Cette information me surprend, parce qu'il n'a jamais fait la même chose avec Kelly. Gregory grimace.

— J'ai été super vulnérable avec elle, mais elle me déteste encore avec passion. Et elle a d'excellentes raisons.

Son visage s'illumine et il ajoute :

— Ça rime, non ? Je suis un véritable poète.

Rain rigole en secouant la tête, puis dit :

— Ils formaient le couple idéal. Tout le monde trouvait qu'ils allaient super bien ensemble. Ils étaient un peu comme le roi et la reine du bal de promo.

— J'aimerais pouvoir dire que tu exagères, commente Gregory en souriant, mais non. C'est la vérité, on était comme *Brangelina*. Qu'est-ce que tu veux que je te dise ? Quand deux personnes aussi belles s'unissent, c'est inévitable.

— Mais ça ne t'a pas empêché de te comporter comme un imbécile, c'est ça ?

Mon ton me semble plus cruel que je ne l'aurais voulu, mais Greg me décoche un clin d'œil complice.

— Pas la peine de me rappeler cette tragédie. Bon, changeons de sujet, dit-il en désignant Rain. Dis-moi, petite bruine, est-ce que tu as parlé à Apollo de tous les mecs fous de toi qui te pourchassent ?

Rain lève les yeux au ciel.

— Je suis sûre que Xan l'a déjà mis au courant, lui qui se plaint tout le temps que des cohortes de mecs envahissent son café en espérant m'y voir.

— Alors t'es une meuf populaire, hein ? dis-je en la taquinant. Et tu nous honores de ta présence ce soir ? Quel privilège !

— On pourrait croire que c'est un petit ange, me prévient Greg, mais en fait elle est dangereuse. Ne te fie pas à ses yeux doux et à son sourire éclatant.

— T'inquiète. Sa popularité explique bien des choses. C'est pour ça que tu ne réponds pas à mes messages, Rain ? Tu as mieux à faire ?

Merde, j'ai complètement plombé l'ambiance, là.

Un silence inconfortable s'installe dans la pièce. Rain ne sait pas quoi répondre et je me demande pourquoi j'ai ouvert ma grande gueule. De toute évidence, je suis toujours en rogne. J'échange un regard avec Greg, qui semble comprendre ce qu'il se passe.

— Je…

Il termine sa bière d'une traite, se lève et dépose la bouteille sur la table basse à côté du fauteuil.

— Je vais aux toilettes.

Greg nous laisse seuls, et Rain reste appuyée contre l'îlot de la cuisine. Elle a les bras croisés devant sa poitrine et recommence à éviter de croiser mon regard. Je pense à notre baiser et à ce qui s'est passé dans le couloir. Ce n'est peut-être pas le meilleur moment pour parler de ça, mais comme il y a plusieurs jours qu'elle ne répond pas à mes messages, j'ai besoin de savoir ce qu'elle pense. Ou qu'elle me dise simplement si j'ai fait quelque chose de mal.

— Rain.

— Apollo ?

Elle me sourit.

— Je suis désolé pour tout ce qui s'est passé, d'habitude je ne suis pas si…

— Impulsif ? Violent ?

J'ai honte en l'entendant prononcer ces adjectifs, car je sais qu'ils décrivent parfaitement mon comportement de ce soir.

— Oui, je suppose.

Rain soupire et s'assied à l'autre bout du canapé, où se trouvait Gregory il y a quelques instants. Elle semble à l'aise, la couleur de son pull, rouge, lui va bien. Elle ramène ses cheveux derrière ses oreilles dans un mouvement plein de délicatesse, mais calculé, comme si elle rassemblait ses forces pour dire quelque chose.

— Apollo, ce qui s'est passé l'autre soir…

— C'était une erreur ?

Mon côté pessimiste éclate au grand jour. Je n'ai jamais eu de chance avec les personnes qui me plaisent. Elle reste silencieuse, ce qui veut tout dire. Ce silence ne signifie pas : « Non, ce n'était pas une erreur. » Elle serre les lèvres et entrelace ses doigts sur ses genoux.

— Rain, je n'ai pas envie de discuter aujourd'hui, dis-je en la regardant droit dans les yeux.

Cette soirée a été suffisamment chargée en émotions comme ça. Je n'ai pas envie de parler ni de me faire rejeter, si c'est ce qu'elle a en tête. Et, vu que son silence s'étire depuis plusieurs secondes, c'est le scénario le plus probable.

— Tu veux que je m'en aille ? demande-t-elle en baissant la voix.

Elle se lève et, je ne sais pas très bien pourquoi, je fais de même. Je m'approche d'elle jusqu'à ce que quelques centimètres à peine nous séparent.

Nos regards se croisent et je lui caresse la joue avec tendresse. J'ai envie de dire quelque chose, mais je sais que si j'ouvre la bouche, la magie de ce moment se brisera et disparaîtra à tout jamais. Alors je me risque à incliner la tête vers elle. Mes lèvres effleurent les siennes puis je reste immobile, attendant sa réponse. Elle passe ses bras autour de mon cou et m'embrasse, avec douceur et passion en même temps, comme la première fois. Quand elle s'éloigne, sa respiration s'accélère un peu.

— Apollo, je…

— Chuuut.

Je l'embrasse à nouveau parce que, même si on vient de passer une soirée pourrie, ce baiser me fait du bien. Il chasse de mon esprit toutes les pensées qui l'envahissent depuis la bagarre.

Nous nous embrassons, nos lèvres se mettent à trembler et nos respirations saccadées s'accélèrent. Je m'écarte pour reprendre mon souffle. Elle serre alors mon visage entre ses mains et me regarde droit dans les yeux avec une intensité irrésistible.

— Juste pour ce soir.

— Quoi ?

— On va dans ta chambre ?

Sa question me prend par surprise, mais j'acquiesce en l'attrapant par la main pour la guider. En passant par le couloir, un peu de lucidité parvient jusqu'à mon cerveau intoxiqué par ces baisers et je me mets à réfléchir à ce qui est en train de se passer. Dans la chambre, Rain recommence à m'embrasser et glisse ses mains sous ma chemise.

Je déteste être si cérébral, mais mon esprit reste bloqué sur ces quatre mots : *Juste pour ce soir.*

Qu'est-ce que ça veut dire ? Que c'est tout ce qu'elle veut ? Un coup d'un soir ?

Nous marchons vers le lit. Quand nous nous laissons tomber sur le matelas, j'atterris au-dessus de Rain, qui semble amusée de se retrouver en dessous de moi. Elle rayonne de joie. Je place mes deux mains de part et d'autre de son visage pour ne pas l'écraser complètement et la regarde fixement, hypnotisé.

— Rain.

— Oui ? répond-elle en caressant les cheveux qui retombent sur mon front.

— Juste pour ce soir ?

Son sourire disparaît.

— Oui.

— Oui quoi ?

— Toi et moi… c'est seulement une histoire d'un soir.

— Tu crois que c'est ça que je veux ?

— Non, je pensais que… tu sais, que tu serais d'accord. Une histoire sans complications…

Je m'assieds sur le lit à côté d'elle, en fixant le mur. Elle reste étendue, mais ne dit rien.

— Je ne baise pas pour baiser, Rain. On peut s'amuser, se toucher ou je ne sais quoi, mais faire l'amour avec quelqu'un, c'est pas un acte banal pour moi. Je t'aime bien, et je meurs d'envie de coucher avec toi, mais… les coups d'un soir, c'est pas mon kiff. Je suis du genre à me donner à fond. Je veux tout ou… rien du tout.

Rain détourne le regard.

— Je sais.

— Alors, pourquoi… ?

Je lui pose enfin les questions qui me taraudent depuis plusieurs jours :

— Pourquoi est-ce que tu ne réponds pas à mes messages ? Pourquoi est-ce que tu m'évites ? C'est parce que tu veux une « histoire sans complications » ?

Rain ouvre la bouche, puis détourne le regard pendant quelques secondes. Alors j'insiste :

— Rain, tu peux être sincère avec moi. Je ne serai pas blessé si tu me dis clairement ce que tu veux.

Je mens, parce qu'elle me plaît grave. Et ça piquera probablement un peu, si elle m'annonce qu'elle ne veut pas de moi. Mais je ne suis pas débile, je vois bien qu'il y a quelque chose qui cloche. Nous avons partagé un moment super intime la nuit dernière, un moment chargé d'alchimie et de désir. La dernière chose à laquelle je m'attendais après ça, c'est qu'elle m'évite si ouvertement.

— C'est bien ça le problème, Apollo, dit-elle en fronçant les sourcils. Je… je n'ai pas été sincère avec toi. Je ne voulais pas qu'on continue à se voir et que ce qui se passe entre nous… évolue, sans t'avouer la vérité.

Ça sent mauvais. Elle est tendue et croise les mains autour de ses genoux. Elle se mord la lèvre nerveusement à plusieurs reprises, ce qui veut dire que ce qu'elle s'apprête à me raconter ne va pas me plaire du tout, et risque même de me blesser. Je prends une profonde inspiration et l'écoute parler.

18.

RAIN

Nous y voilà.

Le moment que je redoutais tant est arrivé. La raison pour laquelle je ne voulais pas qu'Apollo me retrouve, depuis le début : je vais devoir lui raconter toute l'histoire.

Tout a commencé quelques mois plus tôt, dans un chalet luxueux au bord du lac Lure. Ma mère possédait une propriété magnifique sur la rive du lac, où elle s'échappait parfois pour écrire, loin de la ville et de mon père. Il m'arrivait de l'accompagner avec mon petit frère, Jim. Vance ne venait avec nous qu'en été, il adorait nager et profiter du soleil. En hiver, j'y allais seule avec ma mère. Nous adorions la mélancolie que dégage un lac gelé accompagné d'un bon chocolat chaud au coin du feu.

Mon père n'aimait pas aller au chalet, mais nous avons insisté et il a fini par accepter de nous accompagner. D'abord une fois, puis deux, jusqu'à ce qu'on s'y rende ensemble tous les quinze jours. Au début, je n'ai pas trouvé ça bizarre, même s'il détestait l'air frais et le contact avec la nature. Ensuite, il s'est mis à y aller tout seul. Là, je me suis dit que quelque chose clochait, mais je n'ai rien dit.

Par une fraîche nuit d'été, la voisine d'à côté nous a invités à une soirée qu'elle organisait chez elle. Ma mère possédait cette propriété de vacances depuis des années et nous connaissions tous les voisins, sauf elle. C'était une dame élégante, mais froide, qui ne souriait pas beaucoup.

Nous avons appris qu'elle avait emménagé quelques mois plus tôt et essayait de se faire une place dans la communauté. Nous sommes tous allés à sa fête. La maison était magnifique. Il y avait des décorations blanches et dorées dans chaque pièce, sur la rampe d'escalier, sur les lampes, partout. Cet endroit respirait le luxe, ce qui était plutôt inhabituel pour le coin. Comme il s'agissait de maisons de vacances, la plupart des gens préféraient une décoration plus rustique. De toute évidence, ce n'était pas le style de cette dame.

— Qui organise une fête aussi classe dans une maison de vacances ? s'est plaint Vance à côté de moi, en desserrant sa cravate.

Pour ma part, je portais une robe d'été verte à fines bretelles.

— Les gens font ce qu'ils veulent, Vance. En particulier dans une maison qui a dû coûter un ou deux millions de dollars.

Mon frère s'est esclaffé.

— Je dirais plutôt trois, et encore, je sous-estime. Regarde-moi ça, a-t-il dit en désignant un chandelier doré, c'est de l'or, sœurette, pas du toc.

— Parce que tu es expert dans ces choses-là.

J'ai pris une gorgée de mon jus… d'orange ? En vérité, j'étais incapable de deviner la saveur du cocktail que je buvais.

Ma mère s'est excusée pour rentrer dormir : les interactions sociales n'ont jamais été son fort, j'en ai bien peur. À tout prendre, elle préférait la solitude ; ce type de soirée l'épuisait. Jim est rentré avec elle. Vance et moi sommes restés avec mon père, alors que quelques voisins continuaient de boire et de parler avec la propriétaire de la maison.

À l'heure de partir, Vance et moi ne trouvions pas mon père. Nous sommes sortis par la porte de devant pour rentrer chez nous en supposant qu'il était reparti sans penser à nous le faire savoir. Notre père n'était pas l'homme le plus prévenant du monde.

Toutefois, une fois arrivés à la maison, nous nous sommes rendu compte que mon père n'y était pas. Je n'oublierai jamais l'expression sur le visage de Vance, qui semblait préoccupé, plongé dans ses réflexions, comme s'il passait en revue les détails de la soirée. Mon frère a toujours été fin observateur, il remarque les choses qui se passent dans la vie des autres membres de la famille.

Quand Vance est reparti, je l'ai suivi, mais je suis restée sur la route, à le regarder s'éloigner et entrer à nouveau dans la maison de la dame. Silence.

Je n'ai plus rien entendu pendant plusieurs minutes, puis le chaos s'est déchaîné : des cris, puis Vance est sorti en trombe avec mon père sur les talons. En les voyant s'approcher, j'ai eu l'impression qu'un liquide glacé se répandait dans mon estomac. Mon père a tenté d'attraper mon frère, mais Vance s'est violemment écarté.

— Ne me touche pas ! a-t-il hurlé, enragé.

— Vance… ai-je dit quand il est arrivé à mon niveau. Qu'est-ce qui s'est passé ?

J'ai alors vu ses poings couverts de sang et le visage tuméfié de mon père. J'étais horrifiée : jamais de ma vie je n'aurais pensé que mon frère pourrait lever la main sur mon père.

— Fiston, écoute-moi, a dit notre père en baissant la voix.

Vance était prêt à le frapper à nouveau, mais je me suis interposée en exigeant des réponses :

— Mais bordel, qu'est-ce qui s'est passé ?

— Dis-lui, papa, a lâché Vance avec un air de défi. Allez, si tu as les couilles de faire ce genre de conneries, tu les as aussi pour expliquer à ta fille que tu n'es qu'un gros porc.

Mon cœur menaçait de sortir de ma poitrine. J'ai alors regardé mon père.

— Papa ?

— Vance, ne fais pas ça, a-t-il supplié.

— Évidemment, là tu fais moins le malin, s'est exclamé Vance avec une voix remplie d'amertume, mais aussi de souffrance. Papa se tape la nouvelle voisine.

Tout mon univers s'est écroulé sous mes yeux. Quelque chose s'est brisé à l'intérieur de moi.

Non, non, non !

Cela faisait plus de vingt ans que mes parents étaient mariés. C'était impossible : mon père n'aurait jamais fait une chose pareille. Il n'aurait pas détruit sa famille de cette manière, il ne nous aurait jamais fait du mal comme ça. J'ai baissé la main qui soutenait Vance et mon regard a croisé celui de mon père.

— Papa…

Je m'attendais à ce qu'il nie en bloc ou qu'il me donne une explication. Qu'il dise que tout ça n'était qu'un malentendu, que Vance se trompait. Mais mon père a baissé les yeux et est resté silencieux.

J'ai senti une douleur intense me dévorer de l'intérieur.

Il y a des paroles qui blessent, mais ce sont les silences comme celui-là qui détruisent tout pour toujours.

— S'il vous plaît, ne… ne le racontez pas à votre mère, je…

— Va te faire foutre, a craché Vance.

Le visage de mon père s'est assombri et je me suis rendu compte que j'étais en train de pleurer. Je me suis essuyé les joues en reprenant mes esprits.

— Tu as jusqu'à demain pour le lui dire, ai-je décrété d'une voix brisée.

Je suis parvenue à contenir ma rage, ma déception et tout ce que je ressentais d'autre. Je ne sais pas à quel âge exactement j'ai pris l'habitude de réprimer mes émotions.

— Si tu ne le fais pas, on s'en chargera.

Je me suis ensuite retournée. Je ne pouvais plus le regarder ni même être près de lui.

Mon père n'a pas eu d'autre choix que de le dire à ma mère le lendemain. Elle était dévastée et ne s'y attendait pas du tout. Ils ne formaient pas un couple parfait, mais ils avaient confiance l'un en l'autre. Ils avaient passé une grande partie de leur vie ensemble. Ils ne se sont pas séparés, mais il était clair que rien n'était plus pareil entre eux. Ma mère s'est réfugiée dans ses livres et mon père dans son travail.

Vance était furieux, et je ne le croyais pas capable de trouver une manière saine de libérer la rage qui bouillonnait en lui. J'ai tenté de l'aider, mais rien n'a fonctionné. Il a continué à ruminer sa haine, ce mépris pour mon père et pour la personne avec qui il avait couché : Sofia Hidalgo.

Plus tard, Vance a appris que le fils de cette femme s'était inscrit à l'université. J'ai tout de suite senti qu'il était en train de manigancer quelque chose, mais je ne savais pas quoi. J'ai essayé de lui expliquer que ce n'était pas la faute d'Apollo, que lui aussi était une victime dans cette histoire, comme nous deux. Mais rien n'a pu l'arrêter.

Au cours d'une nuit pluvieuse, il m'a appelée, ivre mort. En entendant le bruit de fond, j'ai tout de suite compris qu'il était dans un bar.

— J'ai besoin de ça, Rain. De faire souffrir quelqu'un.

En entendant ces paroles, j'ai senti la panique me gagner.

— Vance, non. Où es-tu ?

— Je l'ai vu. Des trois fils, c'est le seul qui lui rend encore visite depuis le divorce avec le père Hidalgo. C'est son talon d'Achille, et il est à ma portée, Rain.

— Vance, écoute-moi. Ne fais pas de conneries.

Pas de réponse.

— Vance !

Il m'a raccroché au nez.

Immédiatement, j'ai bondi de mon lit, je me suis habillée chaudement et j'ai attrapé mon parapluie. J'ai consulté les stories sur l'Insta de Vance avec mon téléphone : il se trouvait dans un bar du centre de Raleigh, à une demi-heure de chez moi. J'ai pris un Uber, mais, quand je suis arrivée au bar, il n'y était plus.

Non, non. Merde !

Je suis sortie dans la rue en m'abritant sous le parapluie, mais mes pieds étaient trempés. Vance ne pouvait pas être bien loin. J'ai cherché, marché, vérifié tous les bars, puis passé en revue les coins de rue et c'est alors que je suis entrée dans cette ruelle où Apollo était étendu.

J'ai attendu que les ambulanciers repartent, puis j'ai éclaté en sanglots dans la ruelle. J'étais inconsolable. Un gars avait été blessé, et j'aurais pu faire quelque chose pour éviter ce drame. J'avais l'impression d'être la pire personne du monde, car je n'avais pas révélé à la police que je connaissais l'identité de l'agresseur. Cette décision allait contre tous mes principes, je me haïssais en silence, mais… Vance était mon frère. Ma mère allait mal à cause de ce qui s'était passé avec mon père, je ne savais pas si ma famille pourrait tenir le coup si mon frère se retrouvait en prison.

J'ai été égoïste.

J'ai agi comme une sale égoïste.

Je l'ai protégé, alors qu'il avait battu à mort un inconnu, simplement parce que c'était mon frère. C'était une excuse détestable.

C'est pour ça qu'au début, j'ai gardé mes distances avec Apollo. Je ne voulais pas me compromettre. Je n'arrivais pas à le regarder dans les yeux, sachant que je détenais une information qui permettrait que justice soit rendue et que je n'en faisais rien.

— Je te préviens, arrête de foutre ton nez dans mes affaires, Rain, m'a menacé Vance quand il a appris que je lui étais venue en aide.

— Je ne sais pas de quoi tu parles.

— Si, tu le sais très bien. J'espère que tu es assez intelligente pour te tenir à carreau. Je ne te ferai jamais de mal, mais je ne peux pas te promettre la même chose pour les gens qui t'entourent.

Mais je me suis laissée aller et j'ai commencé à fréquenter Apollo. Plus j'apprends à le connaître, plus je me sens comme une grosse merde à cause de ce qui s'est passé. Peut-être que j'espérais en réalité découvrir que c'était un sale type, pour me sentir moins coupable, mais non. C'est tout le contraire. Apollo est un mec doux et gentil. Je me sens tellement mal d'avoir laissé les choses évoluer à ce point entre nous sans lui avouer la vérité… Mais tout ça doit prendre fin.

Après lui avoir raconté toute la vérité, j'attends sa réponse.

Apollo est paralysé. Il a les yeux écarquillés et les poings serrés. Il ne dit rien et je ne peux pas lui en vouloir, il vient d'encaisser trop de révélations d'un coup. Je me sens hyper mal, mais j'ai besoin qu'il dise quelque chose.

— Apollo…

Il ne me regarde pas. Il fixe le mur, comme s'il était en train de digérer ce qu'il venait d'entendre.

— Va-t'en.

Aïe. J'ai l'impression de me prendre une gifle largement méritée.

— Apollo, je voulais seulement…

— Va-t'en ! répète-t-il en levant la voix.

Je sursaute. Je ne m'attendais pas à ça.

— J'ai besoin de… Va-t'en, Rain.

Je m'assieds, puis me lève pour me diriger vers le couloir. Je lui lance un dernier regard par-dessus l'épaule. Il n'a pas bougé d'un poil, mais je peux clairement lire la rage et la déception sur son visage. Je me rends compte que notre histoire s'est peut-être terminée avant même d'avoir pu réellement commencer. Et ça me fend le cœur.

Je suis tellement désolée, Apollo.

19.

APOLLO

Rentrer à la maison.

C'est ce dont j'ai besoin après la semaine que je viens de vivre. Je mets ce plan à exécution sans attendre. Le manoir Hidalgo m'accueille avec sa prestance habituelle et ses hautes fenêtres. Je n'ai presque pas fermé l'œil de la nuit et, quand le soleil s'est levé, je suis rentré chez moi. Je sais que ma famille ne s'attend pas à me voir, je sais qu'ils sont tous là, à l'intérieur, dans la cuisine, attablés pour le petit déjeuner. C'est la maison familiale, mais, pour une raison que j'ignore, en cet instant j'ai l'impression d'être un étranger.

J'ouvre la porte avec ma clé, et je peux entendre les voix en provenance du couloir de la cuisine. Je veux monter dans ma chambre et oublier tout ce qui s'est passé, mais j'ai besoin de ma famille. Je décide de me rendre dans la cuisine sans détour et je les y trouve tous : Claudia, avec un jean et un sweat-shirt rouge, qui joue avec ses cheveux ramenés en une queue haute tandis qu'elle tient Hera d'un bras, le poids de l'enfant posé sur sa hanche ; Artemis, qui porte des vêtements sportifs noirs et savoure son café au lait ; et mon grand-père, qui aide à rassembler les ingrédients nécessaires pour préparer des œufs au plat avec des légumes grillés.

— Salut, dis-je d'une voix fatiguée.

Tous les regards se tournent vers moi et semblent très surpris de me trouver là.

— Dodo, s'exclame Hera.

En voyant sa frimousse, mes problèmes s'évaporent pendant quelques secondes. Elle tend les bras dans ma direction.

— Dodo !

— Ma princesse.

Je m'approche et la prends dans mes bras. Immédiatement, elle me fait un câlin.

— Tu vas bien ? me demande Claudia avec douceur en découvrant mes mains boursouflées.

— On ne t'attendait pas, mon grand, mais quelle bonne surprise, dit mon grand-père en m'embrassant du côté où je ne porte pas Hera.

— Tu as l'air…

— Tu peux le dire, dis-je pour l'encourager.

Artemis s'éclaircit la gorge :

— Tu ne devrais pas être en cours ?

— Artemis, le réprimande Claudia. Je suis sûre que s'il est ici, c'est qu'il a une bonne raison. Tu n'avais pas dit que tu essaierais de te montrer plus… tu sais, plus humain ?

— Je ne voulais pas… se justifie Artemis. Je m'inquiète juste à l'idée qu'il sèche les cours, ou que sais-je encore…

— Je ne suis pas un gamin, Artemis. J'ai pas besoin d'un père de substitution.

Mon grand frère se lève et dépose sa tasse de café. Il échange un regard avec Claudia, puis grimace en s'approchant de moi.

— Qu'est-ce que tu fous ?

Artemis me fait une petite accolade discrète, sans rien ajouter. Je sais que c'est sa façon à lui d'essayer d'être plus expressif.

— Je suis heureux de te voir, s'exclame-t-il finalement, avec un sourire.

Il me donne une tape sur l'épaule avant de s'éloigner.

Mon grand-père m'observe attentivement, il me connaît mieux que personne. Je suis surpris lorsqu'il me demande :

— De quoi as-tu besoin, mon grand ?

Clau reprend Hera, et je secoue les mains.

— D'aider à préparer le petit déjeuner, c'est… c'est de ça que…

Clau m'adresse un sourire plein de tendresse.

— C'est de ça que j'ai besoin, là, tout de suite.

— D'accord.

Mon grand-père m'explique comment je peux lui être utile, et nous mettons la main à la pâte ensemble pour préparer un super petit déj. Les odeurs me réconfortent et me font me sentir à la maison : le café, les légumes fraîchement coupés, l'huile qui grésille dans la poêle pour les œufs. Entendre le rire adorable de la petite Hera et les blagues de mon grand-père… ça aussi, ça me fait me sentir chez moi.

Oui, c'est de tout ça que j'ai besoin, là, tout de suite.

Chaudement habillé, je m'assieds au bord de la piscine en observant l'eau cristalline. Je me convaincs presque d'y plonger malgré le froid de canard. Le soleil brille à l'horizon, ses rayons me réchauffent un peu et me détendent. J'entends des pas lents résonner derrière moi.

— Tu n'es toujours pas très discret comme espion, grand-père, dis-je en blaguant.

Je l'aide à s'asseoir à côté de moi. Il a apporté deux tasses de chocolat chaud et m'en tend une.

— C'est l'âge. Je marche lentement et les craquements de mes os trahissent mes moindres mouvements.

Sa remarque fait naître un sourire sur mon visage. Ses rides s'accentuent un peu quand il me le rend.

— Ah, tu es bien le fils de ton père, dit-il en prenant une gorgée de sa tasse.

Je fronce les sourcils.

— Qu'est-ce que tu veux dire par là ?

— Ton apparition dans la cuisine m'a rappelé ton père. Quand quelque chose n'allait pas avec la société Hidalgo, avec Sofia ou dans sa vie en général, Juan apparaissait sur le pas de ma porte. Il ne disait rien, il m'aidait simplement à cuisiner ou à réparer ce qui m'occupait les mains.

Son sourire se charge de nostalgie.

— Ça me touchait beaucoup, car ça signifiait que, quoi qu'il arrive, mon fils avait un endroit où se replier quand le monde le blessait. Un lieu sûr.

Ma vue se brouille en entendant ces paroles, mais je respire profondément pour rester maître de mes émotions. Mon grand-père pose sa main sur mon épaule et exerce une légère pression.

— Tu seras toujours en sécurité, ici, Apollo.

— Je le sais.

— Et je n'ai pas la moindre idée de ce qui s'est passé, mais si tu as besoin d'en parler, je suis là. Claudia aussi, et tu n'as qu'un coup de fil à passer pour parler avec Ares.

— Et Artemis ? dis-je pour rire.

— Ce serait ma dernière option si j'avais envie de discuter de mes émotions, soupire mon grand-père.

Je rigole.

— Et papa ?

— Lui, il ne serait même pas sur ma liste.

— Grand-père ! je m'exclame en rigolant de plus belle.

— Quoi ? S'il y a une chose que nous savons faire, nous les Hidalgo, c'est dire la vérité, aussi cruelle soit-elle.

Mon sourire s'efface.

— La vérité… Ah, une petite dose de vérité m'aurait épargné bien des soucis. Ça m'aurait épargné… beaucoup de complications.

— Ça t'aurait évité de te détruire les articulations, dit-il en prenant mes mains pour les examiner de plus près. Je dois dire que jamais je ne pensais voir ça. La violence…

— … n'est jamais la solution, je sais.

J'écarte ma main de son inspection.

— Crois-moi, j'étais le premier surpris.

— Il le méritait ?

— Pardon ?

— Mon grand, je te connais depuis toujours. Je t'ai vu pleurer pendant des heures, le jour où tu as failli écraser l'un de tes chiots par accident. Quelque chose a dû te pousser à bout. Le garçon que tu as frappé, il le méritait ?

Je continue d'observer l'eau de la piscine, et toute l'histoire défile devant mes yeux : la ruelle, Rain, ce que j'ai ressenti en la rencontrant, l'arôme dans l'air au Café Nora, Xan et ses joues toujours bien rouges, Vance et ses provocations, les hématomes sur les bras de Xan, la dispute à l'entrée de la soirée, le festival d'automne… Je me revois, au-dessus de Vance, occupé à cogner avec toute la rage de la terre. Et puis il y a Rain… qui me raconte tout, et ses aveux déclenchent une nouvelle chaîne d'émotions : ma mère… qui couche avec un homme marié, Vance qui veut se venger et Rain qui savait depuis tout ce temps que c'était lui. Vance pourrait être en prison aujourd'hui, et Xan serait en sécurité. Pendant tout ce temps, Rain a eu la capacité d'agir, mais elle n'a rien fait.

Elle m'a regardé droit dans les yeux, elle a vu ce qui s'était passé avec Xan, et elle n'a… rien fait.

— Apollo ?

Mon grand-père pose à nouveau sa main sur mon épaule. Je serre les poings, la mâchoire crispée.

— Je… dis-je en me tournant vers lui. J'ai… je suis… je ressens tellement de rage, grand-père. Elle déborde et me consume… Depuis la nuit de mon agression, je ressens un poids sur ma poitrine. Et je déteste cette impression parce que je ne ressentais jamais d'émotions nocives et négatives avant toute cette histoire. J'avais bien conscience que le monde est merdique, mais…

— À présent tu as découvert le monde tel qu'il est et tu en as fait l'expérience de tes propres yeux, dit-il en soupirant et en me caressant les cheveux. Quand je te voyais grandir, je craignais que tu sois trop bon pour ce monde, Apollo. J'avais peur que la réalité ne te fasse plus de mal qu'aux autres.

— Et tu avais raison.

— Non, répond-il en secouant la tête. Non, je me fourrais le doigt dans l'œil, mon grand. Être quelqu'un de bien ne te rend pas faible ou moins fort que les autres. Et tu es un jeune homme merveilleux. Ne change surtout pas parce que tu ressens de la rage ou de la frustration, ou parce que tu as commis des erreurs. Il n'y a pas de mauvaises émotions, Apollo. Les décisions que tu prends en te fondant sur une émotion peuvent être bonnes ou mauvaises, mais pas les émotions que tu ressens.

— C'est trop à gérer pour moi, d'un coup… c'est beaucoup trop. Alors j'évite les émotions, je les bloque. Je ne sais pas comment me libérer de ce poids.

— C'est normal, tu as encaissé ton premier coup dur, dans le monde extérieur, loin de ta famille, dans une ville où tu es seul. Et tu es rentré à la maison pour retrouver ta base, ton chez-toi. Te retrouver toi-même. Ensuite, tu retourneras dans le monde et tu prendras d'autres coups, jusqu'au jour où tu n'auras plus besoin de revenir ici pour te remettre, parce que tu te connaîtras mieux et tu seras capable de gérer tes émotions.

— Tu aurais dû être psychologue, grand-père.

— Ce n'est pas toi qui étudies la psychologie ?

— Regarde-moi, dis-je en soupirant. Tu trouves que j'ai l'air suffisamment serein et compétent pour guider quelqu'un qui a des problèmes de santé mentale ?

— Bien sûr que non ! Tu viens seulement de commencer les cours. En revanche, ce que je sais, c'est que tu es le garçon le plus empathique que je connaisse, et je suis convaincu que tu apporteras une aide précieuse aux personnes avec qui tu travailleras plus tard.

— Je ne sais pas quoi faire.

— Si, tu le sais. Tu le sais depuis très longtemps. Bien avant que ce jour n'arrive. Qu'est-ce qui t'arrête ?

— J'ai honte, grand-père.

Je laisse échapper un rire, mais il est si bruyant que j'en sursaute moi-même. Mon grand-père s'esclaffe à son tour en se tenant les côtes. Cette scène me remplit de joie et de sérénité.

— Honte ? Ah.

Il se met à tousser entre deux éclats de rire.

— De quoi diable as-tu honte, Apollo ?

— Je ne sais pas. Ce ne serait pas très bien vu qu'un étudiant en psychologie aille consulter un thérapeute.

— Ah bon ? Donc si Ares tombe malade ou qu'il se blesse, il ne peut pas aller à l'hôpital, sous prétexte qu'il étudie la médecine ?

— Ouais, quand tu le dis comme ça, je me sens débile.

— Tu n'es pas débile, tu as juste besoin de clarté, mon grand. Je te l'ai dit la nuit de ton agression et je n'arrête pas de te le répéter depuis : tu as besoin de l'aide d'un professionnel pour gérer les émotions que tu réprimes depuis cette nuit-là.

— C'est aussi pour ça que je ne veux pas y aller, j'ai peur de ce qui va sortir.

— Et tu penses qu'en gardant tout ça à l'intérieur de toi, ça va disparaître par miracle ? Chacune de tes émotions mérite d'être ressentie et écoutée.

— Ça me fait du bien de parler avec toi, et…

— Non, non, Apollo, je ne suis pas un professionnel. Je ne suis qu'un vieillard qui a vécu trop longtemps, a encaissé son lot de coups durs et continue de s'adapter à ce monde en constante évolution et à ses nouvelles technologies.

Il soupire à nouveau avant d'ajouter :

— Crois-moi, ça n'a pas été facile de sortir de ma zone de confort, mais si j'ai pu apprendre à jouer à ce truc où on tire tout le temps pour pouvoir parler à mes petits-enfants dans le *PartyChat*, tu peux commencer une thérapie.

— Les enfants d'oncle Jamel ? Attends un peu… tu joues à *Fortnite* ?

Mon grand-père bombe le torse fièrement.

— Chaque fois que je joue, je parviens à rester en vie un peu plus longtemps. La dernière fois, j'ai tenu trois minutes.

Je souris parce que je le trouve adorable.

— Et oncle Jamel… ?

— Toujours distant, dit-il avec tristesse. Je suis trop vieux pour garder de la rancœur envers mes enfants. Je sais qu'ils décrochent le téléphone en pensant à ce qu'ils pourront hériter le jour de ma mort, mais mes petits-enfants n'y peuvent rien, ils sont innocents. J'y ai mis du mien, j'ai cherché un moyen de maintenir le contact avec eux, et je me suis acheté cette maudite console. À présent, nous faisons des appels vidéo tous les samedis. Et j'irai leur rendre visite dans deux semaines.

Il se lève avant de conclure :

— Va voir un psychologue, Apollo Hidalgo, ou ton grand-père te tirera les oreilles.

— Oui, m'sieur.

Je le regarde rentrer dans la maison en marchant lentement et prudemment. Ce vieillard à la chevelure blanche qui aime rire aux éclats et que j'adore par-dessus tout m'a donné matière à réfléchir. J'ai appris une leçon importante aujourd'hui. Pas seulement grâce à ses conseils, mais aussi par ce qu'il m'a raconté. Ses enfants l'ont placé en maison de retraite, l'ont abandonné. Et malgré ça, il tente de garder le contact parce que sa sagesse dépasse la rancœur et l'orgueil. Parce que c'est quelqu'un de bien et que ni les blessures ni la solitude n'ont changé ça.

Je suppose que l'heure est venue de faire ce que j'aurais dû entreprendre dès que je me suis rendu compte de la peur qui m'habitait, quand je me suis mis à ressentir du mal-être chaque fois qu'il se mettait à pleuvoir, ou après les deux jours que j'ai passés à marcher comme un zombie, pire encore : après l'accès de rage que j'ai eu contre Vance. Peut-être qu'une fois que j'aurai assemblé les différentes pièces du puzzle, je pourrai décider de la meilleure façon de réagir aux aveux de Rain. Mais pour le moment, j'ai besoin de me recentrer sur moi-même.

C'est parfaitement normal d'avoir besoin d'aide, Apollo.

Il est temps.

SECONDE PARTIE

XAN

20.

APOLLO

Parler de cette nuit-là reste difficile.

Après le deuxième rendez-vous avec ma psy, j'ai l'impression d'avoir été drainé de mon énergie mentale et physique. Ces deux dernières semaines, je suis redevenu un petit zombie : je vais à l'université, je rentre à l'appartement, je dors, puis je répète le même cycle. Je ne sors même plus pour courir le matin, une habitude que j'adorais pourtant et qui me permettait de commencer la journée du bon pied.

Gregory a essayé de rompre ce cycle en me proposant un tas d'activités : des sorties, des soirées cinéma, et bien d'autres choses. Erica aussi a fait plusieurs tentatives à la fac. Je ne suis plus allé au Café Nora parce que je ne sais pas si je serais capable de regarder Xan en face, sans lui raconter que son mec est celui qui a failli me battre à mort. Et Rain…

J'essaie de ne plus du tout penser à elle.

Avec ma psy, j'ai cherché à identifier la principale émotion que j'éprouve quand je pense à Rain. Et c'est de l'amertume. J'ai l'impression d'avoir été trahi. Oui, je ressens de la rage, parce qu'elle ne fait rien malgré toutes les informations qu'elle détient. Mais ce qui me fait le plus souffrir, c'est qu'elle ne s'est pas montrée sincère avec moi, depuis le début. Je n'aime pas les mensonges, et ça me blesse qu'elle ait passé autant de temps avec moi, qu'elle ait eu tellement d'occasions de me révéler la vérité, mais qu'elle ait préféré se taire.

Et puis, il y a aussi le fait que ma mère se retrouve impliquée dans toute cette histoire. Je suis le seul membre de ma famille qui lui rend encore visite.

— Entre, mon chéri, m'a dit ma mère avec un sourire chaleureux, la dernière fois que je suis allé la voir. Je viens de faire poser des nouveaux rideaux sur les fenêtres, qu'en penses-tu ?

— Ils sont… jolis, ai-je dit en lui rendant son sourire.

Le luxe et la décoration n'ont jamais été mon truc, mais ma mère ne vit que pour ce genre de détails. Elle s'est habituée à un certain train de vie avec mon père et l'accord de divorce lui permet de le maintenir. Mon père lui a versé beaucoup d'argent pour s'assurer qu'elle ne réclame pas de parts dans la société Hidalgo.

— Dis-moi, quand commences-tu l'université ?

— La semaine prochaine.

— Oh, a-t-elle dit en contournant l'îlot de la cuisine.

Elle a enfilé un tablier et s'est mise à préparer de la pâte à pancakes.

— Assieds-toi, je vais te cuisiner tes pancakes préférés, avec des morceaux de fraise et de banane. Ça te dit ?

J'ai acquiescé. Je ne m'attendais pas à ce qu'elle s'en souvienne, et c'était la première fois que je la voyais cuisiner.

— Tu as peur ? m'a-t-elle demandé en battant la mixture.

— Un peu… tu sais bien que j'ai du mal à me faire de nouveaux amis.

Elle a secoué la tête.

— Tout va bien se passer, tu verras, la prochaine fois que tu me rendras visite, tu me raconteras que tu t'es fait plein de copains.

Je me suis mis à rire.

— Oui, c'est ça.

Un silence s'est installé entre nous et elle s'est passé la langue sur les lèvres. Je savais ce qu'elle voulait me demander.

— Ils vont bien, maman.

Son expression s'est quelque peu assombrie.

— Oui… je suis Claudia sur Instagram, elle a posté une photo sublime d'Hera.

— Oui.

Elle a continué de me préparer à manger puis, une fois tout terminé, m'a servi une pile de trois pancakes avec des morceaux de fruits par-dessus.

— Merci, qu'est-ce que ça a l'air bon !

Elle m'a souri et a hoché la tête en se frottant les mains sur son tablier. Néanmoins, l'étincelle dans ses yeux s'était éteinte depuis la mention d'Hera. Et, même si elle ne pouvait s'en prendre qu'à elle-même pour la position dans laquelle elle se trouvait, je ne pouvais pas m'empêcher de me sentir mal : c'était ma mère.

— Ils ont besoin de temps, maman, ai-je ajouté avec sincérité. Artemis et Ares… ils ont été les plus blessés par ce qui s'est passé entre toi et papa.

— Je sais… je mérite ce qui m'arrive, c'est juste que…

Elle a soupiré en regardant par la fenêtre.

— Je suis fort seule, Apollo.

— Je suis désolé, maman.

— Ne sois pas désolé, je l'ai bien cherché. C'est juste que j'aurais aimé être plus lucide avant. Me rendre compte de la souffrance que j'étais en train de vous causer… à vous, à Juan…

Elle s'est à nouveau passé la langue sur les lèvres.

— Être ici toute seule me donne pas mal de temps pour réfléchir, pour examiner le passé et voir les boulettes énormes que j'ai commises. Mais il est trop tard, à présent, Apollo.

J'ai tendu la main par-dessus de l'îlot pour saisir la sienne.

— Je suis là, maman. Et je ne peux pas faire changer d'avis mes frères, parce qu'ils ont le droit de digérer ce qui s'est passé à leur rythme, mais je crois qu'il n'est jamais trop tard pour te rendre compte de tes erreurs.

Ma mère a contourné l'îlot et m'a pris dans ses bras.

— Je t'aime.

Je l'ai crue et j'ai pensé qu'elle avait changé. À présent, je sais que je me suis trompé. Ne peut-on donc se fier à personne ? Je saisis une bouteille d'eau et me dirige vers ma chambre, j'ai besoin d'arrêter de penser. Et pour le moment, dormir est le seul moyen que j'ai trouvé pour y arriver.

*

— Apollo.

Quelqu'un me secoue l'épaule.

— Eh oh !

Je grogne en changeant de position pour tourner le dos à celui ou celle qui interrompt mon sommeil. Je n'ai aucune envie de me réveiller.

— Apollo !

C'est un murmure pressant. Je reprends tout doucement conscience et me rends enfin compte qu'il s'agit de Gregory.

— Quoi ? je murmure, le visage à moitié écrasé contre l'oreiller.

— Réveille-toi, on a… un problème.

Greg me secoue un peu plus fort. Je lâche un soupir de frustration. Je me sens de mauvais poil.

— Qu'est-ce qui se passe ? dis-je en me frottant les yeux pour distinguer sa silhouette dans l'obscurité.

— C'est Xan.

Dès que j'entends son nom, des signaux d'alarme résonnent dans mon cerveau et je me réveille complètement. Ça ne sent pas bon. Je regarde l'horloge murale, il est quatre heures du mat, et la mine inquiète de Gregory n'est pas bon signe.

— Qu'est-ce qui s'est passé ?

Mon cœur bat à tout rompre en imaginant les différents scénarios possibles.

— Xan est ici.

— Quoi ?

— Enfin, il est à la porte. Il n'a pas voulu entrer, il m'a demandé de t'appeler.

— De quoi ?

Je bondis de mon lit sans prendre le temps d'enfiler un tee-shirt. Je sors de ma chambre vêtu uniquement de mon pantalon de pyjama et m'élance vers la porte. Je le trouve là, tout tremblant. Il se frotte les bras avec ses deux mains comme pour s'étreindre lui-même. Il a les cheveux en pétard, des bleus récents sur le visage et le cou rouge, comme si… Il a les yeux gonflés. Il vient de pleurer, c'est évident.

— Oh, mon dieu, Xan, qu'est-ce qui t'est arrivé ? Tu es blessé ? Tu…

— Pardon… Je suis désolé de me pointer à cette heure-ci… Je ne sais pas pourquoi je suis venu ici, mais… je n'avais nulle part où aller… Rain m'a donné ton adresse, il y a quelque temps, quand j'ai voulu m'excuser de t'avoir mal parlé durant la soirée et… je ne sais pas comment j'ai atterri ici… J'étais en train de marcher… J'ai marché longtemps… pendant des heures.

Je baisse le regard et remarque qu'il est pieds nus. Je ne sais pas d'où il sort, mais il a dû partir précipitamment. Il a fui. Il tousse et grimace de douleur… Son cou… Je suis sûr que Vance se cache derrière ces traces.

— Je suis désolé, Apollo.

— Non, non, tu n'as pas à t'excuser de quoi que ce soit. Viens, entre.

— Non… ce n'est pas une bonne idée, je n'ai pas envie de te causer des ennuis… je…

— Xan, entre, repose-toi un peu et mange quelque chose. Ensuite, on pourra penser à la prochaine étape.

Il hésite.

— J'ai honte de me pointer dans cet état chez toi, mais… j'avais tellement… la trouille.

Sa voix se brise.

— Je me suis mis à courir… sans réfléchir à ce que je fichais.

— Tu as fait ce qu'il fallait, Xan. Allez, entre.

Je lui tends la main, mais il hésite à nouveau, puis finit par la prendre et nous entrons dans l'appartement.

Gregory nous attend dans la cuisine, et Xan baisse les yeux. Pendant une seconde, je repense à la visite que j'ai rendue à ma famille il y a quelques jours, et de ce que j'avais besoin à ce moment-là. Quand quelqu'un est au plus bas, la dernière chose à faire, c'est de lui poser des questions. Xan continue de regarder le sol, recroquevillé sur lui-même.

— Je suis vraiment désolé. Je n'aurais pas dû débarquer comme ça, il est vraiment tard, je…

— Pain grillé ou normal ? je l'interromps.

Je me rends de l'autre côté de l'îlot de la cuisine. Xan lève le regard, confus, et j'ajoute :

— Aujourd'hui, je vais préparer le petit déjeuner un peu plus tôt que d'habitude parce que, comme dirait mon grand-père, « une fois l'estomac plein, la vie reprend des couleurs ».

J'adresse un sourire complice à Xan, et remarque que ses joues se mettent à rougir.

— Pain grillé, murmure-t-il.

— Excellent choix.

Gregory se joint à nous et me dit :

— Au travail, Apollo, sors les œufs et coupe les légumes, moi je m'occupe de la cuisson. Assieds-toi, Xan.

Ce dernier s'assied sur une des chaises hautes de l'îlot, pendant que Greg et moi cuisinons. Enfin, c'est Greg qui fait tout, je me contente de suivre ses instructions. Je lui suis reconnaissant de s'en mêler, parce que je ne cuisine pas très bien. La seule chose que je sais faire, c'est préparer les desserts.

— Pas comme ça ! me gronde Gregory. Comment est-ce possible que tu ne saches pas faire cuire du bacon ? Il suffit de le retourner, Apollo.

Xan n'ouvre pas la bouche, mais il nous observe intensément, comme si cette scène suffisait à le distraire. C'est ce que je voulais, il n'a pas besoin qu'on lui mette la pression avec des questions. Il parlera quand il sera prêt à le faire, et je serai là pour l'écouter.

Nous mangeons en silence et dégustons le délicieux petit déjeuner improvisé que Gregory nous a préparé : ses talents culinaires me surprennent à chaque fois. L'horloge indique qu'il est cinq heures, et il fait encore nuit dehors. Avec un bâillement, Greg repart se coucher.

J'hésite pendant quelques instants, je ne sais pas quoi faire. Comme Xan ne voulait pas être seul, je l'emmène dans ma chambre, qui est plutôt spacieuse et pourvue d'un grand canapé confortable placé contre le mur. Une fois à l'intérieur, il reste debout près de la porte refermée derrière lui. La lumière est éteinte, seule une petite lampe posée sur la table de chevet illumine la pièce.

— Je peux utiliser tes toilettes ? demande-t-il.

Sa voix est éteinte et il semble abattu. Je ne me réfère pas seulement à ses blessures, mais à tout son être. Je ne vois nulle part le Xan joyeux qui me sourit quand je vais au Café Nora, et ça me met en rogne que Vance puisse le détruire comme ça.

— Bien sûr.

Quand Xan sort de la salle de bains, il reste debout sans savoir quoi faire.

— Tu peux te reposer dans mon lit, dis-je en m'asseyant sur le canapé.

Il se passe la langue sur les lèvres et place à nouveau les bras autour de son torse.

— Xan.

Il me regarde.

— Tu es en sécurité, ici.

Il acquiesce et se laisse tomber en arrière sur le lit, en regardant fixement le plafond.

— Tu n'es pas obligé de rester sur le canapé, murmure-t-il. Ton lit est suffisamment grand, tu peux t'allonger ici, si… enfin, non, t'inquiète.

— Pourquoi je m'inquiéterais ?

J'avance vers le lit, puis m'allonge dans la même position que lui, sur le dos. La faible lumière de la lampe dessine de petites ombres à la surface du plafond. Le silence qui nous enveloppe n'est pas inconfortable. On est tranquilles, et j'espère avoir accordé suffisamment d'espace à Xan pour qu'il puisse digérer ce qui lui est arrivé.

— Je… commence-t-il.

Mais il se tait.

Je dépose mes deux mains sur mon ventre et tourne la tête pour le regarder. Il garde les yeux rivés sur le plafond. Je peux voir des larmes rouler sur ses joues et ses lèvres trembler.

— Xan, tu ne me dois aucune explication. Prends ton temps.

— Comment… en est-on arrivé là ? Comment… en suis-je arrivé là ? Comment est-ce que je peux encore aimer une personne qui me traite comme ça ?

— Ce n'est pas de l'amour, Xan. Ça a peut-être commencé comme de l'amour, mais je t'assure que ta relation avec Vance, c'est autre chose.

— Alors, qu'est-ce que c'est ?

Il tourne la tête pour me regarder.

— J'ai l'impression que je ne peux pas vivre sans lui… Je me sens pris au piège.

— Parce qu'il a tout fait pour que tu te sentes comme ça, pour que tu ne le quittes pas.

— Il n'était pas comme ça… Il n'a pas toujours été comme ça. Quand ça se passe bien… tout est… parfait.

Il se remet à fixer le plafond en respirant par ses narines encombrées.

— Il m'a promis qu'il ne le ferait plus et, ce soir… il… J'ai cru qu'il allait me tuer, Apollo. J'ai eu…

Il éclate en sanglots, les yeux fermés.

— Tellement… peur.

— Tu n'as rien à craindre, ici, Xan.

Je lui prends la main avec tendresse.

— Repose-toi.

Pendant un bon bout de temps, il pleure de façon inconsolable et tout ce que je peux faire, c'est lui serrer la main et être là pour lui.

Il finit par s'endormir. Ses longs cils effleurent ses pommettes et il dort avec les lèvres entrouvertes. Je relâche sa main et m'assieds pour placer la couverture sur lui. Xan remue légèrement, mais ne se réveille pas. À présent, il a le visage tourné vers moi. Ses cheveux bleus retombent sur son front et je remarque que les bleus sur son cou et son visage sont de plus en plus visibles.

Je n'ai pas la moindre idée de ce que je vais faire, mais quelqu'un doit arrêter Vance. Et je suis de plus en plus convaincu que cette personne, c'est moi.

21.

XAN

« Je n'ai pas envie de me réveiller. »

Ouvrir les yeux signifie faire face à la réalité, réfléchir à ce qui s'est passé, et penser à lui.

En plus, ça fait des mois que je n'avais pas aussi bien dormi. Je me sens enfin reposé. Je ne sais pas quelle heure il est, mais, quand je regarde par la fenêtre, je vois que le soleil est déjà haut dans le ciel, j'ai l'impression que nous sommes l'après-midi. Comme je ne trouve Apollo nulle part, je vais aux toilettes, puis sors dans le couloir. Personne non plus dans le salon, ni dans la cuisine, mais je trouve une note posée sur l'îlot :

Xan, je suis parti en cours, je rentrerai après quatorze heures. Il y a des gaufres dans le micro-ondes et de la nourriture dans le frigo si tu veux te préparer autre chose. S'il te plaît, attends-moi.

La dernière phrase provoque une sensation de chaleur dans mon estomac, je me demande comment il me connaît si bien. La première chose à laquelle j'ai pensé en sortant de sa chambre, c'était de partir d'ici. Plus mon cerveau se réveille, plus je me persuade que je n'aurais pas dû venir. Je ne peux pas nier que ça m'a fait du bien, que je me suis senti en sécurité, mais je n'ai pas envie d'entraîner Apollo dans mes problèmes. Je ne veux pas abuser de sa gentillesse. Je n'avais tout simplement nulle part où aller. Vance est tout pour moi : ma maison, mon travail, mon mec et plus encore. En gros, sans lui, je me retrouve à la rue.

Parce qu'il a tout fait pour que tu te sentes comme ça, pour que tu ne le quittes pas.

Les paroles d'Apollo me reviennent à l'esprit. C'est difficile à croire, planifier une telle horreur… quel type de personne ferait un truc pareil ?

C'est mon frère, mais ce n'est pas un mec bien.

À présent, c'est la voix de Rain qui me tourmente. Je respire profondément, réchauffe les gaufres et me sers une tasse de café. Je m'assieds face à l'îlot de la cuisine, et je regarde fixement l'écran éteint de mon téléphone. Je m'arme de courage et l'allume. Mes mains deviennent moites et je me passe la langue sur les lèvres. Je sens un vide se creuser dans mon estomac quand les messages de Vance commencent à arriver :

01 h 04 :

RÉPONDS AU TÉLÉPHONE !

01 h 05 :

XAN, RÉPONDS-MOI TOUT DE SUITE.

01 h 06 :

Où es-tu, bordel ?

01 h 06 :

Xan, je te jure que si tu ne me réponds pas…

01 h 07 :

Pourquoi est-ce que mes messages ne sont pas délivrés ? Tu as éteint ton téléphone ?

Vous avez 9 messages non lus sur votre boîte vocale.

Je ne les écoute pas, continuant de parcourir les messages qui s'affichent les uns après les autres sur l'écran. Les premiers sont remplis de menaces, Vance semble en colère. Puis il se calme, comme toujours, et le dernier message est complètement différent.

Vance : *Xan, je suis vraiment désolé, je t'en supplie, réponds-moi. Je m'inquiète pour toi, il fait déjà jour. Dis-moi juste que tu vas bien, c'est tout ce que je te demande.*

J'hésite à simplement lui répondre que je vais bien, mais le souvenir de la nuit précédente me glace le sang.

On était en train de passer une bonne soirée. On regardait un film, quand il a reçu un appel et est sorti du studio de streaming pour répondre. Je suis resté assis sur le canapé pendant quelques minutes à l'attendre avec le bol de pop-corn sur les genoux. Quand il est revenu, il m'a dit qu'on regarderait la fin du film un autre jour, qu'il devait faire un live. C'est comme ça que la dispute a commencé. Une chose en entraînant une autre, on a fini par parler du fait qu'il me cachait aux yeux de tous alors qu'il flirtait avec tout le monde dans ses lives et dans la rue.

Vance a essayé de tout régler avec du sexe et, quand j'ai refusé, sa colère a redoublé. On s'est mis à crier tous les deux sans s'écouter l'un l'autre, puis il a perdu le contrôle.

Cette fois, il ne s'est pas arrêté aux coups, il m'a attrapé par la gorge et m'a plaqué contre le mur en m'étranglant. J'étais à deux doigts de m'évanouir. Quand il m'a libéré, ses épaules se levaient et s'abaissaient avec rage. Il continuait à me hurler dessus, mais je n'entendais plus qu'un bourdonnement continu. Mon instinct de survie est entré en action et, sans m'en rendre compte, j'ai fui. J'ai détalé jusqu'à l'ascenseur. Je suis sorti dans la rue, pieds nus et désorienté, et je ne me suis pas arrêté de courir jusqu'à ce que je sois suffisamment loin de lui.

Pendant des heures, j'ai erré sans but dans les rues vides de Raleigh, malgré le froid automnal. J'ai pensé à aller chez Rain, mais je savais que Vance irait m'y chercher, ce n'était pas la première fois. C'est comme ça que j'ai abouti devant la porte du mec au sourire chaleureux : Apollo Hidalgo.

Jamais je n'aurais pensé atterrir ici. Il a été génial, comme je m'y attendais. Apollo est un mec bien, je l'ai deviné dès que je l'ai vu entrer dans le café pour la première fois. Ce jour-là, alors qu'il attendait Rain, il était nerveux et on pouvait deviner ses pensées. Le temps n'a fait que confirmer à quel point il est génial. Je déteste qu'il sache tout ce qui se passe avec Vance, qu'il soit témoin de cette partie de ma vie, mais je déteste aussi que ses gestes les plus simples me fassent ressentir des choses que je ne devrais pas.

Mon téléphone sonne. Un appel entrant : c'est Vance. J'avale ma salive avec difficulté, je sais que je devrai l'affronter un jour ou l'autre, mais je n'en ai pas la force pour le moment.

Je sursaute en entendant la porte s'ouvrir et, quand je me retourne, je le vois entrer. Apollo est vêtu d'un jean, d'un pull bleu ciel et d'un bonnet assorti. Il porte un sac à l'épaule. Le soulagement sur son visage est évident quand il me voit.

— Tu m'as attendu.

En contemplant son sourire sincère, je me dis que tout va bien se passer et que les choses finiront par se résoudre. Je me donne une petite claque mentalement : ce n'est pas le moment pour ça. Ma vie est en miettes, c'est le chaos dans mon esprit, et la dernière chose dont j'ai besoin à présent c'est d'un crush pour un mec hétéro.

— Les gaufres m'ont convaincu, dis-je alors que je les ai à peine touchées.

Apollo dépose son sac sur l'îlot, retire son bonnet et s'approche de moi tout décoiffé. Mon corps se tend lorsque sa main inspecte mon visage.

— Je crois que les bleus guériront rapidement.

Je déglutis bruyamment en détournant les yeux.

— Oui.

Il reste planté là. Je le regarde à nouveau en pensant : « Ce mec n'a jamais entendu parler d'espace intime ou quoi ? » Il est si près de moi que mes genoux, repliés à cause de la chaise haute, l'effleurent presque. Enfin, il s'éloigne et je sens que je peux respirer à nouveau.

— C'est quoi, le plan ? me demande-t-il en se servant un verre d'eau.

— Je ne sais pas, dis-je en soupirant. Je dois bientôt ouvrir le café… mais je sais qu'il…

— Il sera là. Tu veux que je t'accompagne ?

— Non, tu en as déjà fait assez. Il faut que je règle ça moi-même.

— Xan.

— Un grand merci… pour tout.

— Tu n'as pas à me remercier, répond-il sans pouvoir cacher l'inquiétude sur son visage. Que comptes-tu faire une fois que tu auras fermé le café ? Où vas-tu aller ?

C'est une excellente question, mon plan jusqu'ici était de dormir là-bas.

— Ne t'inquiète pas, je me débrouillerai.

— Tu peux rester ici aussi longtemps que tu le souhaites, Xan. Cet appartement est immense. Ça ne dérangera pas Greg.

— Non, je ne veux pas m'imposer. Vous en avez fait assez.

— Je t'assure que ce n'est rien. On est des colocataires cool, je te le promets.

Sa remarque me détend et je souris.

— Je n'en doute pas, je n'imaginais pas que Gregory cuisinait aussi bien.

Apollo lève le menton.

— Je prépare de bons desserts, OK ?

— Il faudra que je teste ça un jour. Mais je me chargerai du café, parce que celui-ci est vraiment dégueu, dis-je en désignant ma tasse. Sans vouloir t'offenser.

— Oh pardon, grand maître du café, de vous avoir insulté avec cette humble boisson.

Je rigole et Apollo m'observe quelques instants.

— Quoi ?

— Ça fait plaisir de te voir rire, surtout après tout ce qui s'est passé.

— Merci. Je survivrai, ne t'inquiète pas.

— J'espère, dit-il en se penchant au-dessus de l'îlot. Xan, sérieusement, tu peux rester ici.

— Et partager le lit d'une personne qui commet de tels sacrilèges avec le café ? dis-je pour plaisanter en soulevant ma tasse. C'est contraire à mes principes.

— Si c'est l'idée de partager mon lit qui te dérange, je peux dormir sur le canapé, ou on peut acheter un autre lit pour la chambre des invités.

— Apollo, dis-je en levant les yeux au ciel. Je rigolais.

— Je sais, je veux juste que tu te sentes à l'aise.

Je ne sais pas pourquoi, je recommence à me sentir nerveux.

— Et toi, ça ne te dérange pas ?

Apollo sourit.

— De partager mon lit ?

J'acquiesce.

— Pas du tout, d'ailleurs j'ai partagé un lit avec Greg pendant un mois en attendant qu'on me livre le mien.

— Oui, mais vous êtes amis depuis des années. Alors que toi et moi…

Apollo me fixe sans ciller et je recommence à me donner des claques mentales.

Pourquoi est-ce que tu fais tout pour le mettre mal à l'aise, Xan ? Bien sûr que c'est normal pour lui de partager son lit avec un pote, arrête de tout analyser. T'es vraiment too much.

— Toi et moi ? insiste Apollo face à mon silence.

— Toi et moi, ça ne fait pas si longtemps qu'on est potes.

Il fronce les sourcils, mais laisse tomber l'affaire.

— Ça ne me dérange pas, Xan.

— Je devrais me préparer pour aller bosser.

— Tu veux que je te prête des vêtements ?

— Tu veux dire que je pue, c'est ça ?

Il éclate de rire.

— Pas exactement.

— Merci, dis-je sincèrement. Vraiment, merci.

*

Le Café Nora m'accueille en silence et je sens une profonde tristesse m'envahir. Ce café est bien plus qu'un business à mes yeux : c'est ma vie, c'est mon rêve. Ce n'est peut-être pas grand-chose, même ma mère m'a reproché un jour d'avoir trop peu d'ambition, mais je ne vois rien de mal à désirer une vie comme ça. Une vie qui me permet d'être enveloppé par l'arôme du café et d'offrir à d'autres personnes un havre de paix où discuter et se détendre.

Je ne suis pas surpris d'apercevoir une silhouette assise sur l'une des tables du fond. Vance m'attend. On dirait qu'il n'a pas dormi, son tee-shirt est froissé et il a des cernes sous les yeux. Mes mains tremblent. Je les serre en forme de poings pour que ça ne se remarque pas. Vance se lève, la froideur de son regard me tétanise et je me demande si je n'aurais pas mieux fait de laisser Apollo m'accompagner.

— Où étais-tu ?

Sa voix est froide et contrôlée. Je lutte pour garder la tête haute.

— Qu'est-ce que tu fiches ici ? Je dois ouvrir dans vingt minutes.

— Xan, où as-tu passé la nuit ?

Il regarde le pull noir et le jean dans lesquels je flotte légèrement parce que Apollo est plus grand que moi.

— À qui sont ces vêtements ?

— Vance, il faut que tu partes.

— Réponds-moi ! hurle-t-il.

Son cri me fait sursauter.

— Je n'ai pas dormi de la nuit. Pendant que tu… on dirait que tu t'es éclaté, ils te vont bien… ces vêtements.

— Tu as perdu la tête ? je lui demande sérieusement. Après ce que tu as fait hier soir, tu crois que tu as le droit de me poser des questions ? De me faire une scène ?

— Xan, ne me provoque pas et réponds à ma putain de question !

— Non !

Vance m'attrape par le bras et m'entraîne derrière le comptoir.

— Lâche-moi ! Vance, lâche-moi !

Il me fait tomber par terre et se place au-dessus de moi.

Non, non.

— Si tu ne veux pas me répondre, je vais devoir vérifier par moi-même.

— Arrête ! Mais putain, arrête ! Qu'est-ce que tu fous ?

Je m'immobilise en sentant sa main déboutonner mon jean, puis glisser à l'intérieur.

— Non, non, Vance.

Des larmes me brouillent la vue alors qu'il passe ses doigts entre mes fesses à la recherche… des sécrétions d'une autre personne. Il se lève et je reste là, sur le sol, parce que… ce geste m'a bien plus blessé que les coups. Il m'a… détruit de l'intérieur.

— Bien, dit-il, sûr de lui. Je reviendrai te chercher à l'heure de la fermeture. Ne me fais plus jamais peur comme ça, Xan.

Et il s'en va.

Je reste là, allongé sur le sol à regarder le plafond, la vue brouillée par les larmes. Les lampes suspendues aux poutres sont allumées et diffusent une lumière chaleureuse. C'est pour ça que je les ai choisies, pour que ce café soit un lieu de rencontre où les gens se sentent à l'aise et en sécurité.

Je m'assieds sur le plancher, puis, petit à petit, me mets debout. Je reboutonne mon jean les doigts tremblants, je dois faire un effort pour ne pas vomir. Je me lave les mains et le visage, et me prépare pour ouvrir. Je ne sais plus quoi penser à présent, et encore moins comment surmonter ce qui vient de me tomber dessus.

Je veux juste préparer des cafés délicieux dont l'arôme me fait me sentir chez moi, enveloppé dans les bras de ma mère, et pas dans les griffes d'un monstre comme Vance.

Parce que, enfin, je me rends compte que Vance Adams est un monstre.

22.

APOLLO

Il faut qu'on parle.

J'appuie sur « Envoyer », puis place mon téléphone dans la poche avant de mon jean. Je ne peux pas continuer de l'éviter, tôt ou tard, il va falloir que je parle avec Rain. Plusieurs semaines se sont écoulées et elle m'a envoyé des messages auxquels je n'ai pas répondu. J'ai pris le temps de digérer tout ce qui s'est passé. Je ne voulais pas avoir une conversation avec elle, tant que le sentiment qui me dominait était la rage, mais ce qui est arrivé hier soir avec Xan a accéléré les choses. Il faut arrêter Vance.

Je me dirige vers le Café Nora, le grand néon blanc qui lui sert d'enseigne est allumé. J'ai décidé de venir deux heures avant la fermeture, parce que j'ai un mauvais pressentiment. Depuis que Xan est sorti de l'appartement cet après-midi, une sensation désagréable me tiraille l'estomac. Vance ne me semble pas du genre à s'avouer facilement vaincu, et il sait que Xan sera ici. Qu'est-ce qui l'empêcherait de venir le chercher ?

Je jette un coup d'œil à travers la vitrine du café et vois Xan sourire à un client en lui tendant un *latte*. Je remarque qu'il porte une écharpe autour du cou qu'il n'avait pas en sortant de l'appartement, ses bleus ont probablement empiré. Je soupire, car ça me rend triste de le voir agir comme ça, à faire semblant que tout va bien et à aller de l'avant, malgré ce qui lui est arrivé la nuit dernière.

Je pousse la porte en verre, la petite cloche sonne et attire l'attention de tout le monde. Plusieurs tables sont pleines, Xan me regarde et m'accueille d'un geste de la main. Je lui rends son geste en avançant vers le comptoir.

— Un *latte*, s'il te plaît.

— Tu devrais donner une chance au matcha, dit-il en secouant la tête pendant qu'il prépare mon café.

— Nope, rien de vert pour moi.

Xan se pince les lèvres en faisant semblant d'être déçu.

— Je crois que cette amitié touche à sa fin.

— Ah bon ? Ça veut donc dire qu'on était amis ? dis-je en plaisantant.

Il plisse les yeux et ajoute :

— Compagnons de chambre, dans ce cas.

Je souris jusqu'aux oreilles.

— Est-ce que ça veut dire que… ?

— Que j'accepte de rester avec toi… Enfin, avec vous, je veux dire, ajoute-t-il en s'éclaircissant la gorge. C'est temporaire, en attendant que je trouve une solution.

Je ne peux pas m'empêcher de sourire, parce que je sens que c'est une victoire énorme pour Xan. S'éloigner de Vance lui donnera le temps dont il a besoin pour porter un regard neuf sur la situation et prendre conscience de ce qu'il a enduré. C'est incroyable qu'il se sente prêt à faire ce pas.

Il me tend ma tasse et se frotte les mains sur son tablier avant de contourner le comptoir.

— Je reste un peu avec toi.

Nous nous posons sur une table proche du comptoir, et Xan secoue sa chevelure. Les racines noires de ses cheveux ont déjà repoussé de quelques centimètres. Je me rends alors compte que nous nous connaissons depuis plus de temps que je le pensais.

— Tu te rappelles cette table ? commente-t-il avec une étincelle dans les yeux.

— Bien sûr, c'est ici que tu m'as parlé pour la première fois.

— Oui, tu étais complètement dingue de… Rain.

Mon corps se raidit un peu.

— J'étais juste un mec de plus sur sa longue liste, elle n'a laissé planer aucun doute là-dessus, ce jour-là.

— Non, tu ne seras jamais un mec de plus sur la liste de qui que ce soit, Apollo.

La spontanéité et la facilité avec laquelle il me dit ça me prend par surprise. Je le regarde dans les yeux et le vois devenir encore plus rouge que d'habitude. Il ajoute :

— Je veux dire, tu es un Hidalgo, on te remarquera toujours.

— Pourquoi ? À cause de mon nom de famille ? Qu'est-ce que tu as dit le soir de la fête ? Que je ressemble à un dieu grec ?

Xan baisse les yeux en gloussant.

— Je ne m'attendais pas à ce que tu t'en souviennes.

— Ce n'est pas tous les jours qu'on me fait une déclaration pareille.

Il pouffe de rire.

— Je ne te crois pas.

— Toi, on te dit tous les jours que tu as les joues roses et que tu es adorable ?

Xan reste muet. À mon tour de me racler la gorge et de boire une gorgée de *latte*.

C'était quoi, ça, Apollo ?

— Adorable ? répète Xan en riant. C'est pas l'adjectif qu'on a envie d'entendre de la part de quelqu'un qui…

Il s'interrompt brusquement et pince les lèvres.

— Quelqu'un qui quoi ?

— Rien.

J'incline la tête parce que Xan évite mon regard. Il est nerveux.

— Xan ?

— Qu'est-ce que je ramène pour le dîner, ce soir ? C'est mon tour, je vous dois bien ça. Des ailes de poulet ? De la pizza ?

— Une pizza, c'est parfait.

Je l'observe avec attention et souris pour le calmer.

— Ton café est délicieux, je comprends mieux tes commentaires à propos du mien ce matin.

— C'est mon boulot, ce serait dommage de mal le faire, tu ne trouves pas ?

— Qu'est-ce que tu fais d'autre de bien ?

Je tâte le terrain tandis que la surprise se lit sur le visage de Xan.

Mais qu'est-ce qu'il m'arrive ?

— Excuse-moi, dis-je rapidement. Je prends trop la confiance, c'est parce que je vis avec Gregory.

Xan se passe la langue sur les lèvres.

— C'est rien.

Il a l'air de chercher ses mots.

— En vérité, je pense qu'il n'y a que le café que je fasse bien.

— C'est parfait, tu as l'air heureux derrière ton comptoir.

Je décide de changer un peu de sujet :

— Quand est-ce que tu as compris que c'était ton truc ?

Xan sourit d'un air nostalgique.

— Depuis tout petit, ça sentait tout le temps le café chez moi : ma mère était une vraie accro. Au début, je pensais que ce qui m'intéressait, c'était de partager un truc avec elle. Après, je me suis rendu compte que je prenais du plaisir à le préparer, et surtout à voir l'expression de bonheur sur le visage des gens quand ils avalent la première gorgée d'un bon café. Je suis devenu à mon tour accro à ce spectacle, et voilà.

— Ta mère… ?

— Elle est morte l'année dernière, mais elle a eu le temps de profiter de ce café.

Il trace un cercle dans les airs, faisant référence au Nora.

— Elle… était très heureuse, elle aimait beaucoup Vance. Elle est partie en pensant me laisser entre de bonnes mains, que tout allait bien se passer. Et ça a été le cas pendant un certain temps, jusqu'à ce qu'il commence avec ses… trucs.

— Je suis désolé.

— Tu sais, je me sens un peu plus tranquille, maintenant que je sais qu'elle est partie sans s'inquiéter.

— Je comprends.

J'observe son visage abattu.

— Elle te manque ?

Xan soupire.

— Tous les jours.

Il s'ébroue comme pour dissiper sa tristesse.

— Et toi ? Tu t'entends bien avec ta mère ?

Tous les muscles de mon corps se contractent, je serre la mâchoire. J'ai accordé une chance à ma mère. Je me suis dit qu'en étant célibataire, elle allait profiter de la vie sans faire de mal à personne. Elle a quand même fini par fricoter avec un homme marié.

— Je suis plus proche de mon grand-père. Mes parents ne sont pas… Je ne sais pas comment l'expliquer.

Xan m'observe pendant quelques secondes, avant de dire :

— C'est compliqué, non ?

Je hoche la tête.

— Mon père n'a jamais été présent, dit-il. Ça a toujours été moi et ma mère. Donc, je comprends.

— C'est toujours la faute des parents… je plaisante en repensant à un de mes cours d'université.

— Que serions-nous sans nos parents et les problèmes qu'ils nous refilent ?

Nous rions, nous nous regardons droit dans les yeux dans un silence apaisé et rempli de compréhension mutuelle. Xan soupire et regarde le Nora.

— Je pense que je vais fermer, maintenant.

— Il reste encore une heure.

— Vance a des caméras ici, Apollo. Il est probable qu'il vienne me chercher, il est sûrement déjà en route. Je ne veux pas le revoir.

Je fronce les sourcils.

— Encore ? Il est venu ici ?

— Oui, il est… toujours furieux. Donc, si je peux éviter de le voir, c'est mieux.

— D'accord, je vais t'attendre.

Xan se lève pour tout ranger pendant que je reste assis à table. À ce moment, mon téléphone sonne pour signaler l'arrivée d'un message.

Rain : *Oui, il faut qu'on parle.*
Dis-moi où et quand.

Je fixe le message sans y répondre. Je repense à elle, assise sur mon lit, me racontant tout, et la déception m'envahit. Au moins, ce n'est plus de la rage. Maintenant que mes émotions ont eu le temps de se calmer, je ne ressens plus que de la déception. Je me demande si je dois en parler à Xan. Je le regarde ranger. Il retire son tablier par-dessus sa tête, ce qui met ses cheveux bleus en pagaille, mais il veille soigneusement à ne pas faire tomber son écharpe. Xan a déjà assez de mal comme ça. Il n'a pas besoin que j'en rajoute, lui parler de Rain ne l'aiderait pas du tout. Au moins, il a décidé de s'éloigner de Vance. Ce n'est pas le moment de le perturber avec autre chose.

Je l'attends pour qu'on rentre ensemble à la maison.

*

— Tu nous fais honte ! couine Gregory en nous voyant débarquer avec une boîte de pizza.

Mince, j'avais oublié...

— Qu'est-ce qu'il y a ? demande Xan en posant le carton sur l'îlot central.

— Comment oses-tu apporter de la malbouffe chez un chef, Xananas ?

Je me mords les joues pour ne pas éclater de rire. Xan me regarde, confus.

— Xananas ?

— C'est toi, insiste Gregory. Ton manque de respect vaut bien un petit surnom.

Xan me dévisage, cherchant un soutien, et je hausse les épaules.

Je le provoque alors qu'il m'observe d'un regard assassin :

— Comment oses-tu, Xan ?

— Apollo ne m'a rien dit.

— C'est du bon sens, enfin, dis-je en faisant celui qui ne comprend pas.

— Qu'est-ce qui se passe ?

Kelly sort du couloir.

Je suis pris au dépourvu, ça fait des semaines qu'elle n'a plus mis les pieds à l'appartement. Pourtant, je remarque qu'elle traîne une valise et qu'elle a un sac à dos à l'épaule. Elle s'en va définitivement ? Elle et Greg... ?

— Xananas m'a apporté une pizza, t'y crois, ça ? lui signale Gregory, toujours indigné.

Xan se racle la gorge et s'essuie la main sur son jean avant de la tendre à Kelly.

— Je m'appelle Xan.

— Kelly, dit-elle après avoir relâché sa main. J'allais partir.

— Tu as besoin d'aide ? je demande.

Je regarde ses valises et elle hoche la tête, puis salue Xan et Greg.

Arrivés en bas, je charge ses affaires dans sa voiture, garée devant l'immeuble.

— Tout va bien ? je demande.

Indépendamment de ce qu'il s'est passé entre nous, Kelly a été de bonne compagnie dans l'appartement.

— Oui. La séparation avec Greg était inévitable.

Elle ferme le coffre et pose les mains sur ses hanches.

— Je sais.

— Apollo… Désolée de t'avoir entraîné dans mon pétrin. Je n'aurais pas dû te pousser à bout, ni te…

— Kelly, je l'interromps. Ce n'est rien, j'en avais aussi envie, ce n'est pas toi qui m'as forcé.

Elle me tend la main.

— Sans rancune ?

Je la lui serre.

— Parfait.

Elle se retourne, s'installe au volant, démarre le moteur et baisse sa vitre.

— T'es un type bien, Apollo Hidalgo.

— On me le dit souvent.

Elle sourit et s'en va.

★

Quand je reviens à l'appartement, je trouve Gregory assis sur une chaise haute et Xan debout, à côté de l'îlot central de la cuisine. Ils mangent de la pizza et discutent de leurs projets pour les congés de Thanksgiving. Xan est tout pâle, les vêtements que je lui ai prêtés sont un peu trop larges pour lui, ce qui lui donne un air fragile. C'est peut-être parce que je sais ce qu'il vient de traverser que j'imagine tout ça.

— Je pensais que la pizza était une insulte, dis-je à Greg avec un clin d'œil.

Je m'approche de Xan pour attraper une part.

— Qu'est-ce que tu veux que je te dise ? réplique Gregory. C'est dur de résister à Xananas.

Je me tourne vers Xan qui sourit avant de hausser les épaules.

— Quand on a faim…

Il ne termine pas sa phrase. Mon bras frôle sa hanche pour attraper une part de pizza et il s'écarte instantanément par réflexe. Je le regarde d'un air stupéfait.

— Pardon, je ne m'y attendais pas.

— Ce n'est rien.

J'aimerais trouver les mots pour m'excuser, je comprends qu'il soit sur ses gardes, après tout ce qui lui est arrivé.

Gregory m'observe et un sourire idiot se forme sur son visage. D'un geste, je lui demande ce qu'il a et il fait mine de verrouiller ses lèvres comme une fermeture éclair.

Après nous être douchés, nous nous apprêtons à aller au lit. Xan s'excuse mille fois que je doive à nouveau lui prêter des vêtements, il promet d'aller bientôt chercher ses affaires. Personne ne lui met la pression, mais il a l'air de penser qu'il dérange. Il est totalement à côté de la plaque.

Je reste sur le seuil de la salle de bains en pantalon de pyjama, je me sèche les cheveux. Je l'observe se glisser entre les draps et prendre lentement place dans le lit. Il a l'air tranquille et… en sécurité. Il change de position et remarque soudain que je l'observe.

Ses yeux descendent de mon visage à mon ventre avant de se détourner brusquement. Je jette la serviette sans un mot et me couche de mon côté du lit. Le matelas est immense, il y a bien assez d'espace entre nous. J'espère que ça ne le dérange pas que je ne porte pas de haut de pyjama.

— Ça te dérange, si je dors torse nu ?

— Non, chuchote-t-il.

— Quelle journée…

Je soupire et me couvre les yeux de mon avant-bras. Pendant quelques secondes, le silence règne. C'est la voix de Xan qui le rompt d'un murmure :

— Apollo.

— Mmh ?

— J'ai peur.

Venant de Xan, ces quelques mots en disent long. C'est la première fois qu'il l'admet vraiment. C'est normal que Vance le terrifie, que toute cette foutue situation l'effraye, mais le fait qu'il exprime ses sentiments est un pas en avant. Je ressens une sorte de chaleur dans la poitrine en pensant que c'est moi qu'il a choisi pour enfin s'ouvrir un peu.

— Si tu as besoin de quoi que ce soit, je suis là, Xan. Je te promets qu'il ne fera bientôt plus de mal à personne.

Je décolle mon bras de mes yeux et le tends vers lui. Dans l'obscurité, sa joue se pose sur ma main. Je sens la chaleur de son visage, sa respiration sur ma paume. Le contact est plus intime que ce que je pensais, mais ça n'a pas l'air de le déranger.

— Je ne sais pas quoi faire, Apollo.

Chaque fois qu'il ouvre la bouche, sa respiration frôle ma peau. Je m'humecte les lèvres et avale ma salive, non sans mal.

— Chaque chose en son temps, Xan. On verra demain, je murmure.

J'essaie d'ignorer les sensations que me procure le léger contact entre nous.

— Tu as déjà fait le plus dur : tu as pris conscience de la situation et tu essaies d'en sortir.

— Tu dois me prendre pour un idiot, non ? Comment est-ce que j'ai fait pour ne rien remarquer ?

— Xan, ce n'est pas ta faute.

Je bouge mon pouce pour lui caresser la joue, mais mon doigt glisse plus bas que prévu et je frôle ses lèvres.

Un frisson remonte le long de mon dos. Je voudrais retirer ma main avant que Xan ait le temps de penser que je tente une approche, alors qu'il est enfin en train de s'ouvrir et de mettre des mots sur ce qu'il ressent... Pourtant, il m'attrape par le poignet et retient ma main qu'il presse contre sa joue.

— Ça fait du bien, murmure-t-il. J'avais oublié ce que c'était... Un toucher délicat... tendre...

Je sens les larmes rouler sur mes mains, je l'écoute sangloter doucement. Sans y penser, je me rapproche sous les draps, me couche sur le côté et le serre contre moi. Xan enfonce son visage dans mon torse nu en pleurant, inconsolable. Je pose mon menton sur ses cheveux doux, je reconnais l'odeur de mon shampooing.

— Ça va aller, Xan, je répète plusieurs fois en l'étreignant.

C'est comme ça que nous nous sommes endormis cette nuit-là.

23.

APOLLO

Me revoilà. Je m'installe à la même table et j'attends. Une sensation de déjà-vu m'envahit. Je revois comme si c'était hier Rain pousser la porte du Café Nora en m'adressant un sourire. C'était une journée forte en émotions. Mon cœur battait la chamade, j'étais nerveux. Tout à fait à l'opposé de ce que je ressens à présent en l'attendant : de la tristesse et de la déception.

Exactement comme ce jour-là, Xan s'assied devant moi et soupire.

— Tu vis pratiquement ici, se plaint-il en secouant la tête.

— Comme si ça ne te plaisait pas.

Il lève un sourcil, l'air joueur.

— Tu as plein de qualités, Apollo, mais l'arrogance n'en fait pas partie.

— Quoi ? Maintenant qu'on partage la même chambre, tu en as marre de moi ?

Je le taquine parce qu'à force, j'ai pris confiance : ça fait déjà une semaine que Xan s'est installé avec nous. En réalité, je m'amuse bien quand il est là. Il est marrant, naïf pour certaines choses, et assez organisé.

J'avais un peu peur de le mettre mal à l'aise en lui demandant de rester : ce n'est pas tous les jours qu'on partage sa chambre avec un nouvel ami. Mais ça n'a pas été le cas, on a même trouvé une forme de routine. Gregory se charge du déjeuner et Xan du dîner. Moi ? Bon, il vaut mieux que je reste cantonné à la vaisselle. Mes talents de cuisinier sont très limités.

— Tu es un bon coloc', il faut bien l'admettre, dit-il en souriant.

J'ai remarqué qu'avec le temps, la personnalité de Xan s'est révélée, comme si prendre ses distances avec Vance lui avait enfin permis d'être lui-même. Il n'a plus l'air éteint, taiseux ou hésitant. C'est tout le contraire. L'observer me rappelle maintenant la nuit où l'on s'est étreints.

Nous n'en avons pas parlé. C'est un pacte tacite, il avait besoin de soutien ce jour-là et je me trouvais là, c'est tout.

Alors pourquoi est-ce que je continue à penser à la douceur du contact de ses cheveux sur mon menton ? Ou à la façon dont son corps épousait la forme de mes bras ? Sa respiration sur ma poitrine, sa chaleur... Je m'en veux de penser à ça, alors qu'il était si vulnérable ce soir-là.

C'est fini, Apollo.

— Qu'est-ce que tu racontes de beau, aujourd'hui, Apollo ? T'as toujours un ragot à partager.

— Euh, aujourd'hui...

Le carillon tinte à travers la pièce et, en nous tournant vers la porte, nous voyons Rain entrer. Elle porte un jean large et un sweat rose, ses cheveux blonds sont bien plus courts que la dernière fois que nous l'avons vue. Elle me salue de la main, je lui réponds d'un geste semblable. Le regard de Xan passe d'elle à moi, son émotion s'efface.

— Oh, tu es venue me rendre visite.

Il se lève, et bien qu'il essaie de le camoufler derrière un sourire forcé, je devine que quelque chose ne tourne pas rond.

— Tu as rendez-vous, dit-il.

— Xan...

Il se retourne, salue Rain et regagne le comptoir.

— Apollo Hidalgo ! s'exclame Rain en s'asseyant en face de moi.

— Rain Adams.

— Le choix de l'endroit est approprié. Après tout, c'est au Café Nora que tout a commencé.

Elle soupire. Son regard tombant lui donne un air triste.

— C'est la fin, non ?

Quelque chose se serre dans ma poitrine. Même si tout est parti en couilles, j'aurais aimé mieux la connaître. Je ne trompe personne : j'étais prêt à entamer une relation sérieuse avec elle.

— C'est plus embarrassant que ce que j'avais imaginé.

— On peut faire les choses autrement.

J'adoucis mon ton : malgré tout, je ne veux pas la faire culpabiliser.

— Je comprends pourquoi tu as fait ce que tu as fait. J'ai eu du mal à capter, Rain. J'étais déçu et en colère.

— Je sais, et j'en suis désolée.

— J'accepte tes excuses, lui dis-je sincèrement.

Si mon grand-père m'a appris une chose, c'est à ne pas me montrer rancunier. Après tout, quand on garde une colère, on se fait plus de mal à soi qu'aux autres. Parfois, pardonner, c'est lâcher prise.

— Tu es trop gentil, lâche-t-elle, et les traits de son visage semblent s'adoucir.

Pourtant, il y a une différence entre lâcher prise et responsabiliser la personne pour ses actes. Je respire profondément et la regarde dans les yeux.

— Tu as pris une décision, mais maintenant j'aimerais que tu fasses le bon choix. C'est la seule manière de sauver notre amitié.

Rain fronce les sourcils.

— Faire le bon choix ?

— Témoigner contre Vance.

Son visage blêmit et sa bouche s'ouvre sous l'effet de la stupéfaction, ce qui me surprend à mon tour. Comment pouvait-elle ne pas s'y attendre ? Elle pensait que tout était pardonné ?

Si une chose est certaine, c'est qu'il faut arrêter Vance, et pour y parvenir, Rain doit témoigner contre lui. J'ai consulté l'avocat de la famille, et sa déposition est essentielle. Moi, j'ai déjà déclaré ne pas avoir vu le visage de mon agresseur ni savoir pourquoi on m'a attaqué. C'est la stricte vérité. Je n'ai rien vu cette nuit-là, je ne peux pas mentir d'un coup et revenir sur mes déclarations, ça ne serait pas bon pour ma crédibilité. Je sais que pour Rain, il n'y a pas de doute : c'était Vance, et c'est elle qui doit témoigner.

Elle ne répond rien et se passe une main sur le visage.

— Je vais me chercher un café, t'en veux un ? je lui propose pour lui laisser un peu de répit.

Elle hoche la tête, et je me dirige vers le comptoir. À mesure que je m'approche, l'odeur de café se fait plus intense, ce qui n'est pas pour me déplaire : j'associe cet arôme aux nuits où Xan rentre à l'appartement. Le garçon aux cheveux bleus attend ma commande, ses doigts serrent et relâchent la caisse enregistreuse, c'est un tic qu'il a quand il est nerveux.

— Bienvenue au Nora.

Je lui lance un regard qui signifie « Sérieusement ? », mais il maintient sa pose professionnelle.

— Qu'est-ce que vous désirez ?

— Un cappuccino et un matcha.

— Oh, tu t'aventures enfin à goûter cette délicieuse boisson verte.

— C'est pour Rain.

Xan fronce les sourcils.

— Elle n'aime pas le matcha.

Je cligne des yeux, je me rends compte que je n'ai aucune idée de ce qu'elle aime boire. Peut-être que je le savais et que j'ai oublié ? Xan m'observe.

— Je vais lui faire un caramel macchiato, conclut-il en se tournant pour préparer les boissons.

Il me regarde par-dessus son épaule.

— Alors, Rain, hein ?

Je le vois dessiner sur la mousse du cappuccino.

— Ça faisait longtemps que je ne vous avais pas vus ensemble.

— Oui, on était débordés par les cours, je mens.

Xan me tend le cappuccino et prépare l'autre café.

— Elle t'a manqué, je suppose, commente-t-il en m'observant.

Je tends ma carte sans répondre, mais Xan m'arrête.

— Non, c'est offert par la maison.

— Xan.

— Tu me laisses dormir chez toi, Apollo. Le moins que je puisse faire, c'est de t'offrir un café.

Il sourit à nouveau, mais sa réaction a l'air forcée. Ou est-ce que c'est moi qui me fais des films ?

— Maintenant, retourne voir ta copine.

Il attend ma réponse, en vain. Je retourne m'asseoir près de Rain.

— Merci beaucoup, me dit-elle. Tu t'es souvenu de ce que je prends toujours.

Je lui adresse un sourire de façade. Nous buvons chacun une gorgée en nous regardant dans les yeux. Cette fois-ci, on n'y coupera pas. Rain se racle la gorge.

— Je sais que j'ai commis une erreur, que je devrais témoigner contre lui. Vu comme ça, tout a l'air blanc ou noir, Apollo, mais il y a des zones grises dans cette histoire.

Elle respire profondément.

— Je suppose que tu sais que Xan a largué Vance. J'en ai profité pour avoir une conversation sincère avec mon frère. Il a commencé une thérapie, il participe à des séances de gestion de la colère. Il essaie vraiment, Apollo. Comment veux-tu que je le dénonce au moment où il cherche à s'en sortir ?

Je serre les poings sous la table.

— Et moi ? Et ce que je suis en train de vivre à cause de lui, tu en fais quoi ?

— Je sais, Apollo, je ne suis pas en train de dire que…

— Rain, l'erreur que ton frère a commise ne se résout pas avec quelques promesses et de belles intentions. Ce genre de délit se paie en prison. Et je ne parle pas seulement de ce qu'il m'a fait à moi, on sait tous les deux ce qu'il a fait subir à Xan. Pourquoi est-ce que tu crois qu'il l'a largué ?

— Je suis au courant !

— Tu sais, mais tu n'as pas l'air d'enregistrer l'information, je l'accuse d'un air agacé. Il a failli me tuer, Rain. Tu étais là, tu m'as vu au seuil de la mort. Si tu n'avais pas été là, qu'est-ce que tu crois qu'il serait arrivé ? Si j'y étais resté, tu le protégerais quand même ? Parce que…

— C'est mon frère !

Elle hausse la voix et tout le monde nous regarde, Xan compris. Rain baisse la tête et murmure :

— C'est mon frère, désolée. Ça n'excuse rien, mais je ne peux pas le dénoncer, Apollo. Pas sans lui accorder une chance.

— Et les autres, qu'ils aillent se faire voir ? Il a failli me tuer et tu t'en fous. Il a failli étrangler Xan, et tu t'en fiches pas mal aussi. Je ne te croyais pas comme ça, Rain.

Ses yeux s'embuent. Je n'ai pas de remords à la faire culpabiliser, j'ai bien compris qu'à part son frère le criminel, elle ne se soucie de personne.

— Je suis désolée, Apollo.

— Mon cul, oui ! dis-je en toute sincérité.

La colère et l'impuissance envahissent tout mon être.

— Si tu étais vraiment désolée, tu ferais ce que tu as à faire. Tu le dénoncerais pour qu'il soit confronté aux conséquences de ses actes, pour éviter qu'il recommence avec quelqu'un d'autre. Parce que tu sais ce que tu vas gagner avec tout ça ? Il va penser qu'il peut presque tuer quelqu'un sans être inquiété. La thérapie ? Génial. J'étudie la psychologie, bien sûr que j'y crois, mais les actes ont des conséquences. En le laissant commettre ce genre d'actions impunément, tu ne l'aides pas du tout, bien au contraire, Rain.

Je me lève d'un bond, furieux. Je la regarde et comprends soudain que la moindre once de sentiment que j'ai pu ressentir pour elle avant de connaître la vérité s'est évaporée. En la voyant assise là, à protéger son frère, je n'arrive même pas à la considérer comme une amie.

— Le jour où il refera du mal à quelqu'un, j'espère que tu te souviendras que tu ne l'as pas arrêté quand il en était encore temps. Au revoir, Rain.

J'avance vers la porte, mon corps vibre de rage. Xan sort de derrière le comptoir et vient à ma rencontre. L'inquiétude se lit sur son visage.

— Apollo ?

Je passe à côté de lui.

— Tout va bien, je mens à nouveau en sortant du café.

Au revoir, Rain Adams.

★

Je fronce les sourcils en buvant une gorgée de mon whisky. Je ne sais même pas pourquoi je continue à en boire, cette boisson a un goût de terre. Au moins, elle ne me donne pas la gueule de bois, ce qui m'arrange puisque j'ai cours le lendemain. Comme je ne bois pas beaucoup et pas souvent, il ne me faut pas grand-chose pour avoir la nausée.

Comme un fantôme, je suis assis dans le salon toutes lumières éteintes. Ça fait un peu théâtral, dit comme ça, mais aujourd'hui Rain m'a fait comprendre que tout ce que j'ai vécu à cause de Vance n'a aucune valeur. Les cauchemars, la thérapie, ma haine de la pluie, tout ça ne suffit pas à la convaincre de prendre position contre son frère. Peut-être que c'est moi l'égoïste qui ne parviens pas à voir les choses de son point de vue, mais j'en suis parfaitement incapable. Vance a failli me tuer, ma santé mentale en souffre encore, et rien que pour ça, je pense que j'ai mérité le droit d'être égoïste.

J'entends la porte s'ouvrir, quelqu'un allume l'interrupteur dans la cuisine. Immédiatement, une odeur de café s'infiltre dans l'appartement. Xan s'arrête au niveau de l'îlot central.

— Apollo ? demande-t-il prudemment. Qu'est-ce que tu fais là, tu te prends pour un revenant ?

— Je bois un petit verre.

Cette réponse ne me ressemble pas, et il l'a bien remarqué. Xan s'approche, mais il reste derrière le sofa, en face de moi.

— Tu vas bien ?

Je le regarde. Son inquiétude est flagrante.

— Rain est inconsolable. Je ne sais pas ce qui s'est passé, elle n'a rien voulu me raconter. Mais si tu as besoin de parler…

Je secoue la tête.

— J'ai assez parlé pour aujourd'hui.

— D'accord.

Silence. Xan se balance d'un pied sur l'autre, il attend. Je soupire, pose mon verre et me lève.

— Allez, au lit.

Boire ne me fait aucun bien. Xan se retourne et je le suis. Alors que nous parcourons le couloir qui mène aux chambres, j'observe ses cheveux, sa nuque, son dos, son jean qui lui va si bien… Je me demande ce qui se passerait si je lui faisais un câlin, ici et maintenant. C'est plus fort que moi : lorsque Xan tend le bras pour ouvrir la porte de ma chambre, je passe mes mains autour de sa taille, l'étreignant par-derrière. Xan se crispe tandis que je pose mon front contre sa nuque. Son odeur m'emplit les narines et me distrait : le café se mélange à un autre parfum, plus subtil.

— Une minute, je lui demande en le serrant contre moi.

Xan se détend et pose ses mains sur mes avant-bras, qui se trouvent eux-mêmes sur son ventre. Son geste me permet de profiter de ce moment, l'espace d'un instant.

Mon cœur s'emballe. Ça fait si longtemps qu'un câlin ne m'a pas fait autant d'effet. Les sensations sont plus fortes encore que lors de notre étreinte dans le lit, et tout me semble toujours aussi naturel.

Mon nez frôle la peau de son cou et monte pour se glisser dans sa chevelure.

— Apollo, halète-t-il.

La pression qu'exercent ses mains sur mes avant-bras se fait plus intense.

— Tu es tout chaud, Xan.

— Je crois que tu as bu trop de whisky.

— Nan, juste un verre, je ne suis pas saoul.

Je baisse les yeux en direction de son dos, ou plus précisément de l'espace qui sépare sa chemise de sa peau. Sans réfléchir, je l'embrasse à cet endroit précis. Il frémit.

— Qu'est-ce que tu fais ? murmure-t-il.

Je ne sais plus trop, justement. Puisqu'il n'obtient aucune réponse, Xan se retourne pour me faire face. Grave erreur : à cette distance, impossible de ne pas remarquer qu'il a rougi et que sa respiration s'est accélérée. J'observe ses lèvres.

— Qu'est-ce que tu fais ? insiste-t-il.

— Je ne sais pas.

Ma réponse est sincère, mais elle n'a pas l'air de le convaincre.

— Si tu ne sais pas, alors lâche-moi, dit-il en se libérant. La dernière chose dont j'ai besoin, c'est de te servir de cobaye dans ta « curiosité » ou je ne sais pas quoi.

Je fronce les sourcils.

— Quoi ?

— Je n'ai aucune envie de servir de sujet d'expérimentation à un mec hétéro, d'accord, Apollo ?

Son accusation me fait sourire. Je m'approche de lui.

— Je ne sais pas ce qui te fait croire ça, je murmure en le regardant dans les yeux. Je ne suis pas hétéro, Xan.

24.

XAN

Quoi ? Apollo n'est pas hétéro ?

Je lui fais face, mais les mots me manquent. Je ne m'y attendais pas du tout. Je n'aurais probablement pas dû présumer de ses orientations sexuelles, mais je n'aurais jamais imaginé ça… Il avait l'air à fond sur Rain, et il n'a pas réagi quand je lui ai dit que j'aimais les garçons. Mon radar devait être carrément en panne, ce jour-là.

Qu'est-ce que tu imagines, Xan ? Depuis quand est-ce que les gens devraient crier leur sexualité sur tous les toits ?

Je ne sais pas quoi lui répondre, je suis tellement surpris que je n'arrive pas à le regarder droit dans les yeux. Je fuis : je me retourne et entre dans la chambre.

— On ferait mieux de dormir. Demain est un autre jour.

Je sens qu'il m'emboîte le pas, mon cœur bat à toute vitesse.

Il reste silencieux lui aussi et fait le tour du lit sur lequel il s'assied pour enlever ses chaussures. En voyant ses muscles se contracter, je détourne le regard. J'essaie de ne pas me faire d'illusions, de ne pas m'imaginer trop de trucs, surtout après ce qu'il vient de se passer dans le couloir. Comme je le prenais pour quelqu'un d'hétéro, mon intérêt pour lui était sous contrôle. Maintenant que cette barrière est levée, plus rien n'entrave mes espoirs, et je sens qu'ils ne vont pas tarder à toucher le ciel.

Je me glisse entre les draps et m'allonge sur le dos. Il soupire et fait de même. Seuls les battements désespérés de mon idiot de cœur rompent le silence. Soudain, je l'entends murmurer :

— Désolé, Xan, je ne voulais pas te mettre mal à l'aise.

On dirait qu'il… regrette ?

— Tu ne m'as pas mis mal à l'aise du tout.

— Je n'aurais pas dû t'attraper comme ça sans prévenir. J'avais juste besoin… d'un câlin.

Je me tourne sur le côté, les mains posées entre ma joue et l'oreiller. Je l'observe.

— C'est rien, Apollo, je comprends. Tu as été là pour moi l'autre nuit. Je sais ce que c'est d'avoir besoin d'un câlin.

Apollo se tourne, et dans le clair-obscur de sa chambre, ses yeux brillent si intensément que j'ai du mal à déglutir. Il est incroyablement beau, avec ses cheveux en pagaille autour de son visage. Je n'ai pas d'autre mot, pourtant il n'y a pas que sa beauté qui m'attire chez lui. Non, c'est son énergie et cette façon qu'il a de toujours penser aux autres, de ne jamais hésiter quand il est question d'aider. Je me permets un regard en direction de ses lèvres. En repensant à ce qu'il s'est passé dans le couloir, à notre proximité d'il y a quelques minutes à peine, je sens quelque chose naître en moi que je ne devrais pas ressentir.

Apollo tend le bras par-dessus les draps. J'approche une de mes mains sur mon oreiller pour rencontrer la sienne. Nos doigts se frôlent en une danse maladroite et confuse. Je sens les émotions me dévorer lorsque mon regard plonge dans le sien. Je repense à la première fois où je l'ai aperçu, le jour où il est entré dans le café. À son sourire, à la chaleur de son regard, à nos conversations, à son expression quand il m'a défendu contre Vance, à sa façon de me supplier de m'enfuir après la dispute, à l'accueil et à l'aide qu'il m'a prodigués dernièrement… Tout ça me fait prendre conscience que j'ai été idiot de penser que le garçon qui me tient la main en cet instant pourrait n'être qu'un simple ami. Non, ce n'est pas assez à mon goût.

J'en veux plus. Beaucoup plus.

Je ne devrais probablement pas ressentir tout ce que j'éprouve. Je sors à peine d'une longue relation, intense et toxique, dont je ne sais pas encore exactement comment m'extraire. Ce n'est vraiment pas le moment de penser à ça. Pourtant, maintenant que je suis convaincu qu'il y a une chance que je lui plaise, même infime, il m'est impossible de contrôler mes sentiments.

Apollo s'approche encore. Je bloque immédiatement ma respiration. Il s'arrête juste en face de moi. Il y a si peu d'écart entre nous que je peux sentir son odeur : son eau de Cologne de luxe mélangée au whisky.

— Ce n'était pas juste une accolade entre amis, Xan. Tu le sais, n'est-ce pas ?

Je ne réponds pas, il lâche ma main pour me caresser doucement la joue.

Les amis ne se touchent pas comme ça, ils ne se tiennent pas si près l'un de l'autre, ils ne se regardent pas avec une telle intensité. Son pouce frôle la commissure de mes lèvres. Je tente tant bien que mal de contrôler ma respiration. La délicatesse de son toucher contraste avec tout ce par quoi je suis passé ces derniers mois… Je ne devrais pas comparer, ni penser que je mérite cette respiration, ces frôlements, cette proximité. Mais tout de même, alors que ce visage se trouve à quelques centimètres du mien à peine, je suis incapable de résister.

Je franchis le peu d'espace qui nous sépare et presse ma bouche contre la sienne. Je halète sous le coup de l'émotion, ce qui semble envoyer un signal clair : Apollo se met à bouger ses lèvres avec l'énergie du désespoir, on dirait qu'il a perdu la tête. Il m'embrasse comme s'il en rêvait depuis trop longtemps, comme s'il avait tellement dû réprimer ce désir que le barrage explosait soudain sous la pression du courant. Le contact est humide, le rythme ne fait que s'accélérer. C'est le genre de baiser qui coupe le souffle en une seconde à peine. Je suis incapable de m'arrêter, et quand sa langue se glisse dans ma bouche, je l'accueille avec un frémissement de plaisir. D'ailleurs, mon imagination me chuchote que d'autres parties de mon corps aimeraient aussi qu'il les lèche.

Il s'écarte un peu, nos respirations s'emballent, se mélangent. Nous nous regardons dans les yeux pendant quelques secondes avant de reprendre le baiser où nous l'avions laissé, mais avec plus d'intensité encore, avec plus de fougue. Comme si nous avions tous les deux décidé sans un mot de nous laisser emporter par le tsunami. Inconsciemment, je me colle contre lui. Notre étreinte est si intense qu'en quelques instants à peine, j'ai une érection. Je sais que lui aussi, je le sens lorsqu'il presse son bassin contre le mien. Le frottement nous fait gémir doucement.

— Xan… murmure-t-il contre mes lèvres, haletant.

Je l'embrasse de plus belle, et quand ses doigts me frôlent la taille pour se diriger vers le bas de mon dos, je frémis. Sa main empoigne mes fesses qu'il pousse contre son érection, et soudain tout part en vrille. Apollo délaisse mes lèvres en faveur de mon cou qu'il embrasse maladroitement, désespérément. Il lèche, suce et gémit en agitant les hanches, si bien que nos sexes en érection se rencontrent à travers nos vêtements.

Où est passé le garçon hésitant que j'ai rencontré, celui qui cherche à maintenir le contrôle en toutes circonstances ? Je suis à l'origine de ce dérapage, en cet instant, son envie de moi occupe l'entièreté de son cerveau, et ça m'excite terriblement. Je me demande s'il nous arrive la même chose : est-ce que je lui plais depuis le début ? Son désir est si écrasant, si asphyxiant, qu'on dirait que ça fait un moment qu'il le réprime.

Fébrile, je descends ma main pour chercher le bouton de son jean. Il m'attrape le poignet et me retient, dégage son visage de mon cou et cherche mes yeux.

— Xan, si tu me touches…

Je sais ce que ce regard veut dire. Si je le touche, nous allons le faire. Se contenir tout habillé est une chose, y parvenir alors que nos peaux se touchent en est une autre. Je doute que nous puissions nous arrêter, et en vérité je n'en ai aucune envie. Je veux me laisser emporter, mais je veux aussi oublier. Je voudrais que ces émotions qui submergent mes sens prennent le contrôle total de mes pensées et de mon corps.

Sans le quitter des yeux, je déboutonne son pantalon. Il m'observe.

— Tu es sûr ? demande-t-il, hors d'haleine.

— Oui.

Ma main se faufile à l'intérieur de son jean. Apollo ferme les yeux et lâche un gémissement guttural et retenu. Je saisis son sexe en érection et le caresse lentement, de haut en bas. Nos lèvres se retrouvent, ses geignements se perdent dans ma bouche. La main posée sur mes fesses monte et attrape le haut de mon pantalon pour le baisser d'un mouvement abrupt qui manque de le déchirer. Mon caleçon suit rapidement, et quand il libère enfin mon sexe, je le colle au sien sans hésitation pour les frotter l'un contre l'autre et nous masturber mutuellement. La sensation est aussi intense qu'agréable. La torture continue : nos langues se trouvent, se perdent, dansent. Ivres de désir, nous ne sommes plus que moiteur et gémissements. Apollo me mord la lèvre avant de s'éloigner de moi.

— Tourne-toi.

Mon corps se raidit : je sais ce qu'il va se passer, et je le désire de tout mon être. J'obéis et lui tourne le dos pour m'exposer à lui. Ses doigts curieux frôlent la porte d'entrée qui l'attend avec impatience. Un doigt trempé de salive me pénètre, comme pour me préparer. L'intrusion est désagréable au premier abord, mais j'ai l'habitude, je sais que mon corps ne va pas tarder à s'habituer à cette présence. L'habileté d'Apollo me surprend : il n'est pas qu'hétéro, il a de l'expérience. Et moi qui pensais être son premier garçon… À vrai dire, je m'en fiche un peu qu'il l'ait déjà fait avant moi. Pour le moment, je ne pense qu'à lui et au plaisir qu'il me procure. Les sensations me coupent le souffle. L'assaut de stimulations en si peu de temps est terrible.

— Ah… Tu ne peux pas savoir comme j'en avais envie… je lâche entre deux halètements.

— Vraiment ? Tu avais envie de moi ?

Sa voix n'est que désir, plus rien ne la retient.

— Oui, très.

Sa langue se délecte de ma nuque.

— Moi aussi, je fantasme sur toi, Xan, admet-il en remuant les doigts. Je me suis souvent imaginé te pousser contre le comptoir et te prendre là.

Il sort ses doigts. J'entends un bruit de plastique : l'emballage du préservatif. On va vraiment le faire. Son sexe en érection me frôle, ses gestes transpirent le désir. Je n'en peux plus d'attendre, j'écarte mes fesses pour lui, je suis prêt. La pointe caresse l'entrée, Apollo me saisit par les hanches et pousse. Il force, gagne du terrain petit à petit. Il entre lentement, centimètre par centimètre. Je roule des yeux et gémis : nous n'en sommes qu'au début, et pourtant je suis déjà sur le point de jouir.

En une dernière poussée, Apollo s'enfouit en moi et commence à bouger aussi rapidement que violemment, ce qui fait naître en moi un feu d'artifice de sensations.

— Xan…

Il gémit mon nom à mon oreille, ce qui achève de me rendre fou.

La main posée sur ma hanche descend et me masturbe pendant qu'il continue de me pénétrer. Je me sens rempli, chacune des terminaisons nerveuses de mon corps palpite et c'est comme si je n'étais plus qu'une masse informe de plaisir et de luxure.

Ses mouvements se font maladroits, agités et désespérés. Je sais que, comme moi, il est sur le point d'exploser : le désir que nous ressentons l'un pour l'autre est bien trop grand. Je pose ma main sur la sienne et la bouge rapidement, je veux que l'on jouisse en même temps. Soudain, tout déraille et nous ne sommes plus que gémissements et grognements. Je le sens se raidir en moi avant de jouir. Je remue la main et me laisse emporter aussi, nous haletons tous les deux comme des fous. Apollo pose sa tête sur ma nuque sans un bruit. Sa respiration irrégulière me chatouille. Je sens mon cœur battre si fort.

C'était incroyable.

J'ai tant gémi que j'en ai la bouche sèche. Je passe ma langue sur mes lèvres pour récupérer un peu de salive, en vain.

Apollo sort de moi en silence et se dirige vers la salle de bains. Je reste sur place sans rien dire, aussi surpris que lui. Couché sur le dos, je contemple le plafond et essaie de comprendre ce qu'il vient de se passer. J'entends la douche s'activer. Sur le bas de mon ventre, quelques gouttes prouvent que je n'ai pas rêvé.

Je viens de baiser avec Apollo Hidalgo. Et maintenant ?

25.

APOLLO

Qu'est-ce que tu as fait, Apollo ?

L'eau ruisselle sur mon corps. Je baisse la tête et la laisse imbiber mes cheveux. La douche froide n'a pas suffi à calmer mes ardeurs. Il fallait que je sorte du lit : même après avoir joui, je n'avais qu'une envie, c'était de continuer. J'avais besoin de descendre un peu en intensité. Je ne me connais pas aussi bien que je le pense, je n'ai pas réussi à garder le contrôle. Je pensais être plus fort que ça : je me suis arrêté à temps avec Rain, alors pourquoi n'ai-je pas réussi avec Xan ? Je ne sais même pas ce que tout cela veut dire pour nous deux. Je n'ai pas l'habitude de coucher avec quelqu'un sans savoir où j'ai envie d'aller.

Plan et Xan ont beau rimer, ils ne vont pas forcément de pair.

Je sais qu'il me plaît. Depuis notre première rencontre, je le trouve adorable avec ses joues roses. Comme Rain et Vance s'interposaient entre nous, je me suis tenu à l'écart. Mais j'ai l'impression qu'ils sont hors-jeu, désormais, et mon désir a atteint un point de non-retour. Depuis que Xan a débarqué à l'appartement, les choses n'ont fait que progresser entre nous. Je me suis surpris à le regarder de plus en plus souvent, à noter certains détails qui me plaisaient. Maintenant que nous sommes passés à l'acte, je me rends compte que tout chez le garçon aux cheveux bleus me rend fou : son odeur, sa peau, ses gémissements, et même ce que je ressens quand je suis en lui. Mais au-delà du physique, on s'entend hyper bien, Xan et moi. Il y a quelque chose entre nous.

Après avoir enfilé un pantalon de pyjama, je sors de la salle de bains, encore torse nu. Xan est déjà habillé. Je voudrais lui parler, mais rien ne sort. Ses yeux évitent mon regard tandis qu'il me contourne pour entrer dans la salle de bains à son tour.

T'es gêné ? Mais à quoi tu t'attendais ? On est passé à la vitesse de l'éclair de simples amis à… tout donner au lit.

Je décide d'aller chercher un verre d'eau dans la cuisine et je tombe nez à nez avec Greg qui se sert un jus d'orange.

— Tu viens d'arriver ? je demande.

Il secoue la tête en contenant un sourire.

— Quoi ?

J'ouvre le frigo qui illumine l'espace d'un instant la cuisine de sa lumière bleutée. Gregory s'appuie contre l'îlot central et croise les bras.

— Alors, ça y est, c'est enfin arrivé ?

Je le regarde l'air surpris, faisant celui qui ne comprend pas.

— Quoi ?

— Apollo, il fait calme dans cet appartement… On entend tout.

Tu rigoles, j'espère.

— Je ne vois pas de quoi tu parles.

Greg sourit et me donne une tape sur l'épaule.

— Enfin ! C'était évident que le courant passait entre vous.

J'entends la porte de ma chambre s'ouvrir. D'un coup, j'écarquille les yeux et dis d'un air alarmé :

— Greg, pas un mot.

— T'inquiète ! dit-il avant d'avaler une gorgée de jus. Ton secret est entre de bonnes mains. Mais je dois dire que je ne m'y attendais pas, je pensais que ça roulait avec Rain.

— C'est compliqué.

— Je vois ça.

Xan sort du couloir, les mains tendues devant lui en agitant les doigts.

— Je suis venu chercher de l'eau, nous informe-t-il en se dirigeant vers le réfrigérateur.

Greg me regarde.

— Oui, j'imagine que ça donne soif le… l'exercice.

Je ne sais pas si Xan a capté le sous-entendu, mais il ne le manifeste pas. Il boit en nous regardant, Gregory et moi. C'est mon ami le fou qui brise le silence :

— Xan, j'ai fait part à l'avocat de la famille de ce dont tu m'avais parlé. Puisque tu as mis soixante-dix pour cent du prix à l'achat, la majorité de la propriété te revient, mais tu peux toujours racheter la part de Vance.

— Et s'il n'est pas d'accord ? On peut quand même le faire ? demande Xan.

Je reste là, à les écouter. Je ne savais pas que Xan avait demandé l'aide de Gregory.

— Le plus facile, c'est d'avoir son accord. Entrer dans un litige devant les tribunaux pour la propriété serait un processus non seulement long, mais aussi très coûteux.

Xan soupire. J'interviens :

— Je ne savais pas que Vance était aussi propriétaire du Café Nora.

Xan hoche la tête sans me regarder :

— Si, ma mère a utilisé une partie de ses économies pour me donner un coup de main, mais ce n'était pas suffisant. Comme tu le sais, le café est bien situé. En plein campus. Le prix était plus élevé que prévu…

— Donc Vance t'a aidé, je termine pour lui.

Bien sûr que cet imbécile a financé son projet, c'est comme ça qu'il garde une emprise sur lui, surtout quand on sait l'importance qu'a ce café dans la vie de Xan. C'est ce qu'il désire plus que tout, ce dont il a besoin, son rêve, son… Les paroles de mon grand-père me reviennent à l'esprit : ce café, c'est son refuge.

— Je ne sais pas où vous en êtes, mais si j'étais toi, j'essaierais de trouver un accord, Xan. S'il refuse, le processus légal sera fastidieux et très cher.

— Et si je revends ma part ?

Je fronce les sourcils.

— Xan, je proteste.

Mais il m'ignore.

— Si je revends le café, je lui donne trente pour cent du prix et on est quittes, non ?

Greg fait la moue.

— C'est une option, mais d'après ce que tu me dis, le Café Nora est plus que rentable et très bien situé, Xan. Une cafétéria sur un campus universitaire, c'est une affaire rentable, elle ne risque pas de couler. Je doute que tu trouves un équivalent ailleurs.

Le visage de Xan s'assombrit encore.

— Je sais.

Greg et moi échangeons un regard, je lui fais signe de laisser tomber.

— Je comprends, c'est ta décision, Xan, conclut Greg en lui donnant une tape sur l'épaule avant de se diriger vers sa chambre.

Il ne reste que nous deux, ainsi qu'une étrange tension silencieuse. Xan évite mon regard avec acharnement et je ne sais pas quoi dire. J'ai du mal à croire que nous étions en train de faire l'amour il y a quelques minutes à peine. Mon corps se raidit au souvenir de cet instant. Je dois le mettre de côté, garder les idées claires. Aussi agréable qu'ait été cette expérience, je ne peux pas me permettre d'y repenser.

Je contourne l'îlot et m'approche prudemment de lui. Je maintiens une certaine distance : on dirait que mon *self-control* disparaît dès que je suis en présence de Xan. Je reste planté face à lui jusqu'à ce que ses yeux se lèvent enfin, seulement l'espace d'un instant, le temps de croiser les miens quelques secondes à peine, avant de se figer sur mon torse.

— Xan.

— Il est tard, on devrait aller dormir. Bonne nuit, Apollo.

Il passe à côté de moi et retourne dans la chambre.

Je me retourne, pose mes mains sur l'îlot central, me penche en avant et ferme les yeux. Je voudrais l'arrêter, parler, essayer de raisonner ou de chercher un sens à ce qu'il s'est passé, mais je ne veux pas non plus le forcer à évoquer des choses contre son gré. Je ravale mes questions et lui emboîte le pas.

Quand j'entre dans la chambre, Xan est déjà sous les draps, soigneusement couvert. Je me glisse dans le lit à mon tour et lui fiche la paix. Bien que je sois perturbé à l'idée de m'endormir à l'endroit précis où nous avons fait l'amour quelques minutes plus tôt, je trouve assez vite le sommeil.

⋆

— Apollo ? Ici la Terre !

Erica agite la main devant mon visage.

— Désolé. J'atterris.

Nous sommes près des tables de pique-nique sur le gazon de l'université, celles où nous avons passé le festival il y a quelques semaines, et là où j'ai frappé Vance. À ce moment-là, je n'avais pas encore découvert la vérité. Je me posais des questions sur ce que j'éprouvais pour Rain et je croyais simplement vouloir protéger Xan. Mon œil. Je voulais cacher mon attirance pour lui derrière des excuses bidons.

Xan n'est pas le premier garçon à entrer dans ma vie. Ce titre revient à un gars que Daniela m'a présenté au cours d'une soirée universitaire à laquelle elle m'a invité, il y a un an de ça, quand j'étais encore au lycée. Elle avait compris que j'étais curieux, elle l'a deviné avant moi, pour tout dire, et elle m'a en quelque sorte servi de guide. Il ne s'est rien passé de sérieux avec lui, mais ce qui est sûr, c'est qu'il a ouvert la porte à beaucoup d'autres.

Plus tard, Rain est arrivée, et j'ai fini par rencontrer Xan. Chaque fois que mes yeux se sont posés sur lui, j'ai senti quelque chose vibrer en moi, j'ai cherché mille excuses pour justifier cette sensation, mais tout ça est derrière moi. La nuit passée me l'a bien prouvé : l'attirance qu'on accumule sans l'assumer finit par exploser tôt ou tard, au moment où l'on s'y attend le moins. Hier, je me suis laissé aller comme rarement dans ma vie.

— Alors, on le termine, ce projet, ou quoi ? demande Erica, l'air inquiet.

Je ne lui en veux pas, on s'est promis de partir pour les congés de Thanksgiving sans laisser de travail en plan.

— Oui, oui, excuse-moi. Il s'est passé pas mal de choses, ces derniers temps.

Elle lève un sourcil.

— Avec Rain ?

— Un truc du style.

— Un truc du style ?

Je respire avant d'expirer profondément.

— J'ai fait une chose que je n'aurais pas dû, ou plutôt qui ne me ressemble pas.

Le sourcil d'Erica s'arque davantage, si c'est possible.

— Apollo, tu sais que nous sommes amis, non ? Pas la peine de tourner autour du pot.

— C'est Xan.

Elle me fait signe de continuer.

— Xan dort à l'appartement.

— Ça, je le sais déjà.

Elle lâche ça l'air de rien. À mon tour de froncer les sourcils.

— Comment tu le sais ?

Erica détourne le regard et se racle la gorge.

— C'est de toi qu'on parle, là.

— Hier soir… On l'a fait, je murmure d'un air peiné.

— Vous avez fait quoi ?

Elle ne comprend pas immédiatement ce que je suis en train de lui avouer.

— Oh… oh… Oh !

— Oui, ça, je répète puisqu'elle n'a pas l'air de me croire.

Je sens une chaleur me monter aux joues, j'ai conscience de rougir.

— Je ne m'y attendais pas, susurre-t-elle.

— Je sais.

— Et c'est à cause de ça que t'as la tête dans les nuages ou… ?

— Parce que Xan joue le gars qui ne comprend pas. Je sais qu'il traverse une phase difficile, mais tirer un coup et puis basta, ce n'est pas mon genre. J'ai beau essayer, je n'arrive pas à comprendre ce que ça représente pour lui. Est-ce que c'était un coup d'un soir, ou est-ce qu'il veut vraiment quelque chose avec moi ?

Erica soupire en secouant la tête.

— Pourquoi est-ce que tu te prends la tête comme ça, Apollo ?

— J'en sais rien ! je m'exclame en me passant la main dans les cheveux. Je ne veux pas lui mettre la pression avec tout ça, mais…

— C'est plus fort que toi.

— Exactement. C'était il y a même pas vingt-quatre heures, Erica. Ça s'est passé hier soir.

— D'abord, détends-toi un peu, OK ? C'était un coup, Apollo, pas une demande en mariage. C'est arrivé, vous avez bien profité, super. Mais tu ne dois pas coller une étiquette ou donner un sens profond à tout ce qui t'arrive. Je te connais, mais pense aussi à Xan. Vous en parlerez quand vous serez tous les deux plus à l'aise avec ça, j'en suis sûre.

— Et je fais quoi en attendant ? Je le traite comme un ami, l'air de rien ?

— J'imagine.

— Erica, je ne peux pas le regarder dans les yeux sans repenser à… Tu sais, tout ce qui s'est passé, et je veux…

— Tu en veux plus ?

Je hoche la tête.

— Et tu as tenté quelque chose ?

— Non, non, bien sûr que non. Je ne sais même pas ce que ça signifiait, la première fois. Si ça devenait une habitude sans que je sache à quoi ça mène, ça me rendrait fou.

— Apollo.

Elle attrape ma main par-dessus la table.

— Ne te complique pas la vie comme ça, enfin. Respire.

Je soupire et étire mes bras en arrière.

— D'accord, je vais essayer de me détendre.

Erica fronce les sourcils.

— Je te le promets.

— Peut-être que Xan n'a pas envie de parler de trucs aussi intenses pour le moment, Apollo. Et s'il a envie d'y aller au feeling avec toi, et puis c'est tout ? Si tu as tellement envie de remettre ça avec lui, drague-le. Il n'y a pas qu'avec les mots que tu peux lui faire passer le message, le corps a d'autres moyens de communication bien plus créatifs.

Elle accompagne sa dernière phrase d'un haussement de sourcils suggestif.

— Je n'en sais rien... Mais tant qu'on y est, comment tu as su pour Xan ? Tu reparles à Greg ?

Elle prend un air fatigué.

— On est amis.

— Greg et toi ?

— Oui, il m'a suppliée et... j'ai décidé de laisser tout ça derrière moi et d'accepter son amitié.

Je repense à Kelly sortant de l'appartement. Est-ce que Greg se berce d'illusions ? C'est pour ça qu'il a largué Kelly ? Pour essayer de récupérer Erica ?

— Tu sais qu'il a encore des sentiments pour toi, non ?

Elle hoche la tête.

— C'est sa punition.

Sa voix se décompose et prend un ton mélancolique.

— Il peut être mon ami, m'avoir à ses côtés, mais sans m'avoir tout à fait comme il le voudrait.

— Erica...

— Je sais, c'est cruel. Mais après ce qu'il m'a fait, je pense qu'il le mérite. Il m'a anéantie, Apollo. Comme jamais on ne m'a brisée dans ma vie. Imagine aimer quelqu'un le plus sincèrement du monde et que cette personne te laisse tomber pour une autre, sans te prévenir. Et que tu la voies s'afficher avec elle sur les réseaux, partout, sans le moindre remords. J'ai longtemps été la risée du campus ; il a bien mérité que je le torture un peu.

— Tu crois que tu lui pardonneras un jour ?

Je pose la question parce que, même si je pense que pardonner revient à lâcher prise, certaines blessures mettent du temps à se refermer.

— Je lui ai déjà pardonné.

Elle me sourit et je sais qu'elle est sincère.

— Mais ça ne veut pas dire que je l'aime encore, ni que mon amour propre est descendu si bas que je suis prête à me remettre avec lui. Il ne m'appréciait pas à ma juste valeur.

— Je me sens mal pour lui. Je sais que je n'ai pas le droit de dire ça, mais il lui a fallu beaucoup de temps pour comprendre à quel point il t'aimait… Parce que, oui, il t'aime, Erica.

— Je le sais.

— Dire que je pensais que la fac serait plus facile que le lycée…

— Naïf, va. Allez, on termine ce truc, comme ça tu pourras rentrer chez toi faire bisou-bisou avec Xan.

Je rigole avec elle et recentre mon attention sur le projet.

De temps en temps, mon esprit divague et j'imagine les meilleures approches pour aborder Xan. J'essaie de penser à autre chose, peut-être qu'il n'est pas intéressé et que ce qui s'est passé hier soir était un incident isolé. Cette idée m'attriste : s'il y a une chose dont je suis certain, c'est que j'attends plus que ça de ma relation avec Xan.

Beaucoup plus.

26.

APOLLO

Il ne s'est rien passé. Xan est doué pour changer de sujet, et moi, j'essaie de me détendre. De ne pas me prendre la tête, comme je l'ai promis à Erica. Mais j'ai le sentiment que si ce n'est pas moi qui aborde la question, personne ne le fera. Combien de temps est-ce qu'on va continuer comme ça ? À faire comme si on n'avait pas baisé il y a une semaine ? Chaque fois qu'on va au lit, dans le silence de la chambre, la tension est palpable. Et pourtant, nous ne disons rien. C'est de la torture.

Je suis le seul à ne pas pouvoir m'empêcher de penser à cette nuit-là ?

La semaine de Thanksgiving est arrivée et demain, mercredi, je rentrerai chez moi pour dîner avec ma famille jeudi, faire du shopping le lendemain à l'occasion du *Black Friday*, et aller au lac le samedi. Je ne reviendrai pas à l'appartement avant dimanche. Je suis ému à l'idée de rentrer voir ma famille, mais partir sans avoir tiré au clair la situation avec Xan me tourmente. Je ne veux pas penser à lui et chercher un sens à tout ça pendant les journées de congé. Je déteste ne pas être cent pour cent avec ma famille dans ces moments-là.

Pour toutes ces raisons, j'ai décidé d'en parler avec lui cette nuit.

À vrai dire, je lui ai accordé beaucoup de temps et je me suis montré le plus normal possible, mais même moi, j'ai mes limites.

Bien décidé à aborder la question, je me dirige vers la cuisine en sortant de ma douche. Je me couvre totalement : j'enfile un pantalon de pyjama et un tee-shirt. Ça ne se fait pas de discuter de choses sérieuses torse nu ; en tout cas, c'est mon avis. Xan me tourne le dos, il touille dans une casserole posée sur la cuisinière. Je me racle la gorge et il se retourne à moitié en portant la cuillère à sa bouche pour goûter ce qu'il prépare. À l'odeur, on dirait une sauce de pâtes.

— C'est presque prêt, m'informe-t-il avant de retourner à sa tâche.

Il ajoute une pincée de sel et un peu de poivre.

Je m'assieds sur une des chaises hautes contre l'îlot et pose mes coudes dessus pour voir Xan à l'œuvre. Le bleu de ses cheveux est plus rayonnant, plus vif que jamais. Sa chevelure pousse très vite, et il n'a plus de racines noires, il a refait sa teinture. Aujourd'hui ?

— Pourquoi en bleu ?

Je me maudis dès l'instant où la question sort de ma bouche. J'étais censé parler de ce qui s'est passé entre nous, pas de la pluie et du beau temps. On a eu tout le temps de le faire, ces derniers temps. On n'a fait que ça.

— Ma mère… Elle avait les yeux bleus, magnifiques.

La nostalgie est présente dans sa voix. Il se retourne pour me regarder et se savonne les mains au-dessus du lavabo.

— Je n'en ai pas hérité, comme tu peux le voir.

— Tu n'en as pas besoin, tu as des yeux marron magnifiques.

— Merci, répond-il en baissant le regard vers l'évier.

La revoilà, cette foutue tension qui nous bouffe. C'est une véritable torture.

— Xan.

— Je te sers ? Tu dois avoir faim.

Je reste planté là dans son dos alors qu'il s'active aux fourneaux. Il pose une assiette de spaghettis sauce tomate couverte de fromage devant moi et annonce :

— Double ration de fromage, comme tu aimes.

— Merci, dis-je avec un sourire un peu forcé.

La dernière chose dont j'ai envie, c'est de manger.

Je joue avec les spaghettis du bout de ma fourchette, les tourne une fois, deux fois, trois fois dans mon assiette. Mais je ne mange rien. Je me lève et contourne l'îlot. Demain, je rentre à la maison, c'est le moment. Je m'arrête devant Xan, qui prend un air surpris en reculant d'un pas.

— Qu'est-ce qui se passe ? T'as besoin de quelque chose ? Tu veux de l'eau ?

— Xan, on ne peut pas continuer comme ça. Il faut qu'on parle.

Il s'humecte les lèvres avant d'enlever son tablier.

— Il est tard. Mange, moi, je vais dormir.

Je lui attrape délicatement le poignet pour le retenir. Il ne se retourne pas tout à fait, il reste de profil, le regard droit devant lui.

— Xan.

Il me regarde, nous restons silencieux. Seule ma main autour de son poignet nous connecte. Je jurerais sentir son pouls battant à toute allure au bout de mes doigts, mais c'est peut-être mon imagination. Je ne sais pas quoi dire et encore moins par où commencer. Je sais que les premiers mots qui sortiront de ma bouche détermineront le ton de la conversation, et ça me terrifie. J'ai peut-être été un peu vite, j'étais si concentré sur le fait d'ouvrir la discussion que je ne sais pas exactement de quoi parler ni comment l'exprimer.

— Xan, ce qui s'est passé…

Je ne termine pas ma phrase, pour une simple raison : Xan s'approche de moi et m'embrasse. Il m'attrape le visage et presse désespérément sa bouche contre la mienne. Soudain, je ne pense plus à rien. Le goût singulier de son baiser m'emporte et m'éloigne de tout ce que je voulais dire. Ma réaction, quasi instantanée, trahit un besoin aussi grand que le sien. Je l'entoure de mes bras et le serre doucement contre moi. Une chose est sûre : ce mec sait embrasser. Il parvient à m'allumer d'un seul baiser, il sait comment venir à bout de ma raison. Je n'ai plus du tout envie de parler, seulement de reprendre notre nuit torride là où nous l'avons laissée.

L'arrière de ses jambes heurte l'îlot de la cuisine. Je décolle ma bouche de la sienne, m'abaisse et soulève ses genoux pour l'asseoir sur le plan de travail. Je me place entre ses jambes écartées et l'embrasse à nouveau. Mes doigts glissent sous son tee-shirt, frôlent la peau de ses hanches, de son dos… Son corps tout entier. Nous ne sommes plus que baisers humides et respirations erratiques.

— Xan…

Je murmure contre ses lèvres, reprenant tant bien que mal mes esprits.

— Ce n'est pas ce à quoi je…

— Je sais.

Il me mord la lèvre et susurre :

— Pas besoin de parler, Apollo.

Nous nous embrassons de plus belle, nos langues se frôlent, se titillent, se séparent à nouveau.

— Juste sentir… termine-t-il.

— Crois-moi, je veux te sentir, Xan, mais…

Sa main descend pour me caresser par-dessus mon pantalon de pyjama. Je me raidis et halète. Il continue de me toucher sans cesser de m'embrasser. Si j'écoute mon désir, on va encore finir par faire l'amour et demain je partirai en vacances avec les mêmes questions en tête.

Je le lâche à contrecœur et recule d'un pas. Xan reste assis sans bouger. Il a les joues plus rouges que jamais, son tee-shirt est froissé. Ma poitrine se soulève et redescend à toute vitesse, et je n'ai pas besoin de baisser la tête pour savoir qu'une partie de mon corps a durci pendant cet échange de baisers torrides.

— J'en peux plus, Xan… Je suis trop intense, je le sais, je dis hors d'haleine. Mais baiser à gauche à droite comme si de rien n'était, ce n'est pas mon genre.

Xan prend appui sur ses mains et descend de l'îlot. Il me fait face et en profite pour m'embrasser à nouveau, ce à quoi il m'est impossible de résister. J'aimerais pouvoir lutter : mais une partie de moi parvient à bâillonner l'Apollo qui analyse tout et laisse la place à celui qui veut encore sentir ce garçon. Ces derniers jours, partager mon lit avec lui a été un véritable supplice, et je ne peux pas m'empêcher de penser à ce qu'on a fait ensemble et à mon envie de recommencer.

— On va parler, je te le promets, susurre-t-il contre mes lèvres. Mais pas maintenant, s'il te plaît, Apollo.

Sa bouche quitte la mienne pour embrasser mon cou puis descendre davantage. Xan se met à genoux. En le voyant là, comme ça, mon sexe en érection s'emballe, s'enflamme, le désire plus que jamais. Xan me lâche un instant et abaisse mon pantalon, puis il lèche ma queue sans hésitation, de la base jusqu'à la pointe, avant de l'enfourner complètement dans sa bouche. Mon gémissement se confond avec un grognement de plaisir : Xan est doué, je ne tiendrai pas longtemps.

— Xan… je gémis en agrippant ses cheveux bleus.

Je fais l'erreur de le regarder. Nos regards se croisent alors qu'il est occupé à me sucer, me lécher, à faire entrer mon sexe tout entier dans sa bouche.

— Xan… Je vais…

Je termine toujours trop vite, ça m'énerve. Avant, j'en avais honte, puis je me suis rendu compte que c'est plus commun qu'il n'y paraît. Que ça arrive à plus de mecs qu'on ne le croit.

— Xan... Je vais... tu dois...

Xan ne s'arrête pas, au contraire, le mouvement de sa bouche redouble d'agressivité et de violence, et c'est tout ce qu'il me fallait pour jouir. Je ferme les yeux, balance ma tête vers l'arrière en gémissant et en agitant les hanches, poussant mon sexe vers l'intérieur de sa bouche chaude et humide.

La pression contenue dans mon bas-ventre se relâche d'un coup et mon membre est secoué par un orgasme terrible. Mes épaules montent et descendent à chacune de mes respirations, et quand j'ouvre les yeux, Xan est debout face à moi en train de se lécher les lèvres.

— J'en avais tellement envie... admet-il d'un sourire enjôleur. Depuis le premier jour où je t'ai vu.

Je lève les sourcils, toujours hors d'haleine.

— Tu n'es pas aussi innocent que tu en as l'air, Xan.

— Et c'est celui qui vient de jouir dans ma bouche qui le dit.

Sa remarque me tire un sourire désabusé. J'essaie de m'approcher de lui pour lui rendre la pareille d'une façon ou d'une autre, mais il recule.

— Non, c'est tout pour aujourd'hui.

— Sérieux ?

— Sérieux.

Il pose ses bras de part et d'autre de mon cou avec une confiance et une spontanéité qui me plaisent terriblement.

— De quoi tu voulais parler, Apollo ?

Je le regarde dans les yeux et remets une mèche de ses cheveux en place. Ses yeux sont magnifiques, ils ne gagneraient vraiment rien à être d'une autre couleur.

— Attends, il faut laisser le temps au sang de remonter au cerveau.

Xan rit à gorge déployée et m'embrasse. Le goût de mon corps sur ses lèvres ne me dérange pas. Quand nous nous séparons, je lui donne un bisou sur le nez et lui caresse la joue.

— Qu'est-ce qu'on fait, Xan ? je demande doucement.

La lumière ténue de la cuisine, les assiettes encore pleines, le garçon dans mes bras, aussi détendu qu'heureux : en cet instant, tout me semble parfait. Xan, l'air détaché, rayonne comme je ne l'ai jamais vu rayonner avec Vance.

— Je ne sais pas, Apollo, dit-il en toute honnêteté. Mais… j'aime bien ce qu'on fait.

— Je te plais ?

Il fallait que je lui pose la question.

Xan pouffe de rire.

— Tu crois que je sucerais quelqu'un qui ne me plaît pas ?

— Xan.

— OK, oui, tu me plais beaucoup, Apollo, lâche-t-il en me donnant un petit bisou. Je pensais que c'était évident.

— Xan, je ne couche…

— … pas pour coucher, je sais, soupire-t-il. Je sais que laisser les choses se faire naturellement et continuer comme ça, sans pression, c'est beaucoup demander, mais je sors d'une relation, Apollo. Je ne veux pas te mentir et te dire que je suis prêt à construire quelque chose de sérieux avec toi, alors que j'ai un gros travail à faire sur moi-même, et des blessures terribles à soigner.

— Laisser les choses se faire naturellement, ce n'est pas mon truc, Xan.

— Je sais, et je ne vais pas te demander de changer pour moi. Tu peux considérer ce qui vient de se passer comme un adieu.

Je fronce les sourcils et il s'éloigne de moi.

— On peut rester amis, Apollo, si c'est ça que tu souhaites.

— C'est tout ? je le regarde, incrédule. Rien de sérieux, et si je ne suis pas du même avis, on n'a qu'à rester amis ? Sérieusement ?

— Désolé, je ne veux pas te promettre ce que je ne peux pas tenir. Je ne suis pas prêt à me lancer dans une relation sérieuse.

— En revanche, pour m'embrasser et me faire jouir dans ta bouche, tu n'as aucun problème ?

Le visage de Xan se contracte et affiche un air blessé. Il ne s'y attendait pas, mais il m'a foutu les nerfs. Si je suis venu dans la cuisine, c'est pour discuter. Si j'avais su qu'il voulait seulement s'amuser, je n'aurais pas accepté que la conversation prenne cette tournure. Je me passe une main sur le visage sans savoir quoi dire.

Je me remémore toutes les fois où des gens de mon entourage m'ont dit d'arrêter de prendre la vie tellement au sérieux, de vivre, de profiter de ma jeunesse. Je m'imagine rester ami avec Xan, sans plus pouvoir l'embrasser ou le sentir, et au fond de moi je sais que ce n'est pas ce que je désire. C'est une décision qui va contre mes principes, mais quand je le vois là, debout, tout ce que je sais, c'est que j'ai besoin qu'il m'enserre.

— D'accord, dis-je en levant les mains en signe de défaite.

Xan incline la tête, l'air confus.

— D'accord ?

Je m'approche de lui et prends son visage entre mes mains.

— On va laisser les choses se faire à leur rythme.

Xan me sourit et ses lèvres trouvent les miennes.

27.

XAN

C'était une mauvaise idée.

Debout face à l'imposante demeure Hidalgo, je prends conscience que mon plan ne me paraît plus aussi formidable qu'au moment où Apollo m'a invité chez lui pour les congés de Thanksgiving. Quand je lui explique qu'on va laisser les choses se faire tranquillement, il veut me convier chez ses parents. Je crois qu'on n'a pas la même définition de « y aller calmement » et de ce qu'est une relation sans prise de tête.

Au moins, il a promis de me présenter comme un simple ami et de rester sage au cours des prochains jours. Si j'ai accepté, c'est en partie parce que je ne voulais pas rester seul à l'appartement. J'ai l'habitude de traîner avec Vance pendant Thanksgiving, je ne me suis jamais retrouvé tout seul à cette époque-ci de l'année. Au moins, ici, je pourrai m'amuser un peu.

La nuit est déjà tombée, et je me sens mal d'arriver si tard à la demeure familiale. Je ne sais pas pourquoi, dans ma tête les Hidalgo sont sérieux et intimidants. Peut-être parce que tout ce que je sais d'eux, je l'ai appris dans les médias. Pas étonnant, compte tenu du fait qu'ils sont richissimes et que leur empire n'a pas fini de s'étendre à travers tout le pays.

— On y va.

Apollo me guide, son sac pendu à l'épaule. À l'intérieur, un hall spacieux donne sur un salon doté d'une volée d'escaliers sur le côté. Tout est lumineux, impeccable, et je dois dire que la maison est sublime. Une silhouette surgit d'un couloir, et la première chose que j'aperçois, c'est une chevelure rouge désordonnée encadrant un magnifique visage de femme. Elle porte un pantalon de training et un sweat noir bouffant qui lui tombe jusqu'au bas des cuisses.

— Apollo, sourit-elle en nous fixant. Et tu dois être Xan. Moi, c'est Claudia.

Je lui tends la main et elle la serre délicatement.

— Enchanté.

Une deuxième silhouette déboule du même couloir. Cette fois, il s'agit d'un jeune homme barbu. Il est naturellement élégant dans sa chemise impeccable. Il s'arrête juste au niveau de Claudia pour me tendre également la main.

— Artemis Hidalgo.

— Xan…

J'hésite à donner mon nom de famille pour une raison que j'ignore. Xan tout court.

Il hoche la tête tandis que j'avale ma salive avec peine. Il a beau être jeune, il est intimidant.

— Bienvenue, répond Claudia.

— C'est la première fois qu'Apollo ramène un ami à la maison.

Artemis prend un air suspicieux, ou peut-être que c'est moi qui deviens parano. Apollo et Artemis échangent un regard intense dont le sens m'échappe. Un truc de frères, j'imagine.

— Ah, j'ai de la chance alors, je réponds en essayant de paraître décontracté.

— J'adore tes cheveux, ajoute Claudia.

— Merci.

— Mon grand-père et ma mère sont déjà à table, explique Claudia à Apollo. Les autres vont bientôt arriver.

Les autres ? Claudia poursuit :

— Vous devez avoir faim. Montez déposer vos affaires, dit-elle en adressant un signe à Apollo. Je vous ai installés dans ta chambre, puisque tu nous as dit que vous dormiez dans la même pièce à l'appartement. Si ça pose un problème, je peux toujours préparer la chambre d'amis.

— Non, ça ne nous dérange pas de partager, je lui assure. Je ne veux surtout pas déranger.

Artemis me regarde à nouveau et je jurerais avoir vu un éclair de compréhension dans ses yeux.

— Vous dormez dans la même chambre ? demande-t-il d'un air curieux.

— Artemis...

Je ne connais pas ce ton sérieux à Apollo. Son frère sourit :

— Montez, on se verra plus tard.

Ils se décalent tous les deux pour libérer l'accès à l'escalier. Dans le couloir du premier étage, j'observe les photos de la famille Hidalgo exposées au mur. Il y a plusieurs portraits que je n'identifie pas, je suppose qu'il s'agit des parents d'Apollo. Il y en a un autre où l'on peut apercevoir les trois frères avec le père et la mère, bien habillés, élégants. C'est clair, cette famille a gagné la loterie génétique, ils sont tous magnifiques. Je m'arrête face à un des portraits de Mme Hidalgo. Elle a de splendides yeux bleus qui me rappellent ceux de ma mère. À ce que je vois, il n'y a que celui du milieu qui en a hérité. Apollo m'en a beaucoup parlé.

— Ta mère est très belle, je dis sincèrement.

Apollo se crispe, serre les lèvres et ne me répond pas. J'ai fait un commentaire déplacé ? C'était un compliment, rien de plus.

La chambre d'Apollo est aussi bien rangée que la sienne à l'appartement. Vance a des côtés maniaques, mais même sa chambre n'est pas organisée avec autant de soin. Je voudrais dire que je ne pense pas à lui, que je l'ai oublié parce que c'est tout ce qu'il mériterait, mais la vérité n'est pas aussi simple. On est restés des années ensemble, et il me manque encore certaines nuits. Les soirs où je me dis qu'un jour peut-être il changera, qu'il essaiera vraiment de changer. Pourtant, sans le savoir, Apollo me donne de la force. Je n'ai qu'à me plonger dans ses yeux couleur café et à sentir son affection pour revenir à la réalité et me rendre compte que Vance n'est pas le seul mec sur terre, loin de là.

Par ailleurs, passer du temps avec Apollo a fait surgir des choses en moi que je n'aurais jamais pu imaginer. Avec lui, je me sens en sécurité, à l'abri. Ce n'est peut-être pas très sain de sauter dans les bras d'un autre mec, alors que je rumine encore ce qu'il s'est passé avec Vance, mais sincèrement, je pense que je ne serais pas capable de prendre mes distances avec lui si Apollo n'était pas à mes côtés. C'est mon ancre, mon point de repère, et même s'il mérite bien plus, c'est tout ce que j'ai à lui offrir pour le moment.

Je suis occupé à fouiller du regard une petite étagère couverte de livres quand je sens dans mon dos une étreinte, puis un baiser dans le cou.

— Hé ! je le gronde gentiment. T'as promis d'être sage.

— Pas quand on est seuls.

Je me tourne dans ses bras et attrape ce visage qui m'attire tellement.

— Il faut qu'on descende.

Apollo s'approche de moi et m'embrasse. Le baiser, aussi léger et court soit-il, réveille toutes les terminaisons nerveuses de mon corps. Quelque chose en moi peine toujours à croire ce qu'il se passe, que ce garçon qui m'a toujours attiré est en train de m'embrasser. Je m'écarte et le prends par la main pour le traîner derrière moi.

— Allez, on doit y aller.

APOLLO

À mesure que la nuit avance, Xan semble plus détendu, ce qui me rassure. Je n'étais pas certain que sa visite soit une bonne idée. Venir chez mes parents, ce n'est pas vraiment ce que j'appelle « laisser les choses se faire à leur rythme » : je suis content qu'il s'adapte. Il est assis à côté de moi à la table pendant que grand-père le bombarde de questions. D'un coup, la sonnette de la maison retentit. Artemis se lève pour ouvrir la porte. Quelques secondes plus tard, un entremêlement de voix féminines se fait entendre et se rapproche de nous.

Ému à l'idée de les revoir, je me lève et m'éloigne d'un pas de la table. Dès qu'elle m'aperçoit depuis le couloir, son visage s'illumine.

— Lolo !

Elle court vers moi et m'étreint. Pendant quelques secondes, nous tournoyons ensemble, dans les bras l'un de l'autre. Elle enfouit son visage dans mon cou en murmurant à quel point je lui ai manqué. Quand je la dépose enfin, je remarque qu'elle s'est coupé les cheveux.

— Crise existentielle ? je dis en touchant une mèche qui tombe sur son menton.

Dani me sort son sourire radieux et amusé que je connais si bien.

— Toujours, elle lâche en me donnant un bisou sur la bouche en guise de bonjour.

Cela ne veut rien dire, pour elle. On est à l'aise l'un avec l'autre, et ma famille est habituée. Mais j'avais oublié la présence de Xan, et je sais que je le paierai plus tard.

Raquel apparaît, suivie de près par Artemis. Dès qu'il me repère, il s'empresse d'éloigner Dani de moi.

— À mon tour, dit Raquel en me donnant une accolade. Ça me fait plaisir de te voir, Lolo.

— Moi aussi, je n'aurais jamais cru que cette bande de tarées me manquerait, j'admets.

Grand-père, Claudia et Artemis sourient tandis que Raquel s'approche d'eux pour les saluer. Je me rassois, mais Xan ne me regarde pas, il se contente de boire une gorgée de thé.

— Raquel, tu as des nouvelles d'Ares ? demande Artemis avec son habituel air tracassé.

— Oui, répond-elle en agitant son téléphone. Son vol avait une heure de retard, mais il devrait être sur le point d'atterrir.

— Je lui avais dit de prendre l'avion d'hier, réagit Artemis en secouant la tête. Voler la veille de Thanksgiving, c'est toujours une prise de tête.

— Je lui ai dit la même chose, lâche Raquel en haussant les épaules. Mais tu sais comment il est.

Dani et Raquel se retournent. Elles regardent Xan, l'air d'attendre quelque chose, et je comprends enfin.

— Oh, lui, c'est Xan, un ami de l'université. Xan, je te présente Raquel, la copine d'Ares, et Dani, une amie.

— Enchanté.

Les filles s'asseyent. Dani choisit la chaise à côté de la mienne. Son regard passe de Xan à moi. Les lèvres de Dani, pulpeuses et humides, s'étirent en un sourire malicieux.

— Dani… je murmure pour la mettre en garde.

— Quoi ? dit-elle, feignant de ne pas comprendre.

— Ce n'est pas ce que tu crois.

— Je n'ai rien dit, chuchote-t-elle.

Elle n'a peut-être rien dit, mais je la connais trop pour la croire.

Après le repas, Claudia et Artemis nous souhaitent bonne nuit et partent mettre au lit Hera, qui dort depuis un moment dans les bras de la mère de Claudia. Grand-père sort de table à son tour et nous laisse seuls, Dani, Raquel, Xan et moi. Nous décidons de sortir près de la piscine et d'allumer le brasero dans le patio pour nous tenir chaud. Quand Xan s'excuse et part aux toilettes, je sais parfaitement ce qui m'attend avec les deux autres.

— Tu ne nous as même pas…

— Il est trop mignon ! lâche instantanément Dani.

— C'est lui, le garçon que tu attendais dans le noir ? demande Raquel, les yeux brillants de curiosité.

Je soupire.

— C'est bon, vous deux, là. Pas de commentaires gênants, s'il vous plaît.

Dani me regarde et halète comme si elle venait de se rendre compte de quelque chose d'incroyable.

— Ils ont couché ensemble.

Je rougis aussitôt et reste interdit. Raquel ouvre la bouche, l'air surpris.

— Vraiment ? Waouh, la dernière fois qu'on a parlé, on n'aurait pas cru qu'il allait se passer quelque chose entre vous.

— Il ne s'est rien passé.

— Apollo, tu crois vraiment que tu peux nous mentir ? À nous ? Sérieusement ?

Dani secoue la tête. Je soupire.

— Ça va, mais pas un mot, OK ? Ni l'une, ni l'autre.

Raquel fait mine de fermer sa bouche à l'aide d'un zip horizontal.

— Promis.

Les deux attendent que j'en dise plus, et Raquel se met à se ronger les ongles.

— C'est vrai, j'admets. Mais on laisse les choses se faire à leur rythme.

Elles froncent les sourcils.

— Apollo Hidalgo qui laisse les choses se faire ? demande Dani, l'air surpris. Ça, c'est nouveau, mais tant mieux pour toi. Tu as enfin arrêté de vivre comme un mec de quatre-vingts ans.

— Dani, la gronde Raquel avant de se tourner vers moi. C'était comment ? Dis-moi que c'était génial ! Il te plaît ?

— C'était…

Je repense à cette nuit où il s'est agenouillé face à moi.

— C'était incroyable.

— Tu es à fond sur lui, non ? dit Dani d'un air railleur.

— Non, on y va tranquille.

Dani s'humecte les lèvres.

— Laisse-moi deviner : y aller tranquille, c'est une idée à lui, non ?

— Peu importe.

— Apollo…

— Je te jure, ça me va très bien.

Dani et Raquel échangent un regard avant que cette dernière brise le silence :

— Tu es sûr, Apollo ?

— Oui.

— Bon, dit Dani. Puisque vous y allez tranquille, contrôle tes sentiments, Apollo. On ne voudrait pas que tu en ressortes blessé.

Je leur lance un regard exaspéré.

— Je ne suis plus un gamin qui a besoin qu'on le protège, OK ? Je suis capable de coucher avec quelqu'un sans forcément me compliquer la vie.

Raquel fait la moue.

— Bien sûr. C'est ce que disait ton frère, et regarde-le.

— Ce n'est pas pareil.

Xan revient et nous nous taisons d'un coup. Grossière erreur : maintenant, c'est évident qu'on parlait de lui.

— Alors, Xan... commence Dani que j'observe d'un air méfiant. Apollo nous a dit que tu tiens un café sur le campus.

— C'est ça, et vous êtes les bienvenues quand vous voulez.

— Oh, merci. Quand on ira lui rendre visite, on passera, répond Raquel. Dis, on voudrait en profiter pour te soutirer une information, Apollo ne nous raconte jamais rien. Comment ça va, Lolo, à l'université ? Il s'est fait des amis ?

— Raquel, je proteste, gêné. On dirait ma mère.

Elle sourit de toutes ses dents et Xan a l'air d'apprécier qu'elles se foutent un peu de ma pomme.

— Je ne l'ai jamais vu traîner qu'avec Gregory, et...

Ses yeux cherchent les miens, il hésite une seconde avant de terminer sa phrase.

— Et Rain.

— Oh, Rain.

Je vois bien que Raquel a reconnu son nom, et je la regarde aussi intensément que possible en espérant qu'elle comprenne qu'il ne faut pas prononcer un mot de plus.

— Tu la connais ? demande Xan. Je suppose qu'Apollo vous a parlé d'elle.

Raquel avale son eau de travers et se met à tousser.

— Qu'est-ce qu'il caille, dit-elle en guise de réponse.

Mentir n'a jamais été son fort, je ne sais pas pourquoi je pensais qu'elle serait capable de répondre de façon naturelle. Xan laisse tout de même tomber.

On passe la soirée à prendre des nouvelles et à se raconter tout ce qu'il s'est passé à l'université depuis la dernière fois. Raquel compare les cours qu'elle avait en première année de psychologie avec les miens et me donne quelques conseils. Dani et Xan discutent des festivités qui auront lieu dans le centre-ville au mois de décembre. Vers minuit, les filles vont se coucher. Elles veulent avoir bonne mine demain.

Lorsque nous retournons dans ma chambre, Xan me paraît anormalement silencieux. Nous nous couchons et il me tourne le dos en se couvrant jusqu'au cou.

— Ça va ? je demande, sentant bien que quelque chose cloche.

— Ça va.

— Xan.

Il soupire et se retourne sur le dos, les yeux rivés sur le plafond.

— Je crois que ce n'était pas une bonne idée.

— Quoi ?

— De t'accompagner ici.

Je me sens blessé, mais je parviens à rester stoïque.

— Pourquoi ?

— Je ne sais pas, tout est trop… tout ça, c'est… trop.

— Je ne comprends pas.

— Je sais, et j'en suis désolé, Apollo. Je sais que ça partait d'une bonne intention, tu ne voulais pas me laisser tout seul, mais je me sens… bizarre.

— C'est ma famille qui te met mal à l'aise ?

— Bien sûr que non, ils sont géniaux. C'est moi, le problème.

Il soupire :

— Désolé, je suis vraiment nul.

— Mais non.

Xan se retourne vers moi et s'approche petit à petit, jusqu'à poser son front contre le mien. Il chuchote à mon oreille :

— Je sais qu'on s'était promis de ne rien faire, mais j'ai besoin de…

Je l'embrasse avant qu'il puisse finir sa phrase. Sentir Xan m'aide à chasser les pensées négatives, ça ne rate jamais.

Ce n'est que passager, cela ne résout rien, mais ça nous fait du bien à tous les deux. Je le serre contre moi alors que notre baiser redouble de fougue.

— Xan, dis-je, hors d'haleine.

Il me donne un petit bisou.

— Je ne ferai pas de bruit, promis.

Son sourire espiègle lui va si bien que je ne proteste pas quand il me grimpe dessus pour m'embrasser de plus belle.

Une fois encore, nous nous perdons en gémissements et en halètements. Les sensations balaient tout le reste.

*

Le lendemain matin, je me réveille dans un lit vide. En m'asseyant, j'aperçois un mot sur la table de nuit. Ma poitrine se serre. Le cœur dans les chaussettes, je prends le papier et lis :

Désolé, Apollo.

Je crois que je n'ai pas envie d'être sociable pour le moment, d'avoir du monde autour de moi et de me forcer à sourire alors que je n'ai pas encore bien enregistré tout ce qui s'est passé dernièrement.

Merci pour tout.

Xan

28.

APOLLO

Xan. Xan. Xan.

Impossible de penser à autre chose. Ça m'a vraiment fait du bien de passer le week-end avec ma famille et mes amis. Par moments, j'ai même réussi à oublier le garçon aux cheveux bleus, puis je me suis rappelé qu'il n'était plus là avec moi et je me suis remis à déprimer de plus belle. Xan et moi, on ne se quitte plus ces dernières semaines. Depuis le début de notre relation, si on peut appeler ça une relation, je me suis habitué à sa présence affectueuse, à le voir le matin, à blaguer avec lui au petit déjeuner, à la petite routine qu'on s'est créée.

Le soleil se couche sur l'autre rive du lac, il est déjà presque descendu derrière les montagnes qui entourent le village de Chimney Rock. Demain, je retourne à l'appartement. Je suis impatient à l'idée de revoir Xan. Je veux m'assurer qu'il va bien. Depuis son départ, nos interactions se sont limitées à un ou deux brefs messages.

Je soupire et m'appuie sur le bord du bateau qui flotte au milieu de l'étendue d'eau. Nous profitons de la vue, emmitouflés de la tête aux pieds. Il fait trop froid pour se baigner, mais la tradition veut que l'on vienne ici siroter un chocolat chaud. Grand-père, papa, Claudia et Artemis sont restés à la cabane. Ils n'étaient pas d'humeur et ne voulaient pas sortir Hera par ce temps. Ma nièce est particulièrement sensible au froid, elle s'enrhume pour un rien. C'est comme ça qu'on s'est retrouvés à quatre : Ares, Raquel, Dani et moi.

D'une certaine manière, ça me rappelle le bon vieux temps. Quand on sortait tous ensemble, on s'amusait beaucoup et je pensais que Dani et moi formions une équipe parfaite, qu'on serait toujours ensemble comme Ares et Raquel. Je regarde Dani assise de l'autre côté du bateau, elle discute avec Raquel, les pieds pendant à ras de l'eau glaciale.

Ares marche vers moi et s'assied à mes côtés. Il porte un manteau et un bonnet duquel s'échappent ses cheveux noirs. Ils n'ont jamais été aussi longs, et je me demande si c'est parce qu'il fait plus froid dans le Nord, là où il étudie.

— Alors, tu t'es finalement décidé à voir un psychologue ?

En s'échappant de ses lèvres, sa question fait apparaître un petit nuage de buée.

— Grand-père ne sait pas garder un secret…

Ares pose sa main sur mon épaule.

— C'est bien.

Je ne dis rien et il lève un sourcil, attendant une réaction de ma part.

— Quoi ?

Il hausse les épaules.

— Tu partages ta chambre avec un garçon ?

Je plisse les yeux.

— Artemis aussi est incapable de se taire, si je comprends bien. Les Hidalgo ont vraiment un mal fou à garder les choses pour eux.

Ares m'observe, amusé. Un sourire de Monsieur Je-sais-tout se forme sur ses lèvres.

— Pourquoi tu es sur la défensive comme ça ? C'était une simple question.

— Je ne suis pas… Laisse tomber. Xan cherchait un endroit pour dormir et je lui ai proposé ma chambre, c'est tout.

— Je ne t'ai pas demandé d'explications, Apollo.

Son ton prend plus d'assurance, comme s'il m'avait pris en flagrant délit.

— Et toi, ça va ? je demande pour changer de sujet.

Ares soupire, ses yeux se tournent vers le soleil couchant.

— Faire de la médecine, ce n'est pas donné à tout le monde. Juste quand je pense que les choses vont se calmer un peu, le stress et la pression augmentent. Je me sens complètement vidé.

Son regard se porte sur Raquel, qui est occupée à rire avec Dani.

— Son absence me pèse de plus en plus.

— J'imagine.

C'est à mon tour de poser ma main sur son épaule.

— Vous vous en remettrez, Ares, j'en suis sûr.

Il me sourit et hoche la tête.

— Et toi ?

— Et moi ?

— J'ai raté le fameux garçon, et Raquel n'a rien voulu me dire. Son petit air suspicieux me dit qu'il se passe quelque chose entre ton colocataire et toi.

— La vérité, c'est qu'il ne se passe rien du tout. On laisse les choses suivre leur cours.

Ares fronce les sourcils.

— Je sais, je sais, je reprends. Pas besoin de le dire. Oui, c'était *son* idée. Non, ce n'est pas quelque chose que j'ai l'habitude de faire. Il sort tout juste d'une relation… compliquée.

— D'accord.

— D'accord ?

— Tu es assez grand pour prendre tes propres décisions, Apollo.

— Merci.

Je lui suis reconnaissant de ne pas me questionner ou me juger. Ares se contente de me sourire et me donne une accolade.

— Tu vas me manquer.

— Toi aussi, espèce d'idiot.

★

Quand je rentre à l'appartement le dimanche soir, je croise Gregory sur le chemin de ma chambre.

— Toi aussi, tu m'as manqué, ingrat ! crie-t-il depuis le couloir.

Dès le pas de la porte, je remarque que le lit n'a pas bougé d'un cheveu depuis que Xan et moi sommes partis. Les vêtements que je lui ai prêtés sont posés là, lavés et soigneusement pliés.

Non. Non !

J'avais un mauvais pressentiment depuis qu'il ne répondait plus à mes messages. Greg s'appuie sur le chambranle de la porte.

— Il est où, Xan ? Je pensais qu'il était parti avec toi.

Il me montre un jeu de clés.

— Il les a laissées dans l'entrée.

Je sens un creux dans mon estomac.

— Apollo ? insiste Greg en me dévisageant. Qu'est-ce qui s'est passé ?

— J'en sais rien.

Je m'assieds sur le lit et me passe la main dans les cheveux, frustré.

— Aucune idée…

— À cette heure, il doit être au café… sur le point de fermer. Tu m'as dit qu'ils fermaient tôt le dimanche.

— Tu as raison.

J'attrape une veste dans l'armoire.

— Apollo.

Je m'arrête devant mon ami : je l'ai rarement entendu prendre un ton aussi grave. Il pose sa main sur mon épaule.

— Tu ne peux pas sauver quelqu'un qui ne veut pas être sauvé.

— C'est lui qui est venu vers moi, Greg. Il est bien conscient d'avoir besoin d'aide, il ne sait juste pas comment en demander.

Gregory me presse doucement l'épaule.

— Il y a des choses auxquelles il doit faire face seul, Apollo. Ne te laisse pas embrouiller par tes sentiments.

— Qu'est-ce que tu veux que je fasse ? Que je baisse les bras ? Que je le laisse partir comme si de rien n'était ?

Greg montre ses paumes ouvertes et m'adresse un sourire pincé.

— Je veux juste m'assurer qu'il va bien, dis-je en quittant l'appartement.

Le chemin qui mène au café me paraît interminable, je m'inquiète pour lui. Je me dis que je dois faire erreur, que c'est impossible qu'il se soit remis avec Vance, qu'il dort peut-être dans un coin du café. Cette idée ne me réjouit pas beaucoup non plus, mais je la préfère à l'autre option. Mon cœur manque d'exploser à chacun de mes pas.

Au loin, j'aperçois la lumière ténue du Café Nora. Pourtant, le néon « ouvert » qui clignote habituellement est éteint. Je distingue du mouvement à l'intérieur et je m'arrête face à la porte vitrée. Lorsque mes yeux se posent sur Xan, je respire à nouveau. Il nettoie une table. Ses cheveux bleus sont coiffés en arrière, tirés par un élastique. Je pose une main sur ma poitrine, comme soulagé d'un poids.

Je tape du poing sur le battant pour attirer son attention.

Xan prend un air surpris en m'apercevant. Il accourt vers la porte, mais au lieu de me laisser entrer, c'est lui qui sort. Je suis forcé de reculer d'un pas. Je fronce les sourcils.

— Xan ?

— Qu'est-ce que tu fais là, Apollo ?

— Je voulais m'assurer que tu vas bien. Pourquoi as-tu quitté l'appartement ? Pourquoi tu ne réponds pas aux messages ?

Xan se détourne.

— Désolé, Apollo.

À cet instant, tout passe au ralenti. Mon œil capte un mouvement à l'intérieur du café, et à travers la porte en verre, je vois Vance sortir du garde-manger au fond de la pièce. Il porte un tablier, et quand il lève les yeux, je reconnais ce regard qui fait froid dans le dos. Il avance d'un pas vers la porte, Xan se retourne et lui fait signe de ne pas sortir. Vance lui obéit et Xan me regarde à nouveau.

— Tu t'es remis avec lui ?

Le seul fait de prononcer cette phrase m'est douloureux.

Ne me dis pas que c'est le cas, Xan. Dis-moi que tu as juste besoin de son aide pour faire fonctionner le café, je t'en conjure.

— Apollo…

Mon cœur s'effondre, la rage et la déception me submergent. Tous mes muscles se tendent. Mes yeux brûlent, mais je refuse de pleurer. Je fais un pas en arrière, toujours incapable d'y croire.

— Putain, Xan !

Je ne peux pas m'empêcher d'élever la voix.

— Il a failli te tuer, la dernière fois. Je pensais que tu t'en étais rendu compte. Je pensais que tu avais tiré un trait pour de bon sur cette foutue relation abusive.

Xan grimace, comme si mes mots le blessaient. Ce n'est pas mon problème : je me rends bien compte que tourner autour du pot avec lui ne mène à rien.

— Cette fois-ci, c'est différent, Apollo.

Son explication me soutire un ricanement, je secoue la tête.

— Tu y crois vraiment ?

Je m'approche de lui.

— Regarde-moi dans les yeux et dis-moi que tu y crois.

— Il essaie vraiment. Je ne le croyais pas, puis il a ramené Rain et on a parlé. Elle m'a redit tout ce qu'il fait pour changer.

— Rain ?

Ma colère explose. Je savais que Rain n'aurait jamais le courage d'envoyer son frère en prison, mais qu'elle persuade Xan de lui donner une seconde chance ? Ça dépasse les bornes. C'est pire que tout ce que j'imaginais. Croire les conneries de Vance est une chose, ne pas laisser Xan prendre ses distances en est une autre. Vance l'a déjà fait assez souffrir, et même s'il était devenu un saint entre-temps, ce ne serait pas suffisant. Les abus que Xan a subis appartiennent au passé, mais le mal est fait. Ce n'est pas que je suis convaincu que les gens sont incapables de changer, c'est juste que certaines personnes n'ont qu'une seule issue : elles doivent se fuir elles-mêmes.

— C'est sa sœur, Xan. C'est normal que Rain soit de son côté.

Xan secoue la tête.

— Tu te trompes. Elle m'a souvent dit de le larguer, tu sais, donc cette fois, je la crois.

J'affiche une moue de dégoût. Cette histoire me donne la nausée. Peut-être que Rain et Vance ne sont pas aussi différents que je le pensais.

— Je crois que tu ferais mieux d'y aller, Apollo, murmure Xan sans me regarder.

— Et toi et moi, on était quoi ? Une petite pause dans ta relation toxique ? Un bon coup ? J'ai compris, j'étais le brave gars un peu benêt dont tu t'es servi, avant de te remettre avec ton mec le prédateur.

— Apollo…

Je serre les lèvres de rage. Je remarque alors que les yeux de Xan sont fixés sur quelque chose derrière moi. Quand je me retourne, j'aperçois Rain qui s'approche de nous avec prudence.

Génial, maintenant que tout le monde est là, la fête peut commencer.

— Tu lui as conseillé de se remettre avec Vance ? Sérieux ?

Ma question irradie tout le mépris que je ressens pour elle. Rain ne réagit pas tout de suite.

— Je n'ai fait que dire la vérité, finit-elle par rétorquer.

— La vérité ? dis-je avec un rire sarcastique. C'est un peu hypocrite, venant de toi.

Rain pince les lèvres, s'avance vers Xan et lui attrape le bras.

— On rentre à l'intérieur, Xan.

— Pourquoi ? Tu as peur que je lui expose la vérité ?

Xan n'avance plus, son regard alterne entre Rain et moi.

— La vérité ? demande-t-il.

— Ce n'est rien, Xan, intervient Rain avec empressement. On y va.

Xan dégage son bras pour me faire face.

— Apollo ?

— Quand elle t'a dit de te remettre avec lui et qu'il avait changé, elle t'a aussi dit que c'était lui qui m'avait agressé quand je suis arrivé à l'université ?

Rain baisse le regard, le visage de Xan paraît soudain rempli d'horreur.

— Elle t'a dit que si elle n'avait pas eu l'idée, dans un éclair de lucidité, de partir me chercher, je serais probablement mort au fond d'une ruelle ?

Xan porte sa main à sa bouche et regarde Rain.

— Rain ?

Elle reste sans rien dire, se passe la langue sur les lèvres et hoche la tête.

— Elle ne t'a pas dit non plus qu'elle refuse de témoigner en ma faveur, pour qu'il réponde de ses actes, simplement parce que c'est son frère ?

Xan reste muet. On dirait qu'il a du mal à enregistrer toutes ces informations. Rain n'ose pas lever les yeux. J'encaisse la souffrance que cette situation me cause et je m'éteins d'un coup. Mon empathie pour les autres disparaît soudain. Seules restent la colère et la tristesse.

— Vous savez quoi ? Allez tous vous faire voir. Tous les trois, dis-je en reculant.

Xan avance d'un pas vers moi. Je lève la main.

— Non, tu as fait ton choix.

Je me retourne et me tire de là.

— Adieu, Xan.

29.

XAN

Trois jours plus tôt

Nous sommes le jour de Thanksgiving.

Après avoir laissé un mot sur la table de nuit d'Apollo, je sors de la maison des Hidalgo.

Je me sens affreusement mal, parce que je sais qu'Apollo aimerait que je reste à ses côtés, mais je ne suis pas prêt pour ça. Je ne veux pas me retrouver entouré de tous ces inconnus, pas dans ces circonstances… Je ne sais toujours pas comment qualifier ma situation. Est-ce du dépit ? Un chagrin d'amour ? Prendre conscience de tout ce que Vance m'a fait subir m'a fait l'effet d'un coup de massue.

Je ressens un poids terrible sur mes épaules, une pression dans la poitrine qui refuse de me laisser en paix. La famille d'Apollo n'a pas de raison d'assister au triste spectacle de mon abattement, ni d'être témoin de mes faux sourires, surtout pas alors qu'ils ont eu la gentillesse de me recevoir chez eux. Ils méritent de passer une fête de Thanksgiving agréable.

Je suis parti sans trop savoir ce que j'allais faire, mais une fois arrivé à l'appartement d'Apollo, je trouve une source de distraction en nettoyant et en rangeant les différentes pièces. Le Café Nora est fermé pour deux jours : comme les étudiants sont tous rentrés dans leur famille ou partis faire du shopping, il reste trop peu de clients sur le campus. Je m'assieds sur le sol de la chambre d'Apollo et je plie soigneusement les vêtements en écoutant de la musique. Ce n'est pas mon plan de Thanksgiving idéal, mais cette occupation m'apaise. Après ça, je regarderai un film ou quelque chose du genre. J'avais besoin de ça, de solitude, de temps seul avec moi-même. Ne surtout pas interagir avec d'autres personnes, ne pas feindre la joie. J'espère qu'Apollo le comprendra. Mon portable passe au morceau suivant et la mélodie de « Cry » de Middle Part démarre. C'est une de mes chansons préférées, j'en suis tombé amoureux le jour où Apollo l'a diffusée à la cafétéria, quand il testait des playlists de recommandations Spotify. Je chante en fixant le lit. Je peux presque nous y voir, lui et moi, roulant entre les draps, nous embrassant jusqu'à ce que nos lèvres soient enflées. Apollo…

Je n'en reviens toujours pas de ce qui nous arrive. Chaque fois qu'il m'a regardé, j'ai ressenti plus de choses ; j'adore quand il m'embrasse ou me touche. Même quand il se contente de sourire, tout s'emballe en moi. Je me demande si je commets une erreur en prenant mes distances.

Non, Xan, tu as été clair avec Apollo. Il sait où tu en es pour le moment, question relations.

Je range les habits pliés sur les étagères de l'armoire. En sortant, j'entends la pluie frapper le verre de la fenêtre. Évidemment, il faut qu'il pleuve, comme si la météo se devait d'accompagner mon petit moment de déprime solitaire. Le bruit est plus impressionnant que ce que j'attendais, et, en m'approchant de la vitre, je prends conscience que la pluie est mêlée à de petits grêlons, presque imperceptibles. Les températures sont ridiculement basses aujourd'hui. Je suis surpris que ce ne soit pas de la neige, mais ça me rassure aussi. Apollo et moi nous sommes promis de contempler ensemble la première chute de neige, une connerie qu'on a copiée sur un film romantique coréen qu'on a regardé jeudi dernier avec Gregory. L'histoire prétendait que, si tu regardes les premières chutes de neige avec ton compagnon, l'amour prend racine et la relation dure pour toujours. Je n'ai pas la moindre idée de ce qui nous prend de prêter attention à des bêtises comme ça, alors qu'on est censés laisser les choses suivre leur cours… Je ne sais vraiment pas ce qu'on fout.

Je passe le reste de l'après-midi à nettoyer et à réorganiser. L'appartement paraît tellement vide en son absence. Je ne peux pas m'empêcher de l'imaginer à un endroit ou l'autre, dans la cuisine ou sur le canapé.

Il me manque et c'est franchement ridicule, ça ne fait même pas un jour qu'on est séparés.

Le soir venu, je me réchauffe un peu de jambon de dinde et je le mange avec une salade que Gregory a laissée dans le frigo. Je m'enroule dans une couverture, sur le canapé, et mets un film de *Pirate des Caraïbes*. C'étaient les préférés de ma mère, j'ai toujours pensé qu'elle aurait aimé vivre sur la côte ou près de la mer. Sa fascination pour les films de mer était vraiment inépuisable. Bon, ce n'est pas la meilleure soirée de Thanksgiving de ma vie, mais, aussi surprenant que cela puisse paraître, je me sens plutôt bien, tout seul. Ça me fait plaisir d'être avec Xan et personne d'autre. C'est la première fois que je passe ce genre de fêtes seul. Ce soir, je ne suis ni le mec de Vance ni le je-ne-sais-quoi d'Apollo, je suis moi et rien d'autre, enveloppé dans une couverture, dînant pendant que des grêlons tombent dehors. Cette nuit, je vais pouvoir dormir paisiblement, le cœur apaisé.

★

Le jour suivant, je me prépare mentalement pour ce qui m'attend : je dois passer à l'appartement de Vance récupérer mes affaires.

J'ai choisi de le faire aujourd'hui parce qu'il est probablement en visite dans sa famille et je n'aurai pas à le croiser quand j'irai chercher mes trucs. Je ne vais pas mentir et prétendre que ça ne me fait pas peur, bien que cette sensation se combine avec une espèce de curiosité : que vais-je ressentir quand je le verrai ? De la rancœur ? De l'amour ? Je sais que c'est impossible de l'oublier en quelques semaines, mais je ne l'aime plus comme avant, j'en suis certain, et je ne suis plus aussi aveugle.

Devant sa porte, je prends mon courage à deux mains et j'entre avec ma clé, que je laisserai dans l'entrée quand j'aurai tout récupéré. Un silence absolu règne dans l'appartement plongé dans la pénombre ; à cause de la couverture nuageuse, la lumière extérieure est particulièrement faible. Tout est impeccable, comme d'habitude, et la douce odeur des bougies parfumées que Vance aime tant flotte encore dans l'air. J'avance dans le couloir et je reste paralysé quand je l'aperçois sur le meuble, assis, jambes écartées, portable en main. Vance lève les yeux et déglutit avec difficulté au moment où il me dévisage, comme s'il analysait tout en moi en un seul regard.

Qu'est-ce qu'il fiche ici ? Pourquoi est-ce qu'il n'est pas avec sa famille ?

Je romps le silence.

— Je suis venu chercher mes affaires.

— D'accord, dit-il simplement.

Il se concentre à nouveau sur son portable. Je suppose qu'il est en train d'envoyer des messages.

Je passe à côté de lui, je vais dans la chambre et commence à fourrer ce que je peux dans le sac à dos que j'ai apporté. Je n'ai pas grand-chose, mais il ne me faut que le nécessaire : mes sous-vêtements, mes chaussettes, mes jeans et quelques chemises. J'irai probablement racheter d'autres vêtements plus tard, car je crains que tous mes habits me rappellent Vance.

— Tu t'es dit que je serais avec ma famille, c'est ça ?

La voix de Vance me prend par surprise – je ne l'avais pas entendu venir. Il est dans l'encadrement de la porte, bras croisés.

— Oui, je pensais que ce serait mieux si on... ne se voyait pas.

— Pourquoi ?

Je ne quitte pas des yeux les habits que je galère à faire rentrer dans le sac.

— Parce que c'est fini et qu'il n'y a pas besoin qu'on se voie.

— Comme ça, d'un coup, Xan ? Des années de couple et on n'a même pas droit à une conversation ?

Je remonte la fermeture éclair du sac à dos et me tourne vers lui.

— On n'a rien à se dire, Vance.

— Tu sais quoi ?

Il avance d'un pas dans la chambre.

— Je me suis demandé d'où te vient le courage soudain dont tu fais preuve, et j'ai trouvé la raison : Apollo. C'est pas vrai ?

Je soupire. Je suis fatigué de tout ça, de ses accusations, de sa paranoïa.

— Il n'a rien à voir avec ça.

— Vraiment ? Le fait que tu sois avec lui n'a rien à voir ?

— Vance.

— Que tu te le tapes ?

Je ne dis rien et soulève le sac pour le mettre à mon dos.

— Je dois y aller.

Je me dirige vers la porte mais Vance place son bras contre le chambranle, me bloquant le passage.

— Vance.

— Une conversation. C'est le minimum que je mérite.

— Que tu mérites ?

J'enrage, je n'arrive pas à croire qu'il puisse être aussi gonflé. La sonnette tinte. Je fronce les sourcils.

— Tu attends quelqu'un ?

— C'est Rain.

Il s'écarte, et nous entrons ensemble dans le salon.

— Je fais des efforts, Xan. Je sais que tu ne croiras pas le moindre mot qui sortira de ma bouche : du coup, j'ai profité du fait qu'elle était chez une amie qui habite dans le coin et je lui ai demandé de venir te parler.

Après avoir salué Rain, nous nous asseyons dans le salon. J'attends qu'ils se lancent. C'est Rain qui s'y met :

— Xan, je sais que tu as le droit de partir et tu peux le faire même après ce que je t'ai dit. Tu le sais, je te l'ai moi-même conseillé, il y a quelque temps. Mon seul rôle ici est de te confirmer que Vance fait vraiment des efforts.

J'acquiesce, et elle poursuit sa démonstration. Rain décrit tout ce que son frère a fait ces dernières semaines, m'explique qu'il voit un psychologue et qu'il suit un traitement pour maîtriser sa colère. Il ne boit ni ne fume plus, parce que ces substances augmentent les risques d'épisodes violents chez lui. Elle me dit aussi qu'il séjourne chez ses parents, que si je décide de revenir avec lui, j'aurai l'appartement pour moi tout seul pendant que Vance recevra le soutien dont il a besoin chez lui. Je l'écoute très attentivement, et, une fois qu'elle a terminé, elle se lève.

— Bon, vous devez parler d'un tas de trucs. Tu sais, Xan, peu importe ce que tu décides, tu as tout mon soutien.

Elle se retourne et sort.

Je reste assis, assimilant tout ce que je viens d'entendre.

J'aimerais dire que ça ne me fait pas douter, mais ce serait faux. Vance est de l'autre côté de la pièce, ses yeux angoissés me fixent, comme s'il patientait. Oui, je l'ai aimé, et une partie de moi l'aime peut-être encore. Toutefois, le souvenir du son de ses poings cognant mon visage et du manque d'air quand il m'a saisi le cou est toujours vivant dans ma mémoire. Sans compter ce qui s'est passé à la cafétéria quand il m'a inspecté pour vérifier si j'avais du sperme entre les fesses. Je crois que c'est ce geste qui a été la goutte de trop. Une part de moi est convaincue que, si je me remets avec lui, je pourrais ne pas survivre à la fois prochaine.

— Vance, ça me fait plaisir de savoir que tu reçois l'aide dont tu as besoin.

Il me sourit. J'enchaîne :

— Mais je ne peux pas me remettre avec toi.

Son sourire s'efface.

— Quoi ?

— Je ne veux pas revenir avec toi. J'espère que nous pourrons continuer à bien nous entendre au Café Nora, mais toi et moi... il n'y a pas moyen de revenir en arrière.

Cela me fait mal de le dire à haute voix, et en même temps, ça me libère. La sensation est aigre-douce.

— Xan, je fais tout ce que je peux, tu ne le vois pas ?

Le désespoir est flagrant sur son visage.

— S'il te plaît, après tant de temps ensemble, on mérite une nouvelle chance.

— Non.

Je remue la tête pour insister.

— Imaginons que tu poursuives le processus que tu as entamé, et j'espère que ce sera le cas, et que tu t'améliores... Mais si ça n'arrivait pas ? Si cette nouvelle chance que tu voudrais que je t'offre s'achevait avec moi à l'hôpital, ou, pire encore, mort ?

— Tu dramatises. Je ne t'ai jamais vraiment cogné dessus, et de toute façon ça ne se reproduira pas. Je fais tout pour que ça n'arrive plus.

— Et moi, je dois allumer un cierge et prier pour que ça reste ainsi ? je lui demande, bouillonnant de rage. Je devrais risquer ma vie pour voir si tu es capable de changer ? Ça n'en vaut pas la peine. Plus maintenant. Si tu avais fait ça au début, quand tu m'as hurlé dessus la première fois dans une crise de colère, les choses auraient pu tourner différemment. Mais là, Vance, c'est trop tard.

Je me lève, et il fait de même. Il s'approche et prend mon visage entre ses mains.

— Xan, s'il te plaît, je ferai ce que tu voudras, implore-t-il. Je sortirai du placard et je dirai à tout le monde, même à mes abonnés, que tu es mon mec. Je te présenterai à ma famille. Les choses iront comme tu le décideras. Je ne reviendrai plus ici jusqu'à ce que toi, tu me le demandes. Tu pourras amener tous les amis que tu veux, ici.

J'écarte ses mains de mon visage.

— C'est fini, Vance.

Ma voix se brise parce que cette affirmation n'est pas simple à faire sortir. Nous avons été ensemble longtemps et j'ai envie de le croire sur parole, mais je me concentre de toutes mes forces sur la paix intérieure que j'ai ressentie hier quand j'étais seul, sur la santé et le bonheur qui occupent ma vie depuis que Vance n'y est plus mêlé.

Je fais trois pas en direction du couloir. Quand il parle à nouveau, toute trace de faiblesse a quitté sa voix, dont le ton est maintenant glacial :

— Je veux faire ça par la méthode douce, Xan.

Je me retourne, redoutant une attaque ou autre chose du genre, mais il ne bouge pas. Il lève son portable dans ma direction. Il me montre une vidéo. Au début, j'ai du mal à comprendre de quoi il s'agit, mais je me rends rapidement compte que c'est une vidéo d'Apollo le frappant au festival d'automne. Je ne me rappelais pas la situation comme ça. Dans cet enregistrement, tout paraît plus violent et brutal. Vance a vraiment l'air d'être la victime.

— Quoi ?

— Si tu pars, Xan, je m'arrangerai pour que la vidéo soit publiée. Avec ma plateforme, je peux la rendre virale en quelques minutes. Une description bien sentie qui explique comment j'ai été attaqué par un hater, qui n'était nul autre qu'Apollo Hidalgo en personne, fils cadet d'une des familles les plus riches de la région. Un garçon privilégié qui s'en prend sauvagement à un pauvre streamer freelance comme moi.

J'ai envie de vomir parce que je n'arrive simplement pas à y croire. Je sais qu'il est parfaitement capable de mettre ce plan à exécution, et que tout se déroulerait exactement comme il le prévoit : les abonnés de Vance lui sont dévoués. Ce ne serait pas la première fois qu'ils rendraient une vidéo populaire à sa demande. Je pense à la famille d'Apollo, à leur accueil et à leur gentillesse, et je me dis qu'ils ne méritent pas qu'on salisse leur nom alors qu'ils n'ont rien fait de mal.

— Ils expulseraient Apollo de la fac, ça c'est sûr, continue Vance. Sa vie se transformerait en chaos par ta faute, tu peux vivre avec ça ?

Je me serre l'estomac, parce que j'ai vraiment l'impression que je vais vomir.

— C'étaient des conneries, hein ? je demande, dégoûté. Et tu voulais me faire croire que tu avais changé. C'était n'importe quoi !

— Non, Xan. Mais tu ne me laisses pas d'autre option. Tu ne peux pas t'en aller, et tu ne me laisses pas l'opportunité de te conquérir à nouveau. Va chercher tes affaires à l'appartement de ce gamin et reviens ici, là où est ta place. Je te laisserai l'appartement pour toi tout seul, comme promis.

Je voudrais lui hurler dessus, le frapper, puis partir en courant, mais je me contiens et sors simplement de la pièce parce que je suis incapable de le regarder en face. Je pleure durant tout le trajet vers chez Apollo, et encore un peu en entrant. Je suis submergé par les souvenirs, par l'espoir de ce que ma vie aurait pu être, par la confiance et la sécurité que j'ai ressenties.

Je récupère tout et je fixe, dévasté, la couverture sur le canapé. La nuit dernière, je m'y suis senti tellement bien, et voilà qu'aujourd'hui je dois tout abandonner pour retourner à l'appartement froid et vide de Vance. Je range tout avec soin, je laisse la clé sur la porte, et je prends un moment pour regarder l'immeuble d'Apollo de loin, la vision brouillée par les larmes.

Je suis tellement désolé, Apollo. De toute évidence, je ne pourrai jamais me libérer de Vance.

30.

APOLLO

« Tu dois apprendre à lâcher prise, Apollo, à laisser passer les choses. Tu ne peux pas sauver tout le monde, tu ne peux pas obliger quelqu'un à prendre une décision contre son gré. Tu l'as aidé, tu lui as offert un lieu sûr. Tu as fait tout ce que tu pouvais. C'est suffisant, il est temps de lâcher prise. »

Les paroles de ma psychologue me trottent dans la tête tandis que je regarde mon lit, qui me paraît si vide, ces derniers jours. Ça fait une semaine que j'ai eu cette confrontation avec Xan et Rain à l'entrée du Café Nora. Je n'y suis plus passé depuis et je n'ai envoyé aucun message à Xan.

Je lâche prise.

Et j'en tire une certaine paix intérieure. Et aussi à la fac.

Chaque fois que je suis pris par la curiosité ou que j'ai envie de faire un tour au Café de Xan, je me répète que ça n'en vaut pas la peine et que sa décision est prise. Je ne peux pas continuer à m'accrocher. Ce serait malsain.

— Ah, il me manque, se plaint Greg en apparaissant à ma gauche dans l'encadrement de la porte.

— Il a fait son choix, Greg, on n'était pas à la hauteur, je plaisante.

Greg rit, puis soupire dramatiquement.

— Tu sais quoi ? C'est étrange, Apollo.

Je croise les bras.

— Quoi ?

— Xan était tellement décidé…

Il se caresse le menton, pensif.

Greg est bien au courant de la situation de Xan. Alors même qu'il cherchait une manière légale de se séparer du Café Nora, de rompre toute connexion avec Vance, il est d'un coup retourné avec lui, comme si de rien n'était.

— Je ne sais pas quoi te dire. Visiblement, Rain l'a convaincu.

— Ça aussi, ça me paraît bizarre. Rain persuadant un mec de redémarrer une relation abusive ? Je ne sais pas, quelque chose cloche.

— Crois-moi, Rain m'a beaucoup étonnée récemment.

— Bon, qu'est-ce que tu dis de légumes sautés aux crevettes ?

— Tu lis dans mes pensées.

— Allons-y, alors, tu as besoin de compagnie après la journée que t'as eue.

— Erica ? je lui demande.

Il répond d'un hochement de tête.

— Nous serons amis, je vois clairement qu'elle ne veut rien de plus. Je le comprends, mais bon, je suppose qu'il y a encore un espoir en moi qui refuse de mourir.

— Mon pauvre, dis-je.

Il me tape gentiment le bras.

— Je crois que, comme toi, j'ai besoin de relâcher la pression.

Je lui souris.

— Bienvenue au club.

Je m'accroche à son épaule tandis que nous nous dirigeons vers la cuisine, et nous entamons une discussion sur les vacances de Noël, qui commencent dans deux semaines à peine.

*

Jour 1

La vibration incessante de mon portable me réveille. Je l'attrape, un œil entrouvert et l'autre complètement fermé. Coordonnant mal mes gestes, je lâche le téléphone et il me tombe violemment sur la figure. Je gémis de douleur en me touchant le nez, ce qui achève de me réveiller. Quand je vois l'écran, je me fige d'un coup : il est quatre heures du matin et c'est Rain.

J'ai une forte impression de déjà-vu. J'ai l'impression de revivre la nuit où Xan a débarqué dans mon appartement à l'aube.

Haletant, je décroche.

— Rain ?

— Apollo ! Je suis tellement désolée, il…

Sa voix est brisée, elle pleure.

— Rain, qu'est-ce qui s'est passé ?

— On est à l'hôpital.

Je bondis d'un coup hors du lit.

— On est ? Rain, bon dieu, qu'est-ce qui s'est passé ?

— C'est Xan.

Non. Non. Non.

— Tu dois venir, dit-elle en sanglotant. Je suis tellement désolée…

Je lui demande l'adresse et je raccroche. Je passe une chemise et un jean, oubliant presque mon manteau dans mon empressement. J'entends mon cœur cogner dans mes oreilles et dans ma gorge au moment où je m'engouffre dans le taxi. Le trajet me paraît durer une éternité et je prie pour que Xan aille bien : Rain n'a rien pu dire de cohérent au milieu de ses sanglots.

Je traverse en courant le couloir des urgences et, quand j'arrive à hauteur du poste des infirmières, l'une d'entre elles m'arrête. Elle est grande et m'adresse un sourire aimable :

— Je peux vous aider ?

— Xan… dis-je, hors d'haleine. Un garçon…

— Apollo !

La voix de Rain provient du couloir. Elle court vers moi, les yeux rouges et les mains… elle a les mains couvertes de sang. Comme le devant de son chemisier.

Je ressens un gouffre dans mon estomac, et j'arrête de respirer.

— Rain… est le seul mot que je peux expulser dans un murmure étouffé, angoissé.

Je m'attends au pire.

— Il…

Je la saisis par les épaules.

— Qu'est-ce qui s'est passé ? Parle, merde !

— C'est Vance, admet-elle entre les larmes. Vance l'a frappé… tellement que…

— Que quoi ?

— Xan m'a appelé… et, quand je suis arrivée à l'appartement…

Elle grimace d'horreur, tourmentée par le souvenir.

— Il y avait tellement de sang, et l'ambulance ne venait pas… et… je suis arrivée ici… et ils ont dû le réanimer deux fois et ils… Apollo, je suis tellement désolée…

Elle s'accroche à ma chemise, pleurant toutes les larmes de son corps.

— C'est ma faute, je suis désolée, je suis désolée…

J'ai envie de lui hurler dessus, pour qu'elle se sente pire encore, parce qu'elle le mérite, mais je suis paralysé par la possibilité que Xan ne survive pas. Je n'ai plus de force. Rain pleure si fort que c'est impossible de s'en prendre à elle. De toute manière, ça ne ferait de bien à personne et ça n'inverserait pas le cours du temps. Je l'aide à s'asseoir sur les sièges de la salle d'attente et je lui apporte un gobelet d'eau de la fontaine.

— Merci, murmure-t-elle.

Sa poitrine se soulève par à-coups. À force de pleurer, elle a attrapé le hoquet.

Mon esprit rejoue en boucle des images de Xan : ses cheveux, son sourire, la passion qui brillait dans son regard quand il parlait du Café Nora, la vivacité qu'il montrait à chaque instant… Non, il ne peut pas mourir, ça ne peut pas finir comme ça.

Un grand docteur sort du service des urgences.

— Famille de Xan Streva ? s'enquiert-il.

Rain et moi nous levons. Instinctivement, nous nous prenons la main.

— Nous sommes ses amis, Xan n'a personne d'autre, explique Rain.

Le docteur nous dévisage pendant une seconde, comme s'il essayait d'évaluer la véracité de cette affirmation, mais en voyant le sang sur les habits de Rain, je suppose qu'il comprend que c'est elle qui l'a amené ici.

— Xan a fait une hémorragie interne. Nous avons pu la contrôler, mais il a besoin d'être opéré le plus tôt possible. La radio a montré plusieurs côtes et doigts cassés.

Je sens ma poitrine s'affaisser.

— Il présente aussi des hématomes et des bleus qui remontent à plusieurs jours et toutes ses blessures indiquent…

— De la violence conjugale, termine Rain.

Le docteur acquiesce.

— J'ai dû le dénoncer, la police est déjà en route. Qu'est-ce qui s'est passé ?

Les lèvres de Rain tremblent et elle presse ma main en disant :

— C'est son compagnon : Vance Adams.

— La police voudra vous parler dès que les agents seront ici. Votre ami est transféré au bloc opératoire en ce moment même, je reviendrai vous voir quand il en sera sorti.

Sur ce, le docteur repart.

— Attendez, je supplie, ma voix se brisant un peu. Par pitié, sauvez-le. Il ne mérite pas… de mourir comme ça.

Le docteur sourit, un sourire entendu et bref, puis se retourne et reprend sa marche. Assise dans la salle d'attente, Rain, le nez coulant, sèche les larmes qui ne cessent de rouler sur ses joues.

— Tu avais raison, Apollo, tu avais tellement raison… murmure-t-elle. J'ai été une merde et une idiote. C'est ma faute. Comment ai-je pu croire qu'il pourrait changer ? Pourquoi ai-je tout gobé ? Xan est en train de lutter entre la vie et la mort par ma putain de faute. J'ai toujours cru être quelqu'un de bien, avec des idéaux justes, sur lesquels j'étais ferme. Et j'ai fini par oublier tout ce que je suis, toutes mes convictions, juste parce que je voulais me persuader que mon frère pouvait changer, qu'il n'était pas un monstre… Et regarde-moi, maintenant.

Elle indique ses habits, imbibés de sang.

— Rain, tout ça ne tourne pas autour de toi, dis-je froidement.

Elle lève les yeux vers moi.

— Xan est en train de lutter pour sa vie dans cet hôpital. La dernière chose dont j'ai envie, là, c'est de t'écouter déverser ta culpabilité et ta tristesse. Ce qui compte en ce moment, c'est Xan, son opération, et savoir s'il va survive à tout ça. Après ça, tu auras le temps d'affronter tes erreurs.

Elle baisse les yeux.

— Tu as raison.

Nous nous contentons d'attendre en silence. Quand la police arrive, les agents emmènent Rain dans un lieu plus discret pour entendre sa déposition et me laissent seul un bon moment. Ils sont de retour au moment précis où le docteur sort du couloir des urgences. En quelques secondes, nous sommes debout en face de lui, attendant des nouvelles.

— L'opération s'est bien déroulée, annonce-t-il.

Je me sens à nouveau respirer.

— Xan passera la nuit en soins intensifs, les prochaines heures seront cruciales pour lui. Nous le maintiendrons sous une dose légère de sédatifs pendant un certain temps, pour qu'il puisse guérir au niveau interne. Vous voulez monter le voir ?

J'acquiesce et commence à le suivre, mais Rain reste derrière. Je me tourne vers elle et elle secoue la tête.

— Je ne peux pas, j'attendrai ici.

Je ne réponds rien et reprends mon chemin.

Rien dans la vie ne m'avait préparé à ce que je ressens quand j'entre dans l'unité de soins intensifs et que je le découvre. Xan est couvert de bandages et connecté à un tas d'appareils. Je reste pétrifié quelques secondes, tentant d'assimiler ce que je vois. Une profonde tristesse s'empare de mon cœur et je sens deux grosses larmes rouler sur mes joues. Ça me fait mal parce que, bien que j'aie fait tout ce que j'aie pu, je reste convaincu que j'aurais pu éviter ce drame, qu'on aurait pas dû en arriver là. Je m'approche et je passe mes doigts autour de son poignet, parce que ses mains sont couvertes de pansements et qu'il est impossible de les prendre.

— Salut, Xan, je murmure.

Je m'essuie le nez avec ma main libre. Les larmes n'ont pas cessé.

— Ça va aller, je suis là. Je suis tellement désolé qu'on en soit arrivé là, Xan. Tu ne mérites pas ça, personne ne mérite un truc pareil. Je ne vais pas bouger d'ici, je te le promets.

Et j'ai tenu parole.

★

Jour 2

— Je suis revenu, dis-je en entrant dans la chambre d'hôpital.

J'approche un thermos de café fraîchement préparé que j'ai remonté de la cafétéria.

— Tu sens ? Ce n'est pas le meilleur café du monde, mais j'ai pensé que ça aiderait à faire remonter les souvenirs. En vrai, ça me manque d'aller au Café Nora et de t'y voir dans ton élément, quand tu prépares le *latte* dont je raffole.

Je soupire et m'assieds sur la chaise à son côté. Son visage a encore enflé parce que les hématomes et les ecchymoses progressent encore. Il y a un bleu immense sous son œil gauche. Les longs cils de Xan reposent sur ses pommettes, et j'aimerais tant pouvoir voir ses yeux, ses expressions faciales, quoi que ce soit. Xan me manque.

★

Jour 3

— Xananas ! le salue Greg.

Il s'approche de notre ami, toujours plongé dans le sommeil.

— Tu dois récupérer rapidement. Mon compagnon de cuisine me manque, et tu sais qu'Apollo est un bon à rien aux fourneaux.

J'entrouvre les yeux.

— Du coup, j'ai besoin de toi, conclut-il.

— Pourtant, tu as mangé mes petits pains, hier.

— C'est la seule chose à moitié correcte que tu saches faire, Apollo. S'il te plaît, n'aggrave pas ton cas.

Je soupire, et bien que Greg ait une énergie réjouissante, c'est difficile de la maintenir ici. Il indique Xan du menton.

— Quand est-ce qu'il se réveillera ?

Je hausse les épaules :

— Je ne sais pas. Ils ont déjà réduit la sédation, le docteur dit qu'il devrait bientôt émerger.

— Peut-être qu'il ne veut pas se réveiller, murmure Greg tristement.

Il s'incline vers Xan.

— Hé, Xananas, je sais que ce qui t'est arrivé est terrible. Je comprends que tu n'as pas envie de revenir et d'affronter ça, mais on a besoin de toi, nous. On est là, tu ne devras pas faire face à ça tout seul. C'est important.

Je souris, en espérant que Xan puisse l'entendre.

*

Jour 4

— J'ai vu Vance, annonce Rain en entrant dans la chambre de Xan.

Il a quitté les soins intensifs pour rejoindre une chambre à l'étage, mais il ne se réveille toujours pas.

— Il se trouve dans une cellule du commissariat de Raleigh.

Je ne sais pas quoi lui répondre. Que ça me fait plaisir ? Que je crois que Vance ne pourrait de toute façon rien faire pour compenser ce qu'il a infligé à Xan ? Je reste silencieux et Rain me tend un papier Je le prends et elle se passe la langue sur les lèvres.

— C'est une copie écrite de la déposition que j'ai faite au commissariat, ce matin.

Je la regarde, confus, m'apprêtant à lui rendre le document.

— Je pense que tu pourras la donner toi-même à Xan, quand il se réveillera.

— Non, c'est la déclaration que j'ai faite au sujet de ton affaire.

Je reste figé.

— Dire pardon n'est pas suffisant. Rien ne le sera jamais, mais Xan et toi aurez enfin droit à la justice que vous méritez. Vance paiera les conséquences de ses actes.

Elle hésite quelques secondes avant de reprendre.

— Je sais que tout ne tourne pas autour de moi, mais je veux que tu saches que mon erreur a pour origine une idée stupide : j'avais peur que ma famille soit obligée de traverser des moments difficiles. À présent, ma mère est anéantie et mon père ne sait pas quoi faire. C'est ce que je voulais éviter, mais je comprends que c'était de l'égoïsme et je devrai vivre avec la douleur de savoir que mes choix ont eu *ça* pour conséquence.

Elle indique Xan, tristement.

— En bonne partie par ma faute. C'est pour ça que je veux te dire à quel point je suis désolée, Apollo.

J'acquiesce de la tête parce que je ne sais pas quoi répondre. J'aimerais dire que je comprends, mais je ne peux pas mentir alors que Xan est allongé, inconscient, à côté de moi. Je me remémore les mots de ma psychologue et de mon grand-père. Tous les deux disent que ne pas pardonner entretient du ressentiment qui, parfois, finit par nous ronger de l'intérieur, et tout pourrir en nous.

Je me lève et je la serre dans mes bras. Son parfum d'agrumes monte vers mon nez, et, bien qu'elle ne me réconforte plus vraiment, cette odeur reste agréable.

— Tu as agi comme il le fallait et j'accepte tes excuses, dis-je en toute sincérité.

Il reste à savoir si Xan acceptera ou non de lui pardonner, mais pour ma part, je ne veux rester chargé ni de haine ni de rage. Je veux lâcher prise et, ici même, je laisse partir la fille qui m'a sauvée, celle que j'ai tellement idéalisée que l'ironie de la vie a décidé de la faire chuter de son piédestal d'une manière spectaculaire. Quand nous nous séparons, Rain essuie ses yeux remplis de larmes.

— Merci.

Elle se retourne pour s'en aller et je la regarde s'éloigner dans le couloir, sa chevelure rousse s'agitant à chaque pas. Je me sens en paix.

⋆

Jour 5

Je suis resté dormir sur ma chaise à plusieurs reprises.

Je suis allé en cours et à l'hôpital, j'ai à peine mis le pied dehors. Heureusement que demain, c'est samedi, comme ça je pourrai passer la journée entière ici. Le docteur pense que Xan devrait déjà s'être réveillé, et ça m'inquiète. Pourquoi n'ouvre-t-il pas les yeux ? Je crois que je ne parviendrai pas à bien respirer tant qu'il ne se sera pas tiré de tout ça.

J'ai les yeux rivés sur l'écran de mon portable, quand sa voix s'élève enfin :

— Apollo ?

Je bondis de la chaise et me dresse à côté du lit. Ses yeux restent mi-clos, mais je peux y entrevoir un éclat marron.

— Xan ?

Je lui parle d'une voix douce tandis qu'il me regarde. Le soulagement me fait expirer une bouffée d'air, et je lui souris.

— Hé, salut, bienvenue, une fois de plus.

Les paupières de Xan s'ouvrent et se ferment, il essaie de me rendre mon sourire, mais il grimace de douleur. Il a une entaille à la lèvre. Il essaie de bouger les mains et je secoue la tête.

— Ce n'est pas une bonne idée de t'agiter, tu es encore en train de récupérer.

Xan me fixe de nouveau et ses yeux se remplissent de larmes.

— J'ai cru que j'allais mourir, Apollo.

Sa voix se brise et je lutte pour ne pas pleurer avec lui.

— Je pensais que lui… tout… ça me faisait si mal.

— Xan.

Je lui caresse le visage, puis replace délicatement une mèche de ses cheveux bleus.

— Tu vas bien, c'est fini. La police l'a arrêté, il ne pourra plus te faire de mal. Ni à toi ni à personne. D'accord ?

Il acquiesce et j'essuie des larmes sur ses joues. Je parle des visites de Gregory et je le distrais un peu. Plus tard, le docteur recommande qu'il essaie de manger quelque chose de léger. Je l'aide à s'asseoir, et pendant que je lui donne à manger, Xan me dit :

— Je ne voulais pas me remettre avec lui, Apollo.

Je laisse glisser sa phrase comme si de rien n'était.

— Rain m'a parlé, mais elle s'est contentée de m'exposer les faits, elle n'a pas cherché à me convaincre. Elle a laissé la décision entre mes mains et j'ai choisi de le quitter.

Je baisse la cuillère en le dévisageant.

— Mais alors ?

— Il m'a menacé de publier une vidéo de la bagarre près des tables sur le campus, convaincu que ça te mettrait dans la position du salaud aux yeux de tous. Et je ne voulais pas que ça… t'affecte.

Je fronce les sourcils.

— Xan…

— Je sais, ne dis rien, mais je ne pouvais pas le laisser faire. Au fil des jours, je me suis rendu compte que c'était insoutenable d'être avec lui. Alors, je l'ai quitté… et voilà ce qui s'est passé.

— Je suis tellement désolé, Xan.

Je le serre dans mes bras, parce qu'il paraît tellement triste dans ce lit d'hôpital, tellement blessé… Je ne sais pas combien de temps on est restés comme ça, agrippés l'un à l'autre.

*

Au bout de deux semaines, les médecins autorisent Xan à quitter l'hôpital s'il le souhaite. Je me débrouille pour convaincre le docteur de fixer l'heure de la sortie après quatre heures de l'après-midi. Ma demande est saugrenue, mais elle a un but très précis.

— Je ne comprends pas pourquoi ils me font sortir aussi tard, maugrée Xan.

Il marche lentement, il doit veiller à ne pas endommager les bandages autour de ses côtes. Certains de ses doigts ont un petit plâtre pour les aider à guérir. Nous franchissons les portes principales de l'hôpital.

Il fait presque nuit, car le soleil se couche très tôt en plein hiver. Xan s'arrête d'un coup sous l'auvent de l'hôpital et se tourne vers moi.

— Apollo…

Je lui souris et nous revenons en arrière pour observer les flocons de neige qui viennent de se mettre à tomber.

Les trottoirs sont couverts d'une légère cape blanche.

— La première neige, dis-je fièrement.

Xan tend la main qui a le moins de bandages et laisse les flocons tomber sur sa paume. Il me regarde, et c'est comme si nous pensions la même chose. Nous pensons à ce que nous avons vécu au cours de ces deux dernières semaines, durant lesquelles je me suis occupé de lui, durant lesquelles nous avons beaucoup ri. Et à tout ce que nous avons vécu avant, à la première fois que nous nous sommes vus et à la manière dont notre amitié a finalement évolué vers quelque chose de plus fort.

Xan s'écarte d'un pas du toit en saillie et les flocons tombent lentement sur ses cheveux bleus. Je fais de même, et, quand il se tourne vers moi, il me sourit :

— J'ai beaucoup de trucs à soigner.

— Je sais.

— Je ne peux rien te promettre, même si on a vu la première neige ensemble.

— Je le sais aussi.

Xan s'approche et je prends son visage entre mes mains pour l'embrasser sur le front.

— Il n'y a pas d'urgence, il n'y a aucune pression, dis-je.

Je recule d'un pas pour le regarder dans les yeux. Je me rappelle ce que j'ai pensé un jour à la plage avec Dani. Le vrai amour n'attache pas, n'asphyxie pas, ne pose pas de limites. Le garçon que j'ai devant moi a un long chemin de rétablissement à parcourir, non seulement sur le plan physique, mais aussi au niveau affectif.

Et s'il y a quelque chose que j'ai appris au bout du compte, c'est à lâcher prise, à cesser de me prendre la tête avec le moindre détail insignifiant. C'est fini pour de bon. Et moi aussi, j'ai des défis auxquels je dois faire face.

Je caresse les joues de Xan et, inévitablement, je m'incline et l'embrasse, ici, sous la neige. Mes lèvres frôlent les siennes avec chaleur et énormément d'affection. La peur que j'ai eue de le perdre s'est convertie en soulagement et en apaisement. Alors qu'on s'embrasse, je sens les flocons de neige atterrir sur mon manteau, mes cheveux, mes mains, et sur le visage de Xan. Mon esprit revient à l'origine de tout, à cette nuit pluvieuse qui m'a fait connaître Rain et m'a mené jusqu'à Xan.

La neige est aussi une forme de précipitation, mais tellement différente de la pluie, tellement plus paisible et bienveillante. Exactement comme la météo a changé, mes sentiments ont évolué.

Et pourtant, je sais que je n'oublierai pas la fille que j'ai rencontrée à travers la pluie, parce que grâce à elle, je l'ai découvert, *lui* : le garçon aux cheveux bleus qui est dans mes bras en cet instant et qui me murmure, hors d'haleine, une promesse :

— On va laisser les choses suivre leur cours ensemble, Apollo Hidalgo.

Épilogue

APOLLO

Quatre ans plus tard

Félicitations, Apollo !

L'affiche est immense, suspendue entre deux grands pins décorés d'ampoules jaunes magnifiques. Elles pendent et oscillent de tous les côtés, répandant dans la cour une lumière chaleureuse. Le lac s'étend dans l'obscurité, la jetée en bois est couverte de lumières et de décorations également. De l'autre côté se trouve la maison dont toutes les fenêtres sont dégagées. Le crépuscule est déjà tombé, et l'intérieur lumineux de la maison se dessine à travers les vitres. Tout le monde est venu pour fêter mon diplôme. Le dernier semestre a été difficile, et, à vrai dire, je n'étais pas certain d'y arriver. J'ai galéré aux derniers examens, et je n'ai laissé personne organiser de cérémonie jusqu'à avoir la certitude que tous mes travaux et devoirs avaient été validés.

Il y a plus de monde que ce que j'imaginais, surtout des amis de ma mère. C'était mon idée d'organiser la fête ici, dans sa maison au bord du lac. Ma mère et moi avons eu une conversation honnête au sujet de ce qui s'était passé avec la famille de Rain, des années plus tôt. Elle ignorait que son amant était marié ; d'ailleurs, la nuit où Vance l'a aperçue, elle était occupée à rompre parce qu'elle venait de comprendre qu'ils étaient ses enfants, et qu'il les avait amenés à la fête. Elle n'a plus revu son amant par la suite.

Et, très sincèrement, ma mère a changé en bien depuis. Comme j'ai été le premier à le remarquer, j'ai insisté pour que mes frères lui accordent une chance. D'une certaine manière, j'ai servi de pont entre elle et eux. Au début, Ares et Artemis ne voulaient absolument pas la voir, j'ai organisé des dîners et des rencontres auxquels ils ne sont jamais venus. Plus tard, grâce à mes études, j'ai eu l'occasion d'apprendre de nouvelles stratégies de médiation, et je les ai finalement convaincus d'aller en thérapie familiale. Nous en avions besoin, ma famille ne pouvait pas continuer à fuir ses problèmes sans les résoudre. Ma mère avait commis de terribles erreurs, quelques-unes qui auraient peut-être encore des conséquences sur la vie de mes frères pendant longtemps, mais Ares et Artemis méritaient de guérir, et au fond, ils l'aimaient autant que moi. Peu importe ce qui s'était passé : elle était toujours notre mère. Et, en réalité, elle regrettait tout. Peut-être était-ce l'effet de l'âge, ou du passage du temps, en tout cas, elle s'était améliorée. C'est fou tout ce qui a pu remonter à la surface dans le cabinet de la psychologue : les larmes, les excuses. Le processus a été douloureux, mais complètement nécessaire.

Aujourd'hui, maman fait à nouveau partie de notre vie à tous. Ares passe quelques week-ends ici avec elle tous les trois mois environ, Artemis et Claudia lui rendent fréquemment visite parce que mes neveux l'adorent et qu'ils sont fous de la maison du lac, et je viens aussi dès que je peux. Je crois que les Hidalgo ont enfin appris à lâcher prise.

Il était temps.

— Je pense que j'aurais dû écrire « Félicitations, Lolo » ou « Apollo aux doigts de fou », commente une Daniela pleine d'énergie, au moment où elle apparaît juste à côté de moi.

Elle porte une robe blanche qui lui arrive aux genoux. Le code vestimentaire de la soirée est le blanc – ça aussi, c'est une idée de ma mère –, et maintenant que je nous vois tous sous les lumières, et que le lac et la jetée resplendissent, je comprends mieux l'idée. L'effet est impressionnant et les photos sont super réussies.

— Tu penses que tu vas lâcher l'affaire, un jour ?

— Jamais.

Dani repose sa tête sur mon épaule. Ça fait tellement de bien d'être à nouveau tous réunis. Je lui souris et lui fais un câlin. Nous restons là à admirer la vue, à regarder les invités : Claudia rit d'une plaisanterie d'Artemis tandis qu'un Hadès ronflant repose sur son épaule, mon nouveau neveu est le chouchou de la famille Hidalgo. Ce n'est qu'un bébé, mais il s'est arrangé pour voler le cœur de tout le monde. Hera court dans tous les sens, poursuivie sans relâche par Martha. Mon père et ma mère discutent tranquillement, un verre de whisky à la main.

Gregory, Marco et Sammy rigolent ensemble à une des tables, se mettant à jour sur les schismes… c'est du moins ce qu'ils m'ont expliqué quand je me suis approché tout à l'heure.

Ares et Raquel sont sur la jetée, laissant l'eau du lac leur frôler la plante des pieds. Raquel a remonté sa robe jusqu'aux chevilles pour ne pas la mouiller. Ils se regardent dans les yeux et rigolent comme des abrutis.

— D'ici, je murmure, ces deux-là ressemblent à la couverture d'un roman de Nicholas Sparks.

Dani éclate de rire.

— Non, fait une voix derrière nous.

Xan nous rejoint.

— Je dirais plutôt un roman de Nora Roberts.

Je lui souris. Il a toujours les cheveux bleus, certaines choses ne changent pas. Xan et moi, aujourd'hui, sommes de très bons amis. Après tout ce qu'il a vécu, il a eu pas mal de blessures à soigner et on a laissé les choses suivre leur cours ensemble pendant quelques mois, jusqu'à se rendre compte que ce n'était le meilleur pour aucun d'entre nous. J'en avais aussi pas mal qui devaient cicatriser, et d'autres à explorer par moi-même. Un peu plus tard, surtout après avoir étudié en détail la pensée humaine au cours de mes études, j'ai pris conscience que nous avions fait les bons choix.

Nous avons pris les bonnes décisions, nous n'avons rien forcé par peur de nous retrouver seuls. Nous n'avons pas attendu de nous faire du mal pour laisser tomber. Avec Xan, j'ai eu une sensation de déjà-vu, un peu comme ce que j'avais vécu avec Daniela. C'était la bonne personne, mais au mauvais moment.

Je suis très content de les avoir connus et qu'ils soient dans ma vie. Je crois qu'une part de moi est toujours amoureuse d'eux, et que ce sont de splendides relations, parce qu'elles ne m'attachent pas, ne me limitent pas, et parce que je sais que je pourrai toujours compter sur ces deux personnes adorables. Je ne suis peut-être pas le genre de mec qui a besoin d'un compagnon, et c'est bien comme ça. Finalement, il est possible que des gens qui comptent dans notre vie s'y installent d'une façon plus permanente qu'à travers une simple relation amoureuse.

— Votre attention, s'il vous plaît !

La voix d'Ares résonne à travers la cour. Il a pris place au centre. Raquel est allée s'asseoir avec Gregory et les autres.

— Je ne parviens pas à croire qu'Apollo m'ait choisi pour faire son discours de cérémonie de diplôme, mais depuis que je sais que son autre option était Artemis, je comprends mieux son choix.

Toute la cour éclate de rire, et il continue :

— J'ai discuté de nombreuses fois avec Apollo, j'étais trop têtu et lui était trop bon. Nous étions très différents, nous voyions les choses selon deux perspectives distinctes. Cela dit, il n'y a jamais eu de discussion avec lui qui ne m'ait pas laissé pensif, tournant et retournant dans ma tête ce qu'il avait pu me dire. Mon frère a la capacité de raisonner les gens, de se mettre dans leur peau, de les défendre et de les écouter. Je crois que cela fera de lui un excellent psychologue.

Il lève sa coupe de champagne vers moi, et, tout sourire, je lui retourne son geste.

— En toute sincérité, j'ai l'impression d'avoir été ton premier patient.

J'entends des rires et des murmures. Ares m'observe, nerveux, et j'acquiesce d'un hochement de tête parce que je sais ce qu'il va dire.

— Du coup…

Il passe la coupe à Artemis.

— Mon frère est si gentil qu'il a accepté que je fasse ça maintenant, au beau milieu de ce qui devait être *sa* soirée à lui. Il m'a dit que mon intervention rendrait la cérémonie encore plus belle, parce qu'à ses yeux, si les autres vivent des moments heureux, il les vit aussi. Bien, puisque j'ai sa permission, Raquel…

Quand il prononce son nom, Raquel le regarde, étonnée, et se lève.

— Nous avons enduré des années de relation à distance au cours desquelles nous avons lutté, souffert, et tout donné. L'année suivante, quand tu as passé ton diplôme, tu as accompli l'impossible pour trouver du travail près de chez moi, et tu y es parvenue. Tu n'as pas hésité un instant, quand je t'ai proposé qu'on vive ensemble. Durant cette année que nous avons partagée, tu as été mon roc, mon appui alors que, de mon côté, je continuais à étudier. Les études de médecine sont interminables, comme tu le sais, et tu ne m'as jamais abandonné. Je n'ai aucun doute, je sais que tu es celle qui m'est destinée, et même s'il n'y a pas de fenêtre ici, Raquel…

Ses yeux sont embués et elle rit tandis qu'il pose un genou à terre.

— … veux-tu m'épouser ?

Je pense que tout le monde est terriblement ému, et Raquel éclate soudain de rire au milieu de ses larmes.

— Tu es malade, dieu grec, le taquine-t-elle.

Il hausse un sourcil.

— C'est un oui ? Parce que j'ai un caillou coincé dans le genou, et…

— Oui ! Oui !

Elle se penche et l'embrasse.

Toute l'assemblée applaudit. Dan, Xan et moi séchons nos larmes discrètement et allons les féliciter.

Après tant d'émotions, je m'assieds sur une chaise, observant les nouveaux fiancés. Ares et Raquel dansent enlacés sur la douce mélodie qui sort des haut-parleurs que ma mère a disposés tout autour de la cour. Ils sont sur la jetée, le lac et la lune scintillent derrière eux. Xan apparaît juste à côté de moi.

— En vrai, on dirait vraiment une couverture de roman érotique.

Je lui souris en levant les yeux vers lui. Xan fait du sport et ses bras frêles ont été remplacés par des muscles bien dessinés. Ses cheveux bleus n'ont jamais été aussi longs.

— Tu penses que toi aussi, tu vivras un jour quelque chose de ce genre ? commente Xan.

Il approche une chaise et s'installe à côté de moi.

— Je ne sais pas si ça me plairait.

— Le moment est venu de me sortir tout un discours sur le fait que tu es un être humain indépendant qui n'a pas besoin de compagnon ou de compagne pour être heureux…

— Tu sais déjà tout ça, je murmure.

— Personnellement, je t'ai toujours considéré comme un romantique.

— Et moi, comme un garçon qui allait de mec en mec.

Xan rit.

— D'accord, c'est mérité, soupire-t-il. En vrai, je suis fier de toi, Apollo.

Je me tourne vers lui, le bras appuyé sur le dos de ma chaise.

— Vraiment ?

— Oui, tu as beaucoup gagné en maturité. T'es plus le mec nerveux débordant d'insécurités qui a déboulé un beau jour au Café Nora. Tu n'es plus celui qui ne savait pas se détendre et qui continuait à s'accrocher à moi, même après que je t'ai quitté.

— Tu exagères, ce n'était pas si intense que ça.

Il plisse le front.

— Bon, d'accord, un peu.

J'expire tranquillement.

— Tu m'as beaucoup appris. Cette amitié que nous avons construite au fil des ans a été une des meilleures choses qui me soient arrivées. Tu m'as intégré dans ta famille et tu m'as permis d'être avec toi sous une forme plus durable qu'un couple. Ton frère s'est trompé, c'est moi qui ai été ton premier patient.

— Visiblement, tout le monde revendique ce titre.

— Non ! Non ! Marco ! Je te promets que si tu me jettes…

Les cris de Sammy nous parviennent depuis la rive du lac, et je comprends que Gregory vient de soulever Daniela.

— Nooon ! On est en blanc ! Tu ne peux pas !

Xan me regarde et je me fige.

— Xan…

— Je savais que tout cet exercice physique me serait utile un jour.

Xan est si rapide que je n'ai pas le temps de réagir. Avant que je puisse comprendre ce qu'il se passe, il me tire vers l'eau. J'ai le temps de lancer mon portable à terre, et paf ! l'eau froide me reçoit d'un coup. Quand je remonte à la surface, je me trouve face à Raquel dont les cheveux trempés masquent le visage de manière presque effrayante. Dani tousse et Sammy met une claque à Marco. Les robes blanches des filles flottent autour d'elles et on devine leurs tétons à travers le tissu blanc de leurs habits trempés. Personne n'est mal à l'aise, nous sommes amis depuis des années. Et comme la plupart d'entre nous avons été capables d'entendre les gémissements enflammés de Raquel sans broncher, on peut bien supporter ça.

Entre les rires, les batailles d'eau et les taquineries, nous nous amusons bien.

Je m'arrête quelques instants pour observer l'assemblée. L'instant est tellement parfait, il déborde de bonheur. Exactement comme ce début de soirée à la plage, il y a des années de cela, comme les 4 Juillet que nous passons maintenant en famille, et comme les jours pluvieux qui ne me font plus peur du tout.

hachette s'engage pour l'environnement en réduisant l'empreinte carbone de ses livres. Celle de cet exemplaire est de :
300 g éq. CO_2
Rendez-vous sur www.hachette-durable.fr

PAPIER À BASE DE FIBRES CERTIFIÉES

« Pour l'éditeur, le principe est d'utiliser des papiers composés de fibres naturelles, renouvelables, recyclables et fabriquées à partir de bois issus de forêts qui adoptent un système d'aménagement durable. En outre, l'éditeur attend de ses fournisseurs de papier qu'ils s'inscrivent dans une démarche de certification environnementale reconnue. »

Composition et mise en pages : Nord Compo

Achevé d'imprimer en France par le groupe
CPI Brodard et Taupin
Dépôt légal 1re publication : février 2023
86.7060.1 - ISBN : 978-2-01-714774-9
Édition : 01 – Dépôt légal : janvier 2023
N° d'impression : 3048977